灰の男（上）

小杉健治

目次

第一章　別離《べつり》

1

　電信柱の電球の明かりが舞う小雪を映している。夜店が凍《こご》えそうにひっそりとしている通りを抜け、酒屋、和菓子屋、薬局、中華料理、履物屋《はきものや》などの並ぶ商店街に入る。二つ目の狭く入り組んだ路地に一歩入ると、赤い灯《ひ》、青い灯が淡く浮かび上がってきた。

　二階建ての軒《のき》の低い家の小窓から女が顔を出し、「ちょいと、ちょいと」と呼び掛けてくる。ハンチング帽をかぶった商人ふうの男やカンカン帽の背広姿の男が冷かしながら前を行く。迷路のような細い路地を脇目もふらず、小窓からの誘いを聞き流して高森信吉《たかもりしんきち》はまっしぐらに歩いた。

　大正《たいしょう》通り周辺にもともとあった銘酒屋《めいしゅや》街に、関東大震災後、浅草《あさくさ》十二階下の銘酒屋の女たちが移って来て、さらに東武《とうぶ》電車の玉ノ井《たまのい》駅が出来てからは大正通りから水戸《みと》街道にはさまれた一帯の路地に銘酒屋が増えた。

銘酒屋といっても酒を売るのは名目で、実際は女を売る。吉原《よしわら》・洲崎《すざき》・品川《しながわ》・新宿《しんじゅく》・板橋《いたばし》・千住《せんじゅ》の公娼《こうしょう》地域に対して、私娼《ししょう》地域はこの玉ノ井と亀戸《かめいど》であった。

十分後に信吉は、和子《かずこ》に手をひかれ銘酒屋の二階の三畳間に上がった。裸電球が天井から下がり、真ん中に火鉢とちゃぶ台、それに座蒲団《ざぶとん》が二つ、他に衣桁《いこう》があるだけだ。

「寒いでしょう」

信吉の外套《がいとう》を衣桁にかけて言う和子の化粧の濃い顔が、淡い電球の明かりに白く浮かび上がっている。信吉は火鉢で手を暖めながら、

「やっと人心地《ひとごこち》がついた」

と、笑みをもらした。

「待っててね。熱いお茶を持ってくるわ」

そう言って、和子は部屋を出た。梯子段《はしごだん》を下りて行く足音が聞こえてきた。

信吉が和子と会ったのは半年前。兄弟子の円助《えんすけ》に誘われて玉ノ井にやって来たときだった。本所区向島請地町《ほんじょむこうじまうけじちょう》の実家から近いので、知り合いに会うかもしれないと尻込みしたが、興味もあった。

円助はこの先にある寄席《よせ》玉の井館に出演の帰りに寄ってからやみつきになったそうだ。

吉原の格式ある見世《みせ》は酒肴《しゆこう》料の他に周囲への祝儀《しゆうぎ》も必要だし、それなりの仕来《しきた》りもある。だが、玉ノ井はそんな手間はいらず、料金も吉原の半額だという。一度だけならと、信吉は軽い気持ちで兄弟子の誘いでやって来たのだ。

円助が馴染《なじ》みの店に入ったあと、ひとりで当てもなく歩いていると、あちこちの小窓から声をかけられた。わざと横を向いたとき、抹茶《まつちや》色をした壁の銘酒屋の小窓から覗《のぞ》いていた女と目が合った。ところが、その女は下を向いた。今までの女たちとは違う雰囲気だった。色白で、人形のような顔立ちの女だ。店先から年配の女が手振りで呼んだ。

「兄さん。いい娘《こ》なんだから」

さっきの女がまた顔を向けたが、すぐに目を伏せた。その恥じらいに引き寄せられるように、信吉は足を踏み入れた。

「来たばかりなんだ。純情な妓《こ》だから、まだ声を掛けられないんだよ」

年配の女はこの銘酒屋の女将《おかみ》で、追いやられるように狭い階段を上がった。女は赤い花柄の洋装で、スカートの下から覗く足首が細く白かった。

「どうぞ」

入口で立っている信吉に、女は固い声で言った。信吉と同い年か、上でも一つか二つぐらいだろう。鼻筋が通って引き締まった口もと。色が白く、まるで作り物のように表情がなかった。

居心地悪そうに、信吉は胡座《あぐら》をかいて座った。女は立ったままだ。何か言うつもりだったのだろうが、女はまともに顔を向けられずはにかんでいた。

「あんたも東北のひとか」

信吉はきいた。昭和六年に東北地方は異常な冷害に見舞われ、凶作は何年も続いた。人買いが娘を買いに出没したのもこの頃からだ。そのような娘がたくさん玉ノ井にもいるのだと思っていた。女は首を横に振って、

「東京です」

と、か細い声で答えた。

「東京？」

身売りされるのは東北の娘ばかりとは限らなかったのだと、信吉は知った。女は島田髷《しまだまげ》か丸髷《まる》のほうが似合いそうな顔立ちなのに、洋装だった。そのちぐはぐさがかえって艶《なまめ》かしかった。折れてしまいそうな細身なのに胸は豊かで、信吉の視線は落ち着かなかった。

「時間がないですよ」

事務的に言い、女は襖《ふすま》を開けた。隣の三畳間に薄いふとんが敷いてあった。急《せ》かされるように、信吉は褌《ふんどし》一つになってふとんにもぐり込んだ。女はスカートのホックを外し、

電球のスイッチを消してからふとんに入ってきた。カーテンの隙間から街灯の明かりが射してくる。腰のくびれた豊かな裸身が薄闇に浮かんだ。肌が雪のように白いのがわかる。客を呼び止める女の声や酔っぱらいの声が聞こえてくる。

女は体を硬くしていた。股《また》を押し開くのに力がいったが、力が抜けた隙《すき》をついた。体の温もりが伝わってきただけなのに信吉の体は抑えがきかなかった。不首尾《ふしゅび》と言えるほど、情ない声を上げてあっけなく終わった。

女は醒《さ》めた目で和紙を使って信吉の下半身を拭《ぬぐ》う。信吉は惨《みじ》めな思いになった。女の顔をまともに見ることが出来ず、さっさと服を身につけた。

黙って金を払い、逃げるように外に出た。ひとりになってほっとしたと同時に、自己嫌悪に陥《おちい》った。出の遅い月が信吉の無様《ぶざま》さを笑っているようだった。

翌日になっても信吉は、不首尾に終わった女とのことが頭から離れず、師匠の家の格子《こうし》戸《ど》を雑巾《ぞうきん》で磨きながらも、女の顔が浮かんできてならなかった。無愛想な女だったのに、人形のような顔が脳裏《のうり》に焼きついている。黒板塀を拭き、最後に庭の植木に水をやって、掃除を終えたが、ますます女の顔が鮮明になってきた。

二日後に師匠とおかみさんに口実を言って抜け出し、再び玉ノ井に行った。あのまま軽《けい》蔑《べつ》されたままなのは耐えられなかった。東武電車を下りたとたん、心臓が胸を突き破って飛び出しそうなほどの動悸《どうき》がした。途中、何度も小窓から声をかけられたらしいが、意識には入っていない。まっしぐらにたどり着いたときには、長い旅路の果てのような疲労感があった。

固い表情ながら、女はにこりとした。覚えていてくれたのだ。僅《わず》か三日前に過ぎないことだから当たり前なのだが、彼女は信吉の手をとってうれしそうに二階に上がった。

「きっと来てくれると思ったわ」

女が俯《うつむ》きぎみに言った。

「どうして、そう思うんだ？」

「なんとなく」

そう言ったあとで、女はすぐに前言を翻《ひるがえ》した。

「ほんとうは逆。二度と来てくれないと思ったの」

信吉は彼女の気弱な表情に驚いた。

「だって、気に入られてなかったみたいだから。あたしって初対面のひととすぐに打ち解けられないの」

不首尾に終わった負い目から逃げるように引き上げた自分の態度のほうが、女を傷つけていたのかもしれないと思った。

「すまない」

「どうしたの？」

悄然《しょうぜん》とした信吉を訝《いぶか》ったのだろう、女は形のよい眉《まゆ》を寄せてきいた。

「なんでもない。たばこをすっていいかな」

信吉はおとなぶって言った。女は自分でたばこに火をつけたが、その手付きはぎこちなかった。受け取って口にくわえ、すぐ噎《む》せた。何度か煙りを吐《は》くうちに、すっと心が落着いていった。

たばこが短くなるにしたがい、信吉は息苦しくなっていった。女のなまなましい肉体がすぐ傍らにあった。

吸殻《すいがら》を灰皿に捨てるのを待って、女が立ち上がり、仕切りの襖を開けた。花柄のふとんが目に飛び込む。信吉はわざと乱暴に裸になってふとんにもぐり込んだ。

今度はまああの首尾だった。少なくとも前回のような無様さだけは免《まぬが》れた。すぐ時間となり、外に出た。階下に客が待っていて、女の馴染みかもしれないと思うと、たちまち心が複雑に騒いだ。娼婦なのだと思っても、穏やかな気持ちではいられなくなった。

その思いが、女に向ける気持ちに拍車《はくしゃ》をかけたのかもしれない。それから足しげく通うようになったのだ。

梯子段を上がる音がして、信吉は我に返った。

「ごめんなさい。遅くなってしまって」

彼女は燗《かん》をした酒を持ってきた。

「どうぞ」

「すまないね」

「信吉さん。きっと真打《しんう》ちになってね。私、応援しているわ」

猪口《ちょこ》に注いだあと、彼女が長い睫毛《まつげ》を向けて言った。

信吉は三遊亭円明《さんゆうていえんめい》門下で円若《えんわか》という名をもらっている。半年前に、人形町末広亭《にんぎょうちょうすえひろてい》の上席の昼の部に前座としてはじめて高座《こうざ》に上がったばかりだった。

「一度、信吉さんの高座を見たかったわ」

妙な言い方をした。和子は情の深い女であり、甲斐甲斐《かいがい》しかった。何度か通ううちに、和子が娼婦であることを忘れた。薄幸《はっこう》の影が色濃く浮かんでいる和子を見捨てておけない気持ちが、だんだん娼婦に接する思い以上のものに変わっていった。

「いったい、どうしたって言うんだ。きょうのおまえはおかしい」

俯いている和子の肩をゆさぶった。いったん顔を上げたものの、彼女は壁のシミに目をやった。

「さあ、はっきり言ってくれ。黙っていちゃわからないじゃないか」

「私……」

和子は何度も言い淀《よど》んでから、

「お別れしなきゃならなくなったの」

と言ったあとで、遠くを見る目つきをした。

「別れるってどういうことだ」

「もうすぐここを出て行くの」

えっと、信吉は猪口を落としそうになった。

「まさか、誰かの妾《めかけ》になるつもりじゃないだろうな」

「違うわ。私だって信吉さんと別れるのは辛《つら》い」

言ったあとで、和子は涙目になった。

「妹が病気になっちゃったのよ。いい病院で治療をうけさせてやりたいの」

母親が病気がちだとは前々から聞いていた。その上に妹まで倒れたという。入院費用を捻出《ねんしゅつ》出来るとなると、よほどいい条件のところだろう。

「どこだ、どこなんだ」

信吉は怒ってきいた。

「上海《シャンハイ》」

中国大陸の上海だと気づき、信吉は唾《つば》を呑み込んだ。

「向こうに進出している兵隊さんを慰めてあげるのよ。御国のためになることだし」

去年の七月七日に北京《ペキン》城の西南約六キロ、永定河《えいていが》にかかる盧溝橋《ろこうきょう》で、日中両軍が衝突した。その後、戦火は上海に波及した。そのために、多くの男子が徴兵され、中国大陸に渡っている。特に農村の若者がたくさん駆り出されているのだ。

そういう兵隊たちのために女たちが慰安婦《いあんふ》として大陸に渡る。玉ノ井の銘酒組合の組合長に軍から接待婦の要請があった。軍に代わって慰安施設を前線基地に開設することだ。大陸に渡ったほうが金になる。大陸には三十万という兵隊がいるから、女はいくらいても足りないらしい。

「向こうでせっせと働いて前借りを早く返して帰ってくるわ。もう決めたの。だって、それしかしょうがないんだもの」

自分自身に言い聞かせるように、彼女は最後の言葉を強めた。

「そんな殺生《せっしょう》な話があるのか」

信吉は泣きたくなった。俺にとっちゃ、おめえは……と心の内で叫んだ。和子と所帯《しょたい》を持ってもいいと思うようになったのは、桂文蔵《かつらぶんぞう》師匠の影響だった。噺家《はなしか》はどの師匠に稽《けい》古《こ》をつけてもらってもいい。円明師匠に言われ、桂文蔵という大師匠に稽古をつけてもらうことになった。浅草神吉町《かみよしちょう》の師匠の家の道順を聞いて、早速出掛けた。目印が幡随院《ばんずいいん》という寺で、その近くだという。幡随院長兵衛《ちょうべえ》がいたという寺だ。

盆栽や草花の植木鉢が並ぶ路地の奥に、桂文蔵師匠の家はあった。やはり格子戸の家だが、ずいぶんと汚れている。

玄関に入り、閉まっている障子《しょうじ》に向かって声をかけた。

「ごめんなさいまし。三遊亭円明のところの円若と申しやす」

「かまわねえ。はいんな」

その声が苦しそうなので、信吉が驚いて障子を開けると、文蔵師匠は腹這《はらば》いになって若く色っぽい女に体をもませていた。

「すまねえな。もう少しかかる。ちょっと待っていてくれ」

「へい」

おかみさんの留守、こんな色っぽい女を家に引き入れていいのかといらぬ心配をしていると、信吉の心を読んだように文蔵が顔を下にしたまま言った。

「こいつは俺の嬶《かかあ》だ」

えっと思わず、信吉は声を上げてしまった。

「いやだよ、おまえさん」

若いおかみさんが言ったのは、文蔵の手がおかみさんの裾《すそ》を割って奥に入ったからだ。

信吉は顔が熱くなって来て、

「師匠、終わるまで外を掃除しておきましょうか」

「そうしてもらおうか」

文蔵はあっさり言った。芸者上がりに違いないと思って、笑之助《しょうのすけ》という目の細い二十歳ぐらいの文蔵の弟子にきいてみた。はじめて信吉が前座《ぜんざ》になったとき、末広亭の楽屋でお茶の入れ方や、ねた帳のつけ方、太鼓の叩き方などを親切に教えてくれた男だ。その笑之助がそっと教えてくれた。

「おかみさんは吉原にいたんだ」

文蔵師匠はおかみさんが娼婦だったことを隠すことはなかった。

「あいつは吉原のお女郎《じょろう》さんよ」

ある日、信吉にも文蔵が悪びれることなく言い、

「手練手管《てれんてくだ》にたけている女ばかりじゃない。ほんとうに好きになってくれたら、女郎上がりは嬶にゃいいぜ。特に噺家にはな。浮気したって文句を言わねえ。とことん尽くしてくれるぜ」

と、教えてくれた。文蔵師匠が女郎を妻にしていると聞いて、信吉も和子が娼婦だという抵抗感が薄らいでいった。

和子の祖父は旧幕時代の旗本、いわゆる没落士族であり、本所の石原町《いしわらちょう》でガラス工芸の商売をはじめた。失敗の代名詞となった士族商法とは違い、だいぶ成功し、父親の代には店も大きくなったが、やはり先の昭和恐慌で失墜《しっつい》した。父親の女道楽も災《わざわ》いしたようだ。奉公人が櫛《くし》の歯の欠けるようにいなくなり、ついに倒産。両親と弟妹三人を養うために身を売った。

祖父の血を引いているのだろう、和子には単なる美貌だけではない気品があった。もし徳川《とくがわ》幕府が続いていたら、旗本のお姫さまということになるのだ。幕末の時代は七十年以上も前のことなのに、お姫さまといっしょにいるような感動が信吉にはあった。

その女が目の前からいなくなる。娼婦ならたくさんいるが、和子の代わりはいないのだ。

「ごめんね」

和子は信吉の膝《ひざ》を揺すった。背中を向け、信吉は唇《くちびる》を噛《か》み締《し》めうなだれた。

「帰ってくるのはいつなんだ」

子どもがだだをこねるように信吉は俯きながらきいた。

「精を出せば、半年で借金を返せるかもしれないって」

半年か、と信吉はため息をついた。

「どうせ、私のことなんか、すぐ忘れちまうわよ」

和子が信吉の背中に頬を押しつけた。

「ばかやろう。忘れるもんか」

信吉は振り返った。

「忘れないでくれるの。待っていてくれるの」

和子の真剣な眼差しを信吉も受け止めた。

「当たり前だ」

信吉は体の奥から何かが溢《あふ》れ出した。しばらく会えないのだと思うと、込み上げてくる激情が信吉に襲いかかった。彼女の体を引き寄せ、力いっぱい抱きしめながら、

「俺はおめえが好きだ。いいか。俺のところにきっと帰ってくるんだ。約束だぜ」

「うん、帰ってくる。信吉さんのところにきっと」

和子が品川駅から大陸に向かって出発したのは昭和十三年三月半《なか》ばだった。信吉はホームまで見送った。五十人近い女たちの中に、和子の白い顔があった。長崎《ながさき》まで行って、船

で大陸に渡るのだ。汽車の窓から手を振る和子の顔がずっと焼きついていた。

2

一年後、信吉は二つ目《ふため》に昇進した。横浜《よこはま》の寄席に出ていたとき、早々と楽屋入りした桂文蔵師匠が信吉の高座《こうざ》を聞いていて、「なかなかうまくなったじゃねえか。どうだえ、師匠」と円明師匠に言ってくれたのがきっかけになった。

二つ目になると、独り立ちということになり、師匠の家を出なければならなかった。信吉は本所区東駒形《ひがしこまがた》の長屋で暮らすことになり、四月半ばに引っ越しをした。

その日、円助がどこかからリヤカーを借りて来てくれた。この兄弟子は信吉の面倒をよくみてくれた。馬面《うまづら》だが、男の色気のようなものがあった。今二つ目で、二十四歳だった。二年間の兵役義務を過ごしてきた。芸人の子で、親は浄瑠璃《じょうるり》語りだったらしい。十歳でバクチをはじめ、十二歳で女を知ったという。大塚《おおつか》の芸者の家に居つづけていたかと思うと、巣鴨《すがも》の後家《ごけ》の家を塒《ねぐら》にしたりしていた。

師匠の家から荷物を運び出し、リヤカーに積む。ときたま、荷物を運ぶ手を止めて、縁側に座って煙管《きせる》をくわえている師匠の横顔を見た。春の陽射しを頬《ほお》に受けている師匠の顔が寂しそうだった。いざ師匠の家を出る日になって、信吉の心がまたも乱れた。子どものいない師匠は信吉を実の息子のように面倒をみてくれた。俺がいなきゃ、これから困るんじゃないか。そんな心配をしながら挨拶《あいさつ》をした。

「師匠、おかみさん。いろいろお世話になりました」

「ひとり暮らしってのはたいげえふしだらになるもんだ。不摂生《ふせっせい》はいけねえぜ」

師匠は渋い顔で言った。

「はい。師匠もお達者《たっしゃ》で。何かありましたら、すぐ飛んで参ります。でも、ほんとうはここにいたいという気持ちも……」

信吉はつい涙ぐんだ。おかみさんが笑いながら、

「いやだよ。まるで弟子を離れちまうみたいじゃないか。これからも一生懸命おやり」

「ありがとうございます」

師匠は憮然《ぶぜん》として立ち上がり、縁側に立って背中を向けた。

内弟子に入って二年間、食事、掃除、洗濯、それに師匠の身の回りの世話をしてきた。師匠はきれい好きで、板塀を雑巾で拭いたり、敷石も掃《は》き清め、室内に塵《ちり》一つないように気を配った。掃除、洗濯が日課だった。他の弟子が稽古をつけてもらっているのを庭で聞いているのが噺《はなし》を覚える手立てだった。師匠が風呂に入れば、背中を流したりした。師匠

に稽古をつけてもらえるようになったのは一年後だった。前座噺の「寿限無《じゅげむ》」で、まず師匠が三度語ってくれたのを聞き、一週間後に今度は信吉が、師匠の前で演じる。いいだろうと、師匠が誉《ほ》めてくれたとき、はじめて自分は三遊亭円明の弟子になったのだと思った。


様々な思いが頭を駆け巡り、師匠の背中に頭を下げて立ち上がろうとしたとき、

「あっ、ちょっとお待ちよ。これ、師匠から」

と、おかみさんが祝儀袋を差し出した。

「とんでもありません。先日、たんと頂戴《ちょうだい》いたしました」

二つ目の昇進祝いに、襲名披露《しゅうめいひろう》で着る羽二重《はぶたえ》の紋《もん》付きまでもらったのだ。その着物は師匠が二つ目になったときに作ったものだという。

「独立すれば何かと物入りだからね。とっておきなさい」

「すいません。師匠、ありがたく受け取らせていただきます」

もう一度師匠の背中に声をかけた。

玄関を出ると、円助が所在《しょざい》なげに空を見上げていた。風がなく、穏やかな天気だった。

信吉に気づくと、やおら顔を向けた。

「師匠も寂しいんだな。おめえを実の倅《せがれ》のように思っていたからな。さあ、行くか」

いた。


「ちょっと待ってください」

玄関前の植木に最後の水をやった。草花まで信吉と別れを惜しむかのようにうなだれていた。

信吉がリヤカーを引き、円助がうしろから押して、浅草の猿若町《さるわかちょう》を出た。ふとんに着物。柳行李《やなぎごうり》が二つ。たいした荷物ではなかったが、リヤカーの安定が悪く、重かった。

馬道《うまみち》を通って松屋《まつや》の横から吾妻橋《あづまばし》に差しかかる。上りになってリヤカーが重くなった。汗が額《ひたい》から目に流れてくる。橋の途中で休み、腰の手拭いで首のまわりの汗を拭った。隅《すみ》田堤《だづつみ》の桜も散り、新緑が覆いはじめ、春の陽光が射して川面《かわも》は輝いている。汚穢船《おわいぶね》と筏《いかだ》を引く船が通った。白波の上をゆりかもめが舞い、筑波山《つくばさん》が望める。風もなく、向島辺りの工場の煙突の煙りが真上に上っていた。

橋を渡り終えてから、斜めの道をリヤカーを引いて行く。電車通りを横断し、卒塔婆《そとば》の見える寺の前を過ぎてから豆腐屋の角を曲がり裏通りに入る。今にも倒れそうな長屋に着いた。

「夏は藪蚊《やぶか》で悩まされそうだな。さっそく、蚊帳《かや》を買ったほうがいい」

家賃が安いのだから、文句の言える筋合いではなかった。この長屋には浪曲師や職人一家などが住んでいた。

荷物の仕舞い込みは長屋の連中が手伝ってくれて、わけもなく片づいた。夕方になって、円助は皆を狭い部屋に押し込み、あぶれたものは土間に立って酒盛りとなった。気難しい顔の大工やお喋《しゃべ》りなかみさん連中で賑《にぎ》やかな宴《うたげ》がはじまった。路地にも莚《むしろ》を敷いてひとが集まった。円助がかっぽれを踊り、信吉も芸人の三味線《しゃみせん》で都々逸《どどいつ》を披露した。賑やかな声は夜遅くまで続いた。

翌日、天窓から陽が射していたが、意識ははっきり目覚めないまま、戸がかたかたと鳴るのを聞いた。和子がやって来たのかと思った。ひょっとしたら、魂が海峡を渡って大陸からやって来たのではないか。そんなことを考えていて、やっと目が覚めた。

もう陽は高く昇っていた。二つ目になったからといって、とくに忙しくなるわけではなかった。一日一席終われば、もう時間は自由だった。前座であれば師匠から小遣いをもらい、三度の食事の心配もいらなかったが、今度はそうもいかなかった。仕事が入れば、どんなに遠くても出掛けて行く。

五月になって地方巡業の仕事が入った。落語、漫才、奇術、浪曲などの一行に混じって群馬から栃木、茨城をまわって来るのだ。

上越線《じょうえつ》の固い座席に身を沈めて上野《うえの》を早朝に発ち、高崎《たかさき》に向かった。車窓から鯉《こい》のぼりの泳ぐのを見て、幼い日々のことを蘇らせた。新聞紙で作った兜《かぶと》を頭にかぶり、家の中を兄と走り回ったことが思い出される。

その日の午後、高崎城の近くに新しく出来た寄席小屋の柿落《こけらお》としに出た。夜は町の安宿に泊まり、翌日は安中《あんなか》に移動した。地元の亜鉛精錬所の集会所での演芸会には農家のひともたくさん詰め掛け、盛況だった。その夜は磯部《いそべ》温泉に泊まった。安中ではもう一日予定が入っていた。

翌日の午前中は時間があり、信吉は近くにある松岸寺《しょうがんじ》へ行ってみた。安中へ向かう道を歩いて二十分ほどで、辺りは桑畑が広がっている。ここに忠臣蔵《ちゅうしんぐら》で不忠の武士という汚名を着せられている大野九郎兵衛《おおのくろべえ》の墓があると聞いてやって来たのである。

本堂の横手に墓があった。杉の木立が辺りを鬱蒼《うっそう》とさせていた。佇《たたず》んでいると、「やあ、円若さんじゃありませんか」と声をかけられた。

振り返ると、元活弁士《かつべんし》の野木正男《のぎまさお》という芸人だった。野木はひとりで舞台に立ち、扮装《ふんそう》をして活弁調で映画の場面を再現する芸を演じていた。映画がトーキー時代になって、活弁士たちはそれぞれに生活の場を変えていったのだ。

「あなたも大野九郎兵衛にひかれてやってきましたか」

野木が苔《こけ》むした墓を見つめながら言う。野木は忠臣蔵の映画の弁士を何度も務めたことがあるという。

「赤穂《あこう》の家老《かろう》がこんなところで暮らしていたとは思いませんでした」

信吉は城を枕に討ち死にだとか切腹だとか、大石内蔵助《おおいしくらのすけ》を中心の騒ぎをよそに、こっそり姿を消した大野九郎兵衛が、磯部に逃れていたことを聞いて興味を覚えたのだった。

「ここで手習い師匠をしたりして過ごしていたらしい」

そのことが縁で、信吉は野木と親しく言葉を交わすようになった。そして、前橋《まえばし》、桐生《きりゅう》とまわり、足利《あしかが》にやって来た。

足利の公民館での演芸会を終え、夜は渡良瀬川《わたらせがわ》沿いの旅館に泊まった。真打ち格の芸人が席亭や後援者に招かれて料亭に出掛けたあと、信吉は野木といっしょに部屋で酒を呑んだ。野木はかなりの上戸《じょうご》だった。

「今頃、あっちは芸者を上げていい気持ちになっているんだろうぜ」

と、野木は眉をひそめて羨《うらや》ましげに言った。女中の尻を触ったりしていたが、女の肌が恋しくなっていたようだ。磯部温泉に泊まったとき、夜遅く出掛けたが、ぶつぶつ言いながら帰ってきた。女を買いに行ったものの見つけられなかったのだ。

「川の向こうは日光例幣使《にっこうれいへいし》街道の八木宿《やぎしゅく》があったところだ。飯盛女《めしもりおんな》がいたんだ。今はいねえのかな」

上州《じょうしゅう》名物の八木節《やぎぶし》は八木宿が発祥だと、野木は言った。

「野木さんはよくいろんなことをご存じですね」

「旅に出るたびに、その辺りのことを調べるんだ。そういうのが好きなんだろうな。それだけじゃねえ。その土地土地の女を抱くのも楽しみなんだが、今回はどうも勝手が違う」

野木はぼやいた。

「遠くまで行ったんですか」

信吉は酒を注ぎながらきいた。

「半年前には大陸に慰問《いもん》に行ってきた」

「中国大陸ですか」

「そうだ」

戦線慰問団の一員として下関から関釜《かんぷ》連絡船で大陸に渡り、さらに満鉄《まんてつ》に乗り、三ヵ月かけて前線を慰問してまわってきたのだという。

「向こうにも女はたくさんいるんでしょうね」

「南京《ナンキン》だけでも千人ぐらいの慰安婦がいるらしい。でも、大陸にいる兵隊の数は三十万だというからな。女はいくらいても足りない。だから、玄関には開店前から兵隊が長い列を作っているぜ。生と死の境目にいると女が欲しくなるのだろう」

信吉が遠くを見る目つきをしていると、

「どうした。そうか、誰か思う女でも向こうに行っているんじゃねえのか」

野木に図星を指されてあわてた。

「いえ、大陸ってどんなところかと思いましてね」

「だだっぴろいところさ」

野木が酔いつぶれてから部屋を抜け出し、暗い渡良瀬川を眺めながら遠い大陸にいる和子に思いをはせた。一年経つのに便りさえないのだ。


その後、温泉地や村の公民館などを転々として東京に帰って来たのは七月初めだった。

上野駅で一行は解散となった。野木が近づいてきて言った。

「円若さん、またいつかいっしょに旅をしようや」

その足で、浅草の師匠の家に帰京の挨拶に寄った。師匠は出掛けて留守だったが、おかみさんがお茶を出してくれた。

「これ師匠の好きな干瓢《かんぴょう》です」

土産を受け取ってから、

「そうそう、おまえにハガキが来ていた」

と言って、おかみさんは茶ダンスの引出しからハガキを取り出した。

——前略。御無沙汰《ごぶさた》しておりました。お変わりございませんでしょうか。今、帰国し、自宅におります。また御目文字《おめもじ》出来る日を楽しみにしております。

和子という文字が目に飛び込んだせいか、文面は短かったが、行間に会いたいという思いがこもっているのがわかった。

翌日、信吉は東駒形橋の停留場から市電に乗って平野町《ひらのちょう》まで行った。厩橋《うまやばし》一丁目、石原町、横網町《よこあみちょう》の停留場を過ぎ、省線のガードを潜《くぐ》り、千歳町《ちとせちょう》を出てからようやく深川《ふかがわ》区に入った。電車の速度の遅いのが歯痒《はがゆ》かった。

市電は清澄《きよすみ》庭園を右手に仙台堀川《せんだいぼりがわ》を越えて、深川二丁目の停留場に着いた。明治《めいじ》小学校の前を通り、途中の雑貨屋で訊《たず》ね、材木屋の角を曲がって、さらに路地を入った所で、和子の家を見つけた。すぐ後ろに堀川《ほりかわ》が流れている。これなら一つ先の深川一丁目の停留場でおりたほうが近かった。

木造の平屋建てだった。玄関の引き戸を開けて呼び掛ける。しばらくして暗がりから白いものが現れた。若い女で、頬が削《そ》げ、顔色は悪い。和子の妹のようだ。まだ病気はよくなっていないのかと思いながら、和子への訪問を告げた。さして広い家ではないから声は届いているはずだが、女はいったん引っ込んでから再び出て来た。

「八幡《はちまん》さまの境内《けいだい》でお待ちくださいと姉が言っています」

家の近くで男と会うのが憚《はばか》られたのだろう。信吉は川沿いを歩き、和倉橋《わぐらばし》を渡った。右手が深川公園で不動尊があり、左手は数矢《かずや》小学校、その先の富岡《とみおか》八幡宮の裏手に出た。

強い陽射しの中に和子の顔を思い浮かべたが、その姿は陽炎《かげろう》のように揺れて消えた。

寛永《かんえい》四年に富岡上人が永代島《えいたいじま》の砂州《さす》を開拓整地した功により幕府から六万坪を拝領し、永代寺と八幡宮を建設した。明治初年の神仏分離《しんぶつぶんり》で永代寺跡が不動尊になった。

八幡宮の境内にある力士塚の傍らの日陰に立った。江戸時代は勧進相撲《かんじんずもう》が行われ、歴代横綱の手形が奉納されている。石碑の陰で待つと、ときおり涼しい風が吹いた。昼を過ぎ、気温もさらに上昇したようだ。鳥居を潜ってくる婦人がいたが別人だった。

さらに十分後、裏門から女が近づいてきた。日傘の下の顔が和子だと気づくまで時間がかかった。面窶《おもやつ》れし、幾つも年をとったように見えた。

「帰ってきたのか」

顔を見たとたん取り乱すかもしれないと思ったが、信吉の心は冷めていた。

「お久しぶりです」

彼女の声も固かった。それ以上の言葉も出ず、ぎこちなく向かい合っていたが、どちらからともなく歩き出した。この富岡八幡宮を中心として花町が広がっていた。江戸時代、俗《ぞく》に深川七場所という岡場所が集まっていたのである。

和子の顔を見たら、ああも言おう、こうも言おうと思っていたことが山ほどあったはずなのに、どうしても思い出せず、信吉は口を閉ざしたままだった。

しばらく行くとひっそりとした柳の木の陰に待合《まちあい》の看板が見えた。信吉はその前で和子を振り返った。一瞬ためらい、意を決したように、和子は従った。古い建物で、廊下も暗かった。案内の女中が部屋から出て行くのを待って、信吉は和子の肩を抱いた。肌で覚えている彼女の感触がなかった。あまりの体の細さに愕然《がくぜん》とした。和子が自嘲《じちょう》ぎみに、

「痩せたでしょう」

と、呟《つぶや》いた。大勢の兵隊が開店前から列をなしているという野木の言葉が蘇った。大陸での生活の苛酷《かこく》さが想像された。

「早く帰ろうかと思ったんだけど、病気になっちゃって」

「病気？」

「せっかく借金を返そうと思ったのに、寝込んじゃったの」

和子は目尻を濡らした。

「二ヵ月前に帰ってきたんだけど、こんな姿をあなたに見せられないから知らせなかった

の」

「水臭いじゃないか」

そう言ったものの、信吉の声は弱かった。心が冷めて行くのを止めようもなかった。信吉は心の中で、違うと叫んだ。以前の和子と違うのだ。

和子を抱いたが、まるで骨を抱いているようだった。胸も腰も小さくなっていた。肌に弾力もない。俺が待っていたのはこの女じゃない。そんな残酷な思いが突き上げた。最後まで信吉の男が立たなかった。和子は顔面蒼白になってさっさと身繕《みづくろ》いをする。気まずい雰囲気に、信吉も黙ったままだった。

待合を出た。まだ日は明るかったが、また会おうという約束もしないまま、和子は逃げるように去って行った。声をかけようとしたが声も出ず、あえて追おうともしなかった。ただ切なさ、虚《むな》しさが信吉の心を押しつぶそうとしていた。

それから、毎晩和子の夢を見た。健康的な顔が最後には窶れてしまう。うなされて目を覚ます。そんなことが二週間続いた。後ろめたさのせいかもしれない。とうとう気になって和子の家に行った。

今度は市電の深川一丁目でおり、材木屋の裏の路地を入ったが、和子の家を目の前にして急に臆《おく》した。空は黒い雲が張り出し、今にも降《ふ》り出しそうだ。心を決めて、信吉は玄関に向かった。

この前と同じに、窶れた妹が出てきた。彼女は信吉の顔を見るなり、「ちょっと待ってください」と断って家の中に引っ込んだ。待つ間もなく、彼女は手に手紙をもって戻ってきた。

「これを渡してくれと預かっていました」

「和子さんは？」

「ここにはいません」

「どちらへ？」

「サイパンに」

事情を問うと、妹は目に涙をためた。姉は大陸から帰ってきたが、私の病状が思わしくないことを知り、今度はサイパンの料理屋に奉公に行くことになったのだと彼女は答えた。せっかく大陸で身を粉にして稼《かせ》いだ苦労もすべて水の泡だ。家族の生活を守るために、また借金をして、サイパンの料亭に働きに出たのだという。

出発は五日前。僅かの差で、和子に逢えず仕舞いだったことに、後悔の念を禁じえなかった。

家を辞去《じきょ》して、電車通りに向かう途中で足を止めて手紙を見た。

――信吉さん。私にはこのような生き方しか出来ないようです。玉ノ井の頃はとても楽しかった。サイパンは気候が温暖でとってもいいところだそうです。もう二度と会うことはないと思います。どうぞ、お体を大切にし、立派な咄家になってください。

サイパンに行く決心をしたのは信吉に絶望をしたからではないのか。彼女は信吉に救いを求めたのに、信吉の冷たい態度にうちのめされたのだ。二度と会うことはないという訣《けつ》別《べつ》の言葉がそれを物語っているようだ。

大正三年十月、第一次世界大戦中に大日本帝国海軍が当時ドイツ領だったマリアナ、カロイン、マーシャルの南洋群島を無血占領した。このマリアナ諸島の中で最大の島がサイパンである。ベルサイユ条約によってサイパンを含む南洋諸島は日本の統治下になった。サイパンで日本の製糖産業が業務を開始し、その募集に応じて沖縄をはじめとして山形、福島などからひとが集まった。ジャングルや荒地を切り開いてサトウキビ畑にし、砂糖やコーヒーなどを日本に送り込んだ。島の中心地ガラパン市には二万以上の日本人が住んでいて、日本にいるような町が出来ている。日本からサイパンまで二千キロ。その途方もない距離以上に、信吉と和子の距離は遠くなっていた。

和子を見捨てたという思いが信吉を苦しめた。俺はなんて冷たい男なんだと自分を責めた。

芸に精進《しょうじん》することで和子のことを忘れようとしたが、常に胸に何かが張りついていた。高座に上がればいっときは忘れるが、ひとりになるとその分を埋めるかのように前以上の苦痛が襲ってきた。このままではいけないと思いつつ、日を重ねた。そんなある日、円明師匠が信吉を呼んだ。

「円若。古典をやるからにはいろいろな役になりきらなければならない。どうだ、修業のためだ。一年ほど、旅芸人といっしょに全国をまわって来ないか」

師匠は信吉の才能を買っていた。大事に育てようとしているのがわかった。小唄や端《は》唄《うた》、それに歌舞伎やら芝居を勉強させてもらってきた。しかし、役者というのは予想外のことだった。

「噺はうまいが、おまえに足りないのが洒脱《しゃだつ》さだ。恥ずかしさが邪魔をしている。それを取り除《のぞ》くには芝居をするのが一番だ。急がばまわれということだ」

そんなものかと思ったが、信吉は師匠の言葉に従うことにした。ちょうど、和子のことで苦しんでいたので気分転換になると思った。

「懇意《こんい》の大畑巻二郎《おおはたまきじろう》一座に話をつけてある」

師匠は言い、頑張ってくるんだと付け加えた。

こうして、信吉は大畑巻二郎一座の客員となって、全国の温泉地や芝居小屋に向かうことになった。

昭和十四年九月、残暑も峠を越し、どんよりとした空模様の日に、一座は東北に向かって出発した。

3

顔なじみになった看護婦に見送られ、伊吹耕二《いぶきこうじ》は下宿近くの医院を出た。一月ほど前から胃が重たく、食欲もなかった。母がこの二月に急性の胃潰瘍《いかいよう》で亡くなっている。不安を覚え、おそるおそる診《み》てもらったのだが、異常は見つからなかった。異常がないとわかると、急に塞《ふさ》ぎ込んでいた気持ちも一掃《いっそう》されたが、痛みの原因が心因性《しんいんせい》のものだろうという医者の指摘だった。

谷中《やなか》墓地に母の実家の代々の墓がある。伊吹は谷中にある医院から墓地に足を向けた。きょうは母の月命日だった。

墓は谷中天王寺《てんのうじ》の五重塔から上野桜木町《さくらぎちょう》方面に桜並木を少し行った場所にあった。近くに、明治時代の壮士《そうし》芝居のオッペケペ節で有名な川上音二郎《かわかみおとじろう》の墓があり、シルクハット姿の銅像が建っている。小道をはさんで向かい側に、毒婦と呼ばれ、処刑された高橋《たかはし》お伝《でん》の墓もあった。

母は伊吹を大学に入れることだけが生きがいのように下谷《したや》で芸者をしながら命を削って働き、息子の帝国大受験の合格の報が入るのを待っていたのか、小雪の舞う日に息を引き取ったのだ。

東京帝国大の経済学部に入った伊吹のために、母は学費と四年間の生活費を残していってくれた。墓石に刻まれた伊吹きよという名前。昭和十五年二月十日。享年四十四。

もう一度合掌《がっしょう》してから立ち上がったとき、石畳を踏む音を聞いた。

長身の男がやって来る。秋の陽射しが男の背中から当たっている。

「兄さん」

二十五歳になる兄は鼻筋が通り、顎《あご》が尖《とが》って、眉が濃い。思索《しさく》的な眼差しは文学者らしいが、全体的な印象は軍服のほうが似合いそうな風貌《ふうぼう》だった。

「来てくれたのですか」

兄は軽く頷《うなず》き、そのまま墓の前に立った。兄が手を合わせている姿を眺めながら、はじめて兄と会った十年前のことを思い出した。

母といっしょに湯島天神《ゆしまてんじん》の縁日に行って帰って来ると、家の前に絣《かすり》の着物姿の貧しいなりの十五歳ぐらいの少年が立っていた。母の動揺がつないでいる手から伝わってきた。少年はいきなり逃げ出した。その少年を追って、母が大きな声で、史郎《しろう》と叫んだ。

その夜、母は打ち明けた。呉服店の次女だった母は、十八歳のときに手代だった父と駆け落ちした。父は二十歳だった。母は身籠《みご》もっており、生まれたのが兄だった。ふたりで暮らしはじめたものの、手代だった父に他の商売をやる才覚はなかった。流れ流れて兄が四歳のときに、浅草玉姫町《たまひめちょう》の長屋に住むようになった。

「日雇いのひとや屑拾《くずひろ》いなどがたくさん住んでいる場所だったわ。家族で住んでいるひとも多かった。お父さんは鉄屑拾いをしていたの」

お化け長屋といわれた貧民窟《ひんみんくつ》だったのだ。兄が六歳のときに、母は再び身籠もった。それが伊吹である。

「雨が降れば、厠《かわや》があふれてとても不衛生だったわ。こんなところじゃ、おまえを産むことは出来ない。そう言って、お父さんに相談したの」

大雨が降れば、床上まで浸水し、汚物が流れ込む。病気になる者が増える。藪蚊が多く、とうてい人間の住むような所ではない。父も悩んだらしい。無事生まれたとしても育てていくことは難しい。

「私の気持ちは決まっていたの。おまえをちゃんと産むために実家に帰ろうって」

親の激しい反対を押して駆け落ちした手前、いまさら帰れるわけはなかったが、母は実家の両親に詫びを入れたのだという。

「どうして、お父さんや兄さんもいっしょじゃなかったの」

伊吹はきいた。

「おじいさんやおばあさんが許さなかったの。だから、私だけが帰ったの。私はお父さんやおまえの兄さんを捨てて、実家に帰ってきちゃったのよ」

母は泣き伏した。自分のために、母が父と兄を捨てたということに、伊吹は衝撃を受けた。

実家では兄が所帯を持って家を継いでおり、母の居場所はなかった。住み込みの女中同然の扱いで、納戸《なんど》だったところに部屋をあてがわれた。子ども心にも母がうとんじられているのがわかった。自分の生まれた家なのに不思議でならなかった。

伊吹が三歳のときに、店の出入りの職人が見かねたように言った。

「ここにいても仕方ないでしょう。どうです、芸者になったら」

その職人の世話で、母は湯島天神下で芸者に出たのだ。湯島天神下同朋町《どうぼうちょう》と下谷御数寄屋町《おすきやちょう》に住む芸者を下谷芸者という。当時で、芸者は百名以上いた。

あとから知ったことでは、その職人は嫂《あによめ》から言い含められて芸者の話を持ち出したのであり、ようするに母を追い出したかっただけだったのだ。

二度目に現れた兄は今度は逃げなかった。母に問われるままに、兄は自分の生活を語った。

「震災のあと、千住のハーモニカ横町に移ったんです。そこで七年間暮らした」

そこも貧民窟だった。

「半年前にそこを出ました」

「父さんは？」

母が心配そうにきいた。しかし、兄は首を横に振っただけだった。

貧民窟を飛び出した兄はカフェーのボーイをし、そこで大衆小説作家の岡村多一郎《おかむらたいちろう》に近づくことが出来た。書生《しよせい》として入り込み、小説の修業をした。二十歳になって子ども向けの探偵小説を二作ほど出したが、現在兄は岡村のひきで東日《とうにち》新聞社文芸部の記者になっている。

御参りを済まし、兄は立ち上がってから木漏《こも》れ日《び》に目をやった。眩《まぶ》しそうに目を細めた横顔に母の面影があった。

「もう八ヵ月か」

兄が呟いた。兄が母に捨てられたのは七歳のときになる。どんな思いで、父とふたり切りの寂しい生活を送ってきたのだろうか。

もう一度、伊吹は墓に合掌してから桶を持った。並んで歩き出してから、兄が不審そうにきいた。

「きょうは学校じゃないのか」

「臨時の休講だったんです。兄さんこそ、どうしたんですか」

医者に行ったことを知られたくないので、嘘《うそ》をついた。伊吹は兄の新たな質問を抑えようとして言った。

「父さんを捜してみようと思うんです」

他の学生が、いかに生きるべきかに煩悶《はんもん》し、哲学書を漁《あさ》り、小説を読んでは人生を探ろうとしているのに対して、伊吹は自分の出生についてのみに心を煩《わずら》わせていた。十五歳のときに千住のハーモニカ横町を飛び出して以来、兄はそれから父とは会っていないという。母を失った今、伊吹は無性《むしょう》に父が恋しくなっていた。自分が生まれたために、駆け落ちまでしたふたりが別れる羽目《はめ》になったのだと思うと、どうしても父に会わなければならないように思えた。

伊吹の熱い思いに水を差すように、兄は冷やかに言った。

「無駄だ」

「どうしてですか。死んでいると言うのですか」

「そうだ」

「ぼくはそうは思えないんです。兄さんは知っていましたか。母さんの葬儀のときに、遠くから手を合わせていた男がいたそうです。そのひとがぼくの父さんじゃないかと」

「違う」

兄が強い声で否定すればするほど、伊吹は父が生きていると思えてならなかった。根拠がないわけではない。母の葬儀のときに奇妙な男がうろついていたのだ。近所の者が見掛けて教えてくれたのだが、伊吹は父ではないかと思った。

兄も父と別れて以来、父の消息を知らないはずだ。なぜ父が死んでいると断定出来るのか。黙ってしまった伊吹に、兄がきいた。

「これから、どうするんだ？」

気がつくと、旧暦の八月十五日に行われるへちま供養《くよう》で有名な浄名院《じようみよういん》の前に来ていた。加持祈禱《かじきとう》すれば、咳や喘息《ぜんそく》に効用があるといわれ、伊吹も母の朋輩《ほうばい》の芸者について やって来たことがある。

「せっかくですから上野まで足を延ばし、美術展でも見てこようと思います」

院展《いんてん》、二《に》科《か》展、文《ぶん》展などが開かれているかもしれないと思って、とっさに出た言葉だった。もっとも、今では戦場か銃後の風景が描かれた戦争画が主流を占めていて、しいて観たいという気ではなかった。小説家たちだけでなく美術家も負けずに戦争に協力していた。多くの一流画家が徐州《じょしゅう》作戦や武漢《ぶかん》作戦に従軍し、戦争画をたくさん描いた。

「じゃあ、そこまでいっしょしよう」

精養軒《せいようけん》で友人と待ち合わせているのだと、兄は言った。

言問《こととい》通りを渡り、寛永寺《かんえいじ》に出る。境内を突っ切り、徳川家墓所のある霊園を通って、博物館の裏手に出た。徳川家の菩提寺《ぼだいじ》上野寛永寺の塀沿いを通る。最後の将軍徳川慶喜《よしのぶ》が大《たい》政奉還《せいほうかん》後、江戸城を明け渡し、寛永寺の支院大慈院《だいじいん》に入って謹慎した。その一方で、一部幕臣が彰義隊《しょうぎたい》を結成し、上野寛永寺に屯所《とんしょ》を設けた。彰義隊と官軍との戦いで、寛永寺の堂塔伽藍《がらん》はほとんど焼けてしまった。焼けなかった上野東照宮《とうしょうぐう》の社殿を見ると、往時《おうじ》の絢爛《けんらん》豪華さを想像することが出来る。

上野は古くは忍《しのぶ》の岡《おか》と呼ばれ、台地の上にある。不忍池《しのばずのいけ》や、そこから三味線堀に流れている川を忍川《しのぶがわ》と言ったように、その地名の名残りはある。

上野の台地から根岸《ねぎし》、浅草方面が見下ろせる。この台地の下を省線や東北線が通っている。武蔵野台地と東京低地と呼ばれる沖積低地《ちゅうせきていち》の境であり、それが山の手と下町を分けていた。

「根岸にもだんだん民家が建っていくな」

明治末までは、根岸辺りは田圃《たんぼ》があった。近代俳句の創始者正岡子規《まさおかしき》が住んでいた頃はたいそう鄙《ひな》びた所だっただろう。産業の発達により、労働者階級も増えてひとが住み着くようになり、市街地へと発展していったのだ。

山の手と下町を分ける境は時代と共に変わっていく。江戸時代の江戸の町は大名、旗本やその家臣たちの住む武家地と、商人、職人の住む町人地とに分かれていたが、町人地は低地にあり、下町と呼ばれていた。それに対して武家地は台地の上であり、山の手と呼ばれた。明治に入ると、山の手は官僚、軍人、資本家などの上流階級の知識人たちが住みはじめ、相変わらず下町は商人、職人たちがひしめきあって暮らしていた。

関東大震災後、東京の市街地は拡大し、山の手と呼ばれる地域は東京の西南部に広がり下町は東京の東北部に広がった。足立、葛飾、江戸川区なども下町に含まれるようになった。兄も関東大震災後、浅草玉姫町から千住のハーモニカ横町と呼ばれた貧民窟に移ったのだ。三河島《みかわしま》、日暮里《にっぽり》、町屋《まちや》、南千住辺りに焼け出された貧しいひとたちが住みつき、鼻緒職、煙草行商、日雇い、屑拾い、傘直し、下駄の歯入れ屋、車夫などの職に就いて暮らしていた。

兄が下町方面を眺めるときの目つきが恐いものになるのは、生まれ育った貧民窟を思い出すからに違いない。どんな生活をしていたのか訊ねても、兄は多くを語ろうとしなかった。ただ暗い表情になる。悲惨な暮らし向きが想像出来た。

秋の木漏《こも》れ日が足元を射している、穏やかな日だった。公園を突っ切り、兄は上野精養軒に入った。明治九年に上野公園の開園式が天皇・皇后両陛下を迎えて行われた。それまで掛け茶屋だった所が取り払われて精養軒が出来たのである。

ロビーには何人かの待ち合わせの人々がいた。見合いなのか、めかしこんだ男女のグループもいる。兄の待ち合わせの相手はまだのようだった。

「耕二。さっきの話だが、父さんのことは諦めたほうがいい。生きていれば、俺の前に現れるはずだ。それがないのは出てこられない事情があるか、もう死んでいるかのいずれかなのだ。そんなことにかかずらわずに、今は学問一筋にはげめ」

「でも、兄さん。この時局です。学問をしていても無駄になるかもしれない」

中国との戦争が長期化し、思想に対する統制と弾圧が厳しくなっていた。ファシズムの波が押し寄せているのは大学にいても肌で感じられた。伊吹が入学する前のことだが、自由主義者の教授が追放され、大学総長に海軍中将が就任し、さらに大学内での軍部に近い教授とそれ以外との対立が激しくなっていた。もはや、経済学部は壊滅状態になっていた。象牙の塔も戦時体制に組み込まれているのだ。

「母さんは、耕二に企業家になって欲しいと言っていた。君はよけいなことを考えず、ただ母さんの願いを叶えてやるように努力するんだ。学生がペン以外のものを持つようではだめだ」

　言い返そうとしたが、兄の視線が入口に向かったのを見て声を呑んだ。伊吹も目をやった。背の高い金髪の青年と長身の痩せた男が入ってきた。ふたりはまっすぐに近づいてきた。

「おそくなりました」

　青い目の金髪の青年は笑顔を向けたが、もうひとりの男は無愛想だった。

「紹介しよう。弟の伊吹耕二だ」

　兄はふたりに言ってから、

「友人のジェームス・ニールセンと、大矢根《おおやね》幸彦《ゆきひこ》くんだ」

　と、伊吹に紹介した。

「ニールセンです。よろしく」

　流暢《りゅうちょう》な日本語で、ニールセンは挨拶し、親しげに握手を求めてきた。笑うと、ひとなつこそうに眉が垂れた。彫りが深く、鼻が高い。大矢根のほうは軽く会釈しただけだ。頬がこけて目が鋭く、近寄りがたい雰囲気だった。

「ニールセンは東洋文化の研究のために日本に留学している。来日して三年なのに日本人以上に日本のことを知っているんだ」

兄の師匠の岡村多一郎は自由主義的・親米英的と呼ばれるひとで、その縁からアメリカ人ともつきあいがあった。おそらく、ニールセンもそういった仲間なのだろう。

「どうですか。弟さんもごいっしょに」

笑みを湛えてニールセンが誘った。

「そうだな。どうだ」

兄もきいた。

「ぜひ、ごいっしょに」

ニールセンが熱心に勧めた。しかし、伊吹は遠慮した。

「これから行くところがありますから」

食欲があまりないのだ。それより、なんだか大矢根という男が伊吹の同席を好まないような素振りだった。

「残念です」

ニールセンが肩をすぼめて呟いたあとで、

「機会があれば、お会いしましょう」

と、もう一度握手を求めてきた。

レストランに入って行く三人に別れを告げ、伊吹は帰途についた。

東京美術大学と東京音楽大学の前を過ぎ、善光寺坂《ぜんこうじざか》の中途からさらに路地を右に折れ、三崎坂《みさきざか》に出る。昭和初期に埋め立てられて今は暗渠《あんきょ》になっている藍染川《あいぞめがわ》が流れていた道に入る。

谷中の商店街に出る前の路地を曲がると、黒板塀の質屋が現れ、その並びに板塀の二階屋があった。そこが伊吹の下宿先だった。

玄関は静かだった。二階の部屋に上がり、伊吹は畳に仰向けになった。また胃の辺りが痛みだした。精神的なものなのだろうか。天井を睨みつけたまま時間が経った。窓から射す光がだいぶ弱くなって、急に孤独感が押し寄せてきた。母が亡くなったあと、自分を見失っていた。自分がこの世に生きている意義が見出せないのだ。それは父のことがわからないことが原因のような気がする。自分のために母は父と兄を捨てたのだ。父の無念さが伝わってきて、伊吹を苦しめた。

部屋は暗くなっていた。やりきれないような切なさが、伊吹にまたも襲いかかってきた。

4

上野に下り立った信吉は町に出てみてびっくりした。東京の町はわずか一年ですっかり様変わりし、灰色の世界になっていた。国民服やモンペ姿が増え、町から色彩が消えていたのだ。「華美な服装を慎《つつし》むように」、「指輪は全廃するように」と書かれたプラカードを持った大日本国防婦人会《だいにほんこくぼうふじんかい》や警防団《けいぼうだん》、在郷軍人会《ざいごうぐんじんかい》などの幹部が街頭に立っていた。

先月、全国で紀元二千六百年を祝う祭典が行われた。戦時体制下で禁止されていた神輿《みこし》や山車《だし》や踊り舞台が出来て、各地に祭り気分があふれた。それもいっときの騒ぎで終わり、たちまち町は色彩を失い、精彩をなくしていた。

浅草猿之助横町《えんのすけよこちょう》にある師匠の家に向かったのは、翌日の昼だった。帰京の挨拶をしたあと、師匠がにこにこ笑いながら呟いた。

「だいぶ変わったな」

「変わりましたか」

うむ、と頷いたきり、師匠は何も言わなかった。どこが変わったのか、自分では気づかなかった。

「師匠、これからまた円若としてやって行きたいと思います。どうか、よろしゅうお願い申し上げます」

　信吉が少し芝居がかった口調で言った。

「ああ、頑張んな。近いうちに稽古に来い」

「ありがとうございます」

師匠に稽古をつけてもらったのは三日後のことだった。信吉の噺を聞き終えて、師匠は相好《そうごう》を崩した。

「しばらく離れていたせいかちょっと固いが、その代わり洒脱さが出てきたぜ。うん、結構だ」

　師匠が満足そうに頷いた。

「ほんとうですか」

「ああ。もともと噺はうまかったんだ。洒脱さと同時に色気も出た。この前、変わったといったのはおめえに色気が出てきたってことだ」

「ありがとうございます」

　旅のはじめの頃はよく和子の夢を見た。その悲しげな目が目覚めていても焼きついて離れない。なぜ、救ってやらなかったのだという後悔の念が押し寄せてきて、夜中にふと目覚めることがあった。身を切り刻まれるような痛みから逃れるために酒に手を出した。

一座の連中はたびたび酒を呑んだ。座長など、贔屓《ひいき》の接待の席ではいつも酔い潰れ、座員に抱えられて引き上げることがよくあった。その座長のお供で接待を受けることも多かった。ときには後家の夜の相手をし、祝儀をもらったりした。以前なら自分の良心が許さなかったことが平気になったのも、和子のことを忘れようとしたからだ。良識というものの箍《たが》が外れ、自暴自棄になったこともあった。

「どうでえ、役者はおもしろかったか」

「だいぶ勝手が違いましたが、だんだん面白さがわかってまいりました」

大袈裟《おおげさ》に見得《みえ》を切れば客は喜んでくれたが、そんな芸は長続きしない。すぐ飽きられる。化粧をし扮装すれば恥じらいはなかった。女形《おやま》も楽しかった。だが、落語は違う。地のままでやる。

「ただ、一つだけ気になったことがある」

師匠が眉根を寄せて長煙管をくわえた。信吉は身を硬くし、窺《うかが》うように師匠の言葉を待った。

「噺が理屈《りくつ》っぽくなっている」

「理屈っぽい？」

「気にすることはねえ。これから、じっくり稽古をしていけばいいんだ」

長火鉢に灰を落として、師匠が立ち上がった。

「厠だ」

そう言って師匠は部屋を出て行った。信吉は思い当たることがあって、そのことを考えた。師匠はいつまでも戻って来なかった。不審に思っていると、おかみさんの悲鳴が聞こえた。

「たいへんよ。師匠が」

厠に飛んで行くと、師匠がうずくまっていた。

「ばかやろう。騒ぐんじゃねえ。ちょっと眩暈《めまい》がしただけだ。医者なんて呼ぶんじゃねえぞ」

「師匠。今、ふとんを敷きますから待っていてください」

信吉は内弟子に医者を呼びにいかせ、師匠をおぶって寝床まで連れて行った。

かけつけた医者は軽い貧血を起こしたのだと言った。だから大騒ぎするんじゃねえと言っただろうと師匠は苦虫をかみ潰したような顔をしたが、医者は安静にするように言って引き揚げた。

夕方になって師匠が起き出して来た。夕飯を食べていけというのを遠慮し、信吉は師匠の家を出た。理屈っぽくなっているという師匠の言葉が耳朶《じだ》に残っていた。

馬道から松屋の脇を抜け、駒形堂の前から駒形橋に差しかかった。その間、ずっとそのことばかりを考えていた。

東は青森、秋田、西は岡山まで、大八車に芝居の大道具、小道具、衣装などを積み、歩いて移動した。雨漏りのする掘っ建て小屋のような場所で何日も過ごしたこともあれば、夜に山道を越えたこともあった。野宿をしなければならないと絶望したときに、農家のひとが部屋を貸してくれて食事まで出してくれたりした。木賃宿に泊まったときには米や野菜を運んできてくれるひともいた。

旅廻りで、いろいろな土地のひとの人情の機微《きび》に触れた。それだけならよかったが、信吉の目にたびたび入ってきたのは出征兵士を見送る光景だった。国民服にゲートル巻きの町内会の人間や、真っ白な割烹着《かっぽうぎ》姿の国防婦人会、それに女学生や子どもたちが日の丸の小旗を振りながら駅に向かって行進していく。また、街頭のいたるところで千人針の協力を求める姿などが目に入った。

農村に若者は少なかった。若者がどんどん兵隊にとられていく。しかし、胸を痛めたのはそのあとのことだった。

ある農村で、父親らしい男が胸に白布の四角い箱を抱き、母らしい婦人が額に入った写真を抱えていくのを見た。写真の顔は若い男だ。遺骨となって帰ってきたのを迎えに行ってきたのだ。日の丸の小旗を振られ出征して行った多くの若者が、英霊になって四角い箱に入って帰って来るのだ。そういう光景をその後も何度も見た。

ある小さな駅舎の前で一度に十人近い遺骨を迎える儀式を見たときのことだった。

「無駄な戦争に駆り出されて、どんどん命を奪われて行くんだ」

座員の古山《ふるやま》という男が隣で声を震わせて言った。二十六歳の、痩せて暗い感じの男だった。気の弱い若旦那ややくざ者の役などを多くこなした。おとなしそうな男のどこにそのような激しさがあるのかと思い、信吉が顔を向けると、何のために中国と戦争をしているのだと彼は吐き捨てた。信吉は目を見張って古山を見た。こうあからさまに戦争を非難した言葉を聞いたのがはじめてだったからだ。御上《おかみ》のやることに不満があっても黙って従うものだと思い込んで来た信吉には新鮮でかつ驚愕すべき言葉だった。

それから、古山と親しく言葉を交わすようになった。彼は元プロレタリア演劇の劇団におり、共産党員だった。プロレタリア文化運動に対する厳しい弾圧で劇団が潰され、彼は旅芝居の一座にまぎれこんだ。政府や軍部に対する批判精神を常に胸に抱えていた。古山は徴兵逃れのために断食《だんじき》して徴兵検査に臨んだのだという。信吉も去年本所区役所で徴兵検査を受けた。丙《へい》種合格で複雑な気持ちだったと言うと、古山はそれでよかったのだと言った。

徴兵検査の内容は身長、体重、視力、胸部打診の他に、衛生下士官の前で這いつくばって尻を丸出しにしての屈辱の肛門検査や、陰茎《いんけい》を軍医に握られて膿《うみ》が出ないかを調べる花《か》柳《りゅう》病検査などがある。検査結果はその場で出た。胸に翳《かげ》が見つかり、治療を言い渡されたものの、信吉には自覚はなく、暮らしにも困らないのでそのままに放っておいた。

「世間は甲《こう》種合格者を一人前の男子と認め、丙種を蔑《さげす》むが、そんなもの気にする必要はないさ。くだらん戦争のために勝手に召集されて、犬死にするなんてばかばかしい」

甲種合格者は二年間の兵役に服し、除隊後も在郷軍人として戦時の動員召集を待つのである。

古山から思想的な影響を受けたことが、落語に向かう姿勢に変化をもたらした。御上に楯突《たてつ》く。落語とはもともとそういうものではないのかと思うようになったのだ。文学者や美術家たちがこぞって戦争に協力していく中で、落語は違うのだと思った。落語は庶民のものだ。あからさまではないが、根底には権力者への反撥《はんぱつ》がある。落語を通してご政道を批判する。権力者をやっつけて溜飲《りゅういん》を下げる。それが落語というものだろう。

おそらく、そんな思いを持つようになったから、師匠は理屈っぽいという批判をしたのだろうか。理屈っぽいのは落語には障《さわ》りになるだろうかと思った。根っこに反抗精神があったとしても、噺にそれがもろに現れるのはよくないと自分でも思った。

そんなことを考えながら吾妻橋を渡った頃にはすっかり暗くなっていた。電車通りを渡り、東駒形町の路地を入ったとき、前方から足早に近づいて来る女がいた。一瞬和子の顔が浮かんだが、そのはずはなかった。

「道子《みちこ》」

信吉は目を見張った。体つきも丸くなってすっかりおとなびている。妹の道子だった。信吉は眩しく妹を見た。

「兄さん。お久しぶりです」

道子が畏《かしこ》まって挨拶した。

「よく、ここがわかったな。お祖父《じい》さんに聞いたのか」

人形町に母の実家がある。そこの祖父には住まいを教えてあった。道子が頷いてから、

「帰ろうかと思っていたの。よかったわ」

と、ほっとしたように言った。

「汚い所だが、うちに行こう」

信吉は自分の家に道子を導いた。好奇心をむき出しにした長屋の連中に、妹ですと言いながら、中に入った。

「今、お茶をいれる」

炭をおこし、お湯をかけてからきいた。

「今、どうしているのだ？」

「師範学校に行っているわ」

東京府女子師範学校で、卒業したら教師になるのだと言った。

わざわざ訪ねてきたことに、懐かしさより不安にかられた。

「何かあったのか。まさか、父さんか母さんに……」

「ふたりとも元気よ」

道子の顔に憂《うれ》いが見えた。

「じつは浩平《こうへい》兄さんに赤紙が来たの」

赤紙とは連隊区司令部からの濃い桃色の仙花紙《せんかし》の召集令状のことである。市役所の兵事係が家庭に持ってくる。

「兄さんは黙っていろって言っていたけど、やっぱり知らせておいたほうがいいと思って
……」

「いつ入営《にゅうえい》なんだ」

道子はうなだれて言った。

「先月よ」

「なんだって。じゃあ、もう征《い》ってしまったのか」

信吉は茫然《ぼうぜん》とした。

「御国のために頑張ってくるって元気で出て行ったわ」

「もう戦地に行ってしまったのだろうか」

「わからないわ」

全身から力が抜けていくのを感じた。戦地へ赴くことが、そのまま死とは結びつかないものの、旅回りでさんざん見た英霊の帰国の光景が脳裏を過《よぎ》った。

「兄さんは、信吉兄さんが二つ目になったのを人形町のおじいさんから聞いて、とっても喜んでいたわ。信吉には落語だけに精進してもらいたいんだって言っていたの。だから、よけいな心配をさせまいとしたの。私もいっそ黙っていようと思ったんだけど、やっぱり知らせなきゃいけないと思って……」

肩を落とした信吉を慰めるように、道子は付け加えた。

「これも知らなかったでしょうけど、浩平兄さんは一年前にお嫁さんをもらったのよ」

「ほんとうか」

「ええ。赤ちゃんも出来たのよ」

「驚いたな。兄さんは父親になったのか」

「男の子よ。浩一《こういち》って言うの。浩平兄さんに目元なんかそっくり。ねえ、一度帰ってきたら。二つ目なんでしょう」

「いや。まだまだ半人前だ。勘当《かんどう》までされて飛び出して来たんだ。真打ちになるまでは敷居をまたげやしない」

「強情《ごうじょう》ねえ」

道子は持っていた風呂敷包みの結び目を解いて、

「これ、母さんが持っていってやれって」

コンブやスルメなどが入っていた。今年になって米、味噌《みそ》、醬油《しょうゆ》、マッチなどが手に入りづらくなっている。

「末吉《すえきち》はどうしている」

母の情に触れ目頭が熱くなってきたので、信吉は弟のことに話を移した。

「仕事を手伝っているわ。小学校を卒業してから職人の修業をはじめているの。職人さんも皆召集されてしまったでしょ。だから、仕事は父さんと母さん、それに末吉だけ」

木綿《もめん》針を持って底生地を縫いつけている末吉の姿を想像して複雑な思いがした。

「まさか、俺の犠牲になったんじゃないのか」

もし、自分が兄と共に家業を継いでいたら、末吉は自分の夢に向かって邁進《まいしん》したのではないか。

「さあ、どうかしら。あの子、あまり勉強好きなほうじゃないでしょう。でも、張り切ってやっているわよ」

戦争がすべてを狂わしていると、信吉は思った。古山と会う以前だったら、このような考えを持たなかったかもしれない。兄が兵隊にとられたことも、職人たちが徴兵されたことも、素直に受け入れたことだろう。

実家の壁には天皇・皇后両陛下の写真が飾られており、父や母は神棚を拝むように毎日手を合わせている。与えられた環境の中で精一杯生きて行く父と母のもとで育った信吉には、御上というものに対する反撥《はんぱつ》心はなかった。豊かとはいえなくても、腕のいい職人の父のおかげでそれなりの暮らしを送ってきた。そういう暮らしの中では御上に対する不平・不満などは起こるべくもなかった。

「あら、お湯が沸いているわ」

七輪の上でお湯が沸騰していた。道子が立ち上がりお茶をいれてくれた。

「浩平兄さん、信吉兄さんが活躍しているので喜んでいたわよ。父さんだって、内心で気にしているんだから、もうそろそろ帰ってきてもいいんじゃないかしら」

そう言ってから、道子は立ち上がった。

「帰るのか」

「ええ。遅くなるといけないから」

「訪ねてきてもらってうれしかったよ」

信吉は電車通りまで見送った。市電に乗った道子の顔が見えなくなるまで立っていた。

上野鈴本《すずもと》の昼席の高座が入り、毎日鈴本に通った。金がないから電車に乗らずに東駒形から上野まで歩く。

演《だ》し物《もの》は「反魂香《はんごんこう》」で、伊達《だて》公の身請けを拒絶して死んだ高尾太夫《たかおだゆう》が生前に夫婦約束をした島《しま》田重三郎《だじゅうざぶろう》という浪人の前に現れる。そのときのふたりのやりとりに、旅芝居で身につけた歌舞伎調の台詞《せりふ》が生きて、観客に大受けした。

楽屋に戻ると、

「円若さん。よくなったね」

と、席亭が声をかけてくれた。客の入りはまああということで席亭も胸を撫で下ろしていた。

楽日が終わり、信吉は勇躍して猿之助横町の師匠の家に辿り着くと、飛び出してきたおかみさんが忙しく言った。

「たった今、家からの使いのひとが来たのよ。兄さんの所属している隊が品川駅から戦地に向かうそうよ」

「戦地へ」

「皆さんも向かったらしいわ。おまえも早くお行き。うちのひとにはあたしからよく言っておくからさ。早くお行きよ」

ちょっとの間の逡巡《しゅんじゅん》の末に、信吉は頭を下げた。

「おかみさん。すいません、行かしてもらいます」

信吉は飛び出し、銀座線の浅草駅まで走り、地下鉄で上野に出て省線に駆け込んだ。

遠く感じられた品川駅にようやく着くと、大混雑だった。ひとをかきわけ、改札を出る。駅前広場は見送りの人間でごった返している。一目身内の姿を見るためにいい場所を占めようと押し合っているので、どうにもならない。信吉は群衆をかきわけ、父たちを探しまわったが、探すのは容易ではない。いったん、人の群れから逃れ、駅近くにある兵舎までたどりついた。旗の立っている建物を目指し、再び雑踏《ざっとう》の中を門の近くに行った。父たちを探したが、この混雑では見つけることは難しかった。

近くにいたひとが、面会は出来ないことになっていると教えられていた。誰かが、もうすぐ門から出てくると叫んでいた。門の前に出るのは無理だったので、駅近くに移動した。しかし、ホームには入れない。

信吉は沿道に比較的空いた所を見つけた。だが、一部分しか見通せず、状況がわからない。焦りが募《つの》る。そのうち、門に近い方から歓声が上がった。兵隊たちが出てきたらしい。この長蛇の大行列の中から兄を探し出すのは困難であった。旗を振る見送りの人たちのすさまじい歓声の中を行進していく。ひとを押し退《の》けて、信吉は強引に前に出ていった。僥倖《ぎょうこう》のように、行軍の中に兄の顔を見つけた。浩平兄さん、と叫ぶと、顔が動いた。一瞬だけ目があった。行軍の長い列はそのまま目の前を通過し、兄の姿はもうとらえることは出来なかった。

兄が気づいたかどうかわからない。父や母、それに道子たちを探そうとしたが、ついに見つけることは出来なかった。

5

暗い堂内から一歩外に出たとたん、目映《まばゆ》い明かりに伊吹は目を細めた。雲が張っていて、太陽は隠れているのに眩しかった。北風が強く、ニールセンはその風向きを確かめるかのようにそよいでいる樹木の枝に顔を向けた。

「地震そのものより、火災の被害が大きかったようですね」

震災惨禍《さんか》を描いた油絵を観てきた感想を述べた。大正十二年（一九二三）九月一日午前十一時五十八分、相模《さがみ》湾沖を震源とするマグニチュード七・九の地震が関東地方を襲った。東京の震度は六。激震のあとに何度も余震が続いたが、被害を甚大にしたのは火災だった。ちょうど昼時だったので各家庭は昼食の準備で火を使っていた。そのために各地で火災が発生し、折からの風に煽られて大惨事になったのである。

「日本の住宅は木造だから大火災になったのでしょうが、持ち出した家財道具も被害を大きくした原因になっていたんですね」

ニールセンは痛ましげに言った。炎から逃れるために避難者は広場になっている元陸軍の被服《ひふくしょう》廠跡に逃げ込んだ。その数四万人ともいわれた。避難者は大八車に家財を積み込んで来ており、その家財に延焼してきた火が燃え移った。たちまち紅蓮《ぐれん》の炎に包まれ、炎は旋風を呼び、家財を巻き上げ、人間をも噴き上げ、阿鼻叫喚《あびきょうかん》の地獄と化したのだ。

「大八車の荷物が被害を大きくした例は江戸時代の大火の際にもあったそうですね。最後の江戸大火より年月が経ちすぎていたのでしょうか、教訓となって生かせなかったのですね」

それにしても、なぜニールセンは関東大震災に興味を持つのか不思議に思った。

先月の初めに、母の一周忌の法要を行った。法要には叔父たちも出席したが、寂しい人数だった。法要のあとで、伊吹は兄から頼まれたのだ。

「今度、ニールセンを震災記念堂に案内してやってくれないか。彼に頼まれたんだが、行けなくなった」

ニールセンの意外な希望に驚いてきき返すと、兄は苦笑しながら言った。

「関東大震災と明暦《めいれき》の大火の話をしてやったら興味を示してね」

ニールセンは日本の文化、歴史に関心を寄せていると聞いていたが、そのようなことに興味を持つことが意外だった。

「明暦の大火の犠牲者の慰霊のために両国《りょうごく》の回向院《えこういん》が建立《こんりゅう》された。その回向院と震災記念堂が近い。つまり、同じような場所に被害が起きている。そのことを面白いと感じたらしいのだ」

『明暦の大火』は明暦三年（一六五七）正月に起きた大火である。十八日の午後二時頃、本郷丸山《ほんごうまるやま》の本妙寺《ほんみようじ》から出火した火は折からの風に煽られ、本郷・湯島・駿河台《するがだい》から神田《かんだ》・日本橋《にほんばし》まで燃え広がった。さらに夕刻には茅場町《かやばちよう》・八丁堀《はつちようぼり》・霊岸島《れいがんじま》・佃島《つくだじま》まで延焼し、ついには隅田川を越えて本所・深川にまで及んで、ようやく十九日午前二時頃になって鎮火した。ところが、十九日午前十一時過ぎに今度は小石川伝通院《こいしかわでんづういん》近くの武家屋敷から出火。火は神田から京橋《きょうばし》・新橋《しんばし》へと移った。この途中、大名屋敷から江戸城にも飛び火し、天守閣から本丸・二の丸・三の丸を燃やした。それだけではなかった。夕方になって新たに麴町《こうじまち》の町家から出火し、日比谷《ひびや》・芝《しば》まで及んで二十日の朝になって鎮火した。二日間に連続して三度の出火があったのである。

被害が甚大だったのは最初の本郷丸山の出火で、本所・深川地区にたくさんの犠牲者を出した。特に悲惨だったのは霊巌寺《れいがんじ》だった。海辺にあり、ここを目指して駆け込んだ数万の避難民は大火特有の局地風の発生により炎に包まれた。このときの死者をとむらうために回向院が建立されたのである。

関東大震災では地震そのものより、二次災害である火災の被害が大きかった。原因こそ異なるものの、被害状況は似ていた。改めて兄の話を聞き、伊吹も興味を持ってきいた。

「どうしてでしょうか」

「風だよ。明暦の大火のときは北あるいは北西の強い風が吹いていたのだ。この風に乗って火は下町一帯に移ったのだ」

江戸の町は風が吹けば砂ぼこりを空に巻き上げた。その頃に比べれば地形も変わり、高い建物もあり、気象も違う。しかし、風向きはそれほどの変化はない。東京の冬の場合、最も風の吹き易いのが北ないしは北西の風である。夏は反対に南ないし南東の風が多い。

明暦三年正月の大火も北ないしは北西の風に火が乗り、下町地区を襲ったのだ。

東京では北あるいは北西から吹く風は下町を経て東京湾に至る。明暦の大火の延焼方向もまさにその通りになっている。関東大震災のときも風向きは同じだった。

「冬の時期というとだいたい十二月から三月までの四ヵ月間だ。過去に、この期間の大火が一番多いんだ」

たとえばと、兄は正徳《しょうとく》六年一月に発生した火災について話した。浅草諏訪町《すわちょう》から出火した火は本所、深川まで延びている。冬の時期に火災が発生すれば、下町方面が被害に遭う確率が高いのだ。

「関東大震災は九月一日で冬の時期ではなかったが、たまたま同じような風向きだったから、下町を燃やし尽くしたのだ」

兄との話を思い出しながら、伊吹はニールセンに訊ねた。

「どうして、それほど大震災の被害に興味をもたれるのですか」

ニールセンはちょっとためらったような表情をしてから、

「日本の復興は木と紙の文化と無関係ではないかもしれません。木材の家は火災には弱いが復興するのも早い」

　確かに、壊滅的な打撃を受けながら、東京は短期間で復興した。そこに日本の力を見出そうとするニールセンの顔を眩しく見つめていると、雲間から薄日が射してきた。

　震災記念堂のある横網公園の裏に同愛記念病院《どうあいきねんびょういん》が、その隣には旧安田《きゅうやすだ》庭園、さらには本所区役所の建物も見える。

　同愛記念病院の前を通り、隅田堤に出た。旋風は火を運ぶ。隅田川を越えて火が飛んで来た。その光景を想像したのか、ニールセンは立ち竦《すく》んだように川を見据えた。

「江戸の災害は火事や地震だけで、戦禍《せんか》を受けたことはなかったと、お兄さんは声を大きくして言っていました」

「戦禍？」

　それが幕府と官軍の戦いを指しているとはすぐにわからなかった。

「西郷《さいごう》さんと勝海舟《かつかいしゅう》です」

　慶応《けいおう》三年（一八六七）十月、徳川慶喜は朝廷に大政奉還をしたが、薩長両藩はあくまでも武力による倒幕を計画し、密勅《みっちょく》を得て官軍となり、鳥羽《とば》・伏見《ふしみ》の戦いから、さらに江戸に進撃した。江戸が戦禍に巻き込まれる危機が迫った。それを救ったのが官軍総参謀の薩摩藩士西郷隆盛《たかもり》と幕府陸軍総裁勝海舟だ。

「もし、この無血開城がなければ江戸の町は火の海に包まれていたことでしょう。それをふたりの偉大な人物が防いだのです」

しかし、一部の幕臣が彰義隊を結成し、上野寛永寺に屯所を作り、官軍と対立した。官軍の大村益次郎《おおむらますじろう》の手で彰義隊は壊滅させられたが、上野山周辺に戦火が及んだだけだった。

隅田堤を回向院に向かう。ときたま雲間から覗く陽光が川面に反射する。前方に両国橋があり、そこを通っているのは京葉《けいよう》道路である。橋を下った所に本所回向院が見える。

伊吹は両国橋に目を向けながら、

「幕府は防備のために橋を設けていなかったんですね。そのため、明暦の大火の際、避難出来ずにたくさんの死者が出た。それで、寛文《かんぶん》元年（一六六一）に両国橋を造ったんですよ。何度か架け替えられていて、今の橋は当時から比べて五十メートルほど上流に移っています」

今の鉄橋が出来たのは明治三十七年のことで、それに合わせて、通りを広げて京葉道路を造った。

明暦の大火のあと、家屋の密集する町家に火除《ひよけ》の空き地を作り、延焼の防火帯とした。それが俗に火除明地《あきち》、広小路《ひろこうじ》などと呼ばれた。そのために江戸に多くの広小路が出来た。

両国もそうで、江戸時代、この辺りは向こう両国と呼ばれ、水茶屋や見世物小屋が並んで江戸一番の盛り場だった。

京葉道路を渡り、回向院に入った。建立された当時は二十万平方メートルもあったという。安政《あんせい》の大地震や各地の海難横死者などの供養を行っている。寛文七年（一六六七）に小塚原《こづかっぱら》に別院が建てられている。

鼠小僧の墓があることで有名だが、回向院は江戸勧進《かんじん》相撲が行われていたことでも知られている。回向院の隣、京葉道路に面してある円形の建物は国技館だ。一昨年、双葉山《ふたばやま》は安芸ノ海《あきのうみ》に敗れ、連勝が六十九で止まった。そのときの模様はラジオの実況放送で聞いた。

回向院を出たところで、「伊吹さん」と、ニールセンが固い声で呼んだ。厳しい顔で、「もしかしたら、私は帰ることになるかもしれません」

驚いて、伊吹はニールセンの顔を覗き込んだ。

「まだ留学期間は終わっていないんでしょう」

「わたしの国と日本の間がおかしくなってきました」

もともと米国は、日本の中国に対する軍事行動に批判的だった。長引く戦争で物資不足が深刻になり、最近では、日本が東南アジアを支配し、その豊富な資源を手に入れようとする南進態勢に嫌悪感を抱いていた。

去年の九月にベルリンで、日独伊三国軍事同盟が調印された。東日新聞は三国同盟が世界平和と新秩序建設のためのものだと喧伝《けんでん》しており、同盟締結がなると歴史的感動であると賞賛していた。だが、米国は反発し、日米関係は緊迫していたのだ。

「両国の関係はもっと悪化するかもしれません」

米国が対日経済制裁という具体的行動に出るかもしれないと、ニールセンは懸念した。しかし、対米関係の悪化を避け、内閣は日米交渉の妥結を望んでいると聞いており、それほど心配を要することなのだろうかと伊吹は思った。

「そうなるでしょうか」

伊吹は半信半疑できいた。

「そうならないことを願っています。が、たぶん……」

ニールセンは急に話題を変え、

「日本軍の重慶《じゅうけい》爆撃を知っていますか」

と、周囲を憚《はばか》るように声をひそめてきいた。なぜそんなことを言うのかと問い返そうとしたとき、

「ちょっと、あそこで休んでいきませんか」

ニールセンは目の前のカフェーを指差し、すぐに向かった。

板敷の間に、黒い木のテーブルが五つくらいあり、若い女性がふたり楽しそうに語らっている。歌謡曲のレコードが流れている。ニールセンはビールを頼んだが、伊吹はミルクにした。

エプロン姿の女給が飲物を置いて行ってから、伊吹はきいた。

「さっきの話ですが」

「なんでしたっけ」

「重慶です」

意外な思いでニールセンの顔を見た。

「そう、重慶でしたね。写真を見ました。すさまじいものでした」

他の客の耳を気にしたのか、小さな声で言い、ニールセンは遠い目をした。

「私の知人のジャーナリストが当時重慶にいて、このときの空爆の模様を記事にしています」

「どんな内容ですか」

しかし、彼の口から出た言葉はまったく別の言葉だった。

「私の夢は、駐日大使になって日本で過ごすことなんです」

グラスを片手にして、ニールセンは真顔で言った。

「日本が好きなのですね」

「そう、好きです。日本の四季はすばらしい。京都や鎌倉《かまくら》、金沢《かなざわ》などの古い町も好きですが、私は東京の町が好きです。特に下町が好きです。お兄さんは下町があまり好きではないようですが」

ニールセンは、兄が貧民窟で育ったことを知っているのだろうか。

「伊吹さんは将来何を目指しているのですか」

ニールセンがきいた。答えに窮《きゅう》したが、伊吹は正直に心情を打ち明けた。

「わからないのです。母は企業家になることを望んでいました。ぼくもそのつもりだったのですが、母が死んだあと、ほんとうに自分の求めている道は企業家だったのかと疑問を持つようになったんです。でも、他に何になりたいのだという目標もありません」

母は商家を嫌っていたのかもしれない。あるいは芸者に出ていたときの客に企業家が多くいたのだろう。母が生きているときは帝国大の経済学部を迷わず目指していたものの、母がいなくなって迷い道に入ってしまった。

「若いうちは悩むものです。でも、若さとは失敗を恐れないことです。前向きに生きてください」

前向きに生きるためにも、父と母のことを知りたいのだと思ったが、もちろん口には出さなかった。

「伊吹さん。私は母ひとり子ひとりの家庭で育ちました。父親が誰か知りません。でも、父親が誰か、私には関係ありません。今の自分がすべてじゃないですか。過去を振り返るのは年をとってからで十分ですよ」

ニールセンはふと笑みを漂わせて、

「恋人は？」

と、突然話題を変えた。

「いません」

いきなりの質問で、伊吹があわてて答えた。

「それはいけませんね。早く、いいひとが見つかるように祈っています。おそらく、あなたに必要なのは恋人かもしれませんよ」

「あなたはいるのですか」

伊吹がきき返すと、ニールセンは寂しそうな表情になり、

「私の好きな女性は日本人です。でも、帰国すれば当分会えない。連れて帰りたいのですが、それも出来ません」

心からの悲しげな表情を隠そうともせずに、嘆《なげ》いた。日本と米国の関係が最悪の状況になったら、日本の恋人と永遠の別れとなるかもしれないのだ。

「そうだ、伊吹さん。その女性に妹さんがいます。今、十八歳です。とても聡明な女性です。一度、お会いになってみませんか」

「ぼくには、まだ……」

怖《お》じ気づいた。ニールセンは笑いながら、

「あなたに新しい世界を開かせてくれるはずです。私は帰国してしまいますが、お兄さんに話しておきます」

これは兄の差しがねではないかという疑いを持った。このためにニールセンに会わせたのではないか。ニールセンの言葉で、父親捜しをやめさせようとしたのではないか。確かめようとしたが、ニールセンは笑顔を向け、

「亀戸天神に行ってみたいのですが、よろしいですか」

勘定はニールセンが持ってくれた。

省線に乗ろうとしたが、ニールセンは歩きましょうと言った。京葉道路を錦糸町《きんしちょう》に向かって歩く。普通の商店も仕舞っている所が多く、店を開けていても細々といった感じだった。物資はだんだん配給制、切符制になっていき、商売の転業を余儀無くされていったの

だ。多くの小売店の主人や従業員は、職業安定所などを通して軍需工場に働きに行くしか生きていく道はなくなっていた。

錦糸町を過ぎ、横十間川《よこじっけんがわ》にさしかかったとき、ふとニールセンが足を緩めた。

「どうしましたか」

伊吹はきいた。

「尾《つ》けてくる人間がいますね。ふたり」

「えっ」

振り返ると、さっと酒屋の陰に身を隠した男がいた。

「特高《とっこう》かもしれませんね」

特別高等警察のことだ。左翼、右翼、労働、学生運動、外事などの各種社会運動の取り締まりを任務としている。道府県本部に特高課が置かれているが、特高を指揮するのは道府県本部長ではなく、内務省保安課だ。

「どこからでしょうか」

「回向院辺りで気がつきました」

ニールセンは顔をしかめた。

「目当ては私でしょうか」

伊吹は不安になった。若者たちは戦地に赴いており、また軍需工場で働いている若者もいる。非常時に何の生産にも携わらない学生に対する目は厳しかった。学生が昼間から遊んでいると、「時局をわきまえない不埒《ふらち》な輩《やから》」として警察に連行された。世間からみても、学生は非常時に無為《むい》に過ごしている非国民としか思われないのだ。

「さあ、どうでしょうか」

ニールセンは厳しい顔で答えた。外国人といっしょに歩いていることで睨まれたのか。アメリカとの微妙な外交関係が影響しているのかもしれない。

「変なことに巻き込まれてもつまりません。別れましょう」

亀戸駅で別れ、ニールセンは東武線で浅草に向かい、伊吹は省線の改札に向かった。途中、ふたりの男が近づいてきた。

「なんですか」

「君は学生か」

えらの張った顔の男が野太い声できいた。ずしりと圧迫される声だ。

「そうです」

学生証を点検してから、

「外国の人間といっしょに何をしていたのだね」

「神社めぐりです」

「来てもらおうか」

有無を言わさず、特高は近くの亀戸警察署に連れて行った。ここは、関東大震災直後、社会主義者大杉栄《おおすぎさかえ》、妻伊藤野枝《いとうのえ》、そしてまだ六歳の甥《おい》が殺害された場所だ。狭い取調室で、さんざんニールセンとの関係をきかれたが、そのうちに刑事のひとりがきいた。

「おまえの兄の勤め先は？」

身元引受人である兄の職業を訊ねられ、仕方無く兄の勤める東日新聞社の名を告げた。別の刑事が部屋を出て行った。確認をとりに行ったのだろう。小一時間ほどで、伊吹は釈放された。

「兄さんの顔に泥を塗ることのないように注意して行動したまえ」

逆らわず、伊吹は頭を下げ、警察署を出るとすっかり暗くなっていた。一晩留置されるかと覚悟したが、兄のおかげで帰れたのかどうかはわからない。

亀戸駅の周辺は暗かった。カフェーやバーの色電気の使用が禁止されて、すっかり様変わりしている。将来への微《かす》かな不安が胸を掠めながら、伊吹は省線で日暮里まで行き、御《ご》殿坂《てんざか》を上って谷中の下宿に帰った。

それから二ヵ月が過ぎた。雨戸の節穴から五月の陽光が細い筋を枕元に射しかけている。目は覚めても、意識は完全に目覚めなかった。気だるさに、ふとんから出たのは昼前だった。

雨戸を開けると、初夏の風と共に目映い光がいちどきに流れ込んできた。階下の便所へ行き、台所で顔を洗った。下宿のおばさんが食事はどうするのかときいたが、食欲がなく、部屋に戻った。

階下から、客だという下宿のおばさんの声を聞いて、伊吹はノートを閉じ、急いで引き出しに仕舞った。階段を駆け上がる音がして、兄が部屋に入ってきた。

「寿司を買ってきた」

兄は机の上に置いてから、

「どうした、顔色がよくないな」

と、心配そうになった。

「ゆうべ、眠れなかったので、ちょっとだるいだけです」

「一度、医者に診てもらったらどうなんだ」

「なんでもありませんよ」

曖昧《あいまい》に答えてから、

「それより何かあったんですか。急にやって来て」

と、伊吹は突然の兄の訪問を警戒した。女性を紹介するというニールセンの言葉が頭の隅にひっかかっていたのだ。兄は胡座をかいてから、

「ニールセンは帰国した。おまえによろしくと言っていた」

「そうですか、帰ってしまったんですか」

ニールセンの優しげな眼差しが過った。やはり、日米関係の雲行きが怪しくなってきたのだ。

「そんなに悪化しているのですか」

「戦争になるようなことはあるまい。日本は資源も乏《とぼ》しく、科学技術のレベルも低い。アメリカと戦ってもとうてい勝ち目はないからな」

兄は自信を持って言ってから、急に話題を変えた。

「そうそう、彼からの預かりものだ」

兄が封筒を差し出した。封を切ると和紙の手紙だった。

「好きな女はいないのか」

伊吹は手紙を元に戻した。

「いません」

「童貞か」

「いえ……」

学友に誘われて、吉原に何度か行ったことはある。初体験の相手が年上の娼婦で、呆気《あっけ》なく果ててしまい、あれがほんとうの体験と言えるかどうかわからないが、男としての儀式としてはあっさりとしたものだった。その後、何度か行ったが、単に欲望を満たすだけであり、そのあとは虚しさが押し寄せてくる。

「今夜、つきあわないか」

「どこへ」

「ついてくればわかる」

兄は立ち上がってから、

「じゃあ、夕方迎えに来る」

「いえ。指定してもらえればそこまで行きますよ」

「そうだな。じゃあ、浅草まで出て来てもらおうか。六時に松屋の入口でどうだ?」

「わかりました」

兄は用事があると言って部屋を出て行った。玄関まで見送ったとき、兄が思い出したように、

「耕二。ニールセンが君に謝って欲しいと言っていた」

「なんのことですか」

「彼の日本の恋人のことを聞いただろう。その妹を紹介すると言ったそうじゃないか。だが、その妹には他に好きな男がいたそうなんだ」

「なんだ、そんなことですか。ぼくは気にしていませんよ」

「そうか」

兄が出て行き、部屋に戻った。机の上にニールセンからの封筒があった。封筒をそっと開き、手紙を取り出した。

時候の挨拶や先日のことに触れたあと、彼の手紙にはこう書いてあった。

——先日、言いそびれたことがありました。私の友人のジャーナリストが書いた日本軍による重慶爆撃の模様です。雑誌から要点だけを抜粋《ばっすい》して日本語にして紹介します。

重慶は四川《しせん》省の省都成都《せいと》から五百キロ。三国志の魏《ぎ》、呉《ご》、蜀《しょく》の蜀が今の成都である。上海から二千四百キロ。揚子江《ようすこう》沿いに上海、南京、武漢《ぶかん》、宜昌《ぎしょう》、重慶と続く。

南京陥落で蔣介石《しょうかいせき》率いる国民政府は武漢へ逃れ、そこが危なくなると、さらに奥地の重慶に逃れたのだ。標高三千メートルもの険しい山岳地帯と激流に守られた重慶は、攻略不可能な立地条件にあった。

この重慶を、日本軍は空から攻撃したのだ。陸軍は海軍に応援を頼んだ。当時、海軍航空隊は九州、台湾《たいわん》の基地から九六式陸上攻撃機が出発し、南京をはじめ周辺の都市を攻撃していた。海軍には航続距離と戦闘性能の優れた新鋭の零式《れいしき》戦闘機があった。零戦《ゼロせん》はソ連・アメリカ製の中国機を空中戦で大いに撃墜していた。

その模様は少年雑誌にも掲載されている。

伊吹のそういった知識は新聞や雑誌、そして軍事教練でやってきた軍人の話からであり、アメリカのジャーナリストの目によるものは当然ながらはじめてだった。

——爆撃機が続々と爆弾を落として行く。きょうの爆撃は前にも増して凄《すさ》まじいものだった。日の丸をつけた日本機が五十機近く飛来し、止むことなく爆弾を投下した。私は窓から重慶の空が爆弾で埋めつくされるのを悲しみと怒りで見ていた。青い空が赤く、そして黒く染まった。逃げまどう人々の悲鳴がこのアメリカ大使館まで届いてきそうだった。星条旗を掲げている砲艦ツツライ号の近くに爆弾が落ちた。

翌日、街に出た。衣服を焼かれ、尻を丸出しにして死んだ女の脇に、裸の子ども。石段に夥《おびただ》しい死体が転がっている。周囲の防護隊員たちはなすすべもなく呆然と死体の山を見ていた。

このひとたちは非戦闘員だ。そんな女性や子どもを容赦なく殺したことに、神はお怒りになるはずだ。

私は日本の蛮行《ばんこう》を全世界に告発すべきだと思った。そして、アメリカは日本に対して同じ苦しみを与えるべきだ、と大統領に進言する。


重慶の街の悲惨な状況が目に浮かんだ。日本の新聞や雑誌は重慶爆撃を称賛し、戦闘機の乗員を英雄に祭り上げている。その落差の大きさに驚きを禁じえない。

なぜニールセンがこのような手紙を寄越したのか、合点《がてん》がいかなかった。当然兄も承知のことだろう。

伊吹は手紙の最後に書いてあったように、手紙を細かく砕いて燃やした。こんな手紙が特高警察の手に渡ったら、スパイとして捕らわれかねない。

近くの銭湯に行き、五時過ぎに着替えて出掛けた。市電で上野に出てから、銀座線に乗り換えた。勤め帰りのひとでそろそろ電車も混み合ってくる時間だった。松屋の前に行くと、すでに兄が待っていた。

「行こうか」

てっきり東武電車に乗るのかと思ったが、兄は通りに出た。そこにハイヤーが停まっていた。一瞬、怖じ気づいた。

運転手が後部座席のドアを開けてくれた。乗れ、と兄が目で促す。兄も乗り込むと、運転手がドアを閉めて、運転席にまわった。

滑るように走り出したハイヤーはたちまち言問通りを右折して橋を渡っていた。伊吹は目を見張って兄を見る。兄はただじっと前を見つめていた。

まだ夕暮れには早かった。隅田川に船が行く。堤の緑が濃く、向島や葛飾《かつしか》方面に目をやれば煙突が突き出ており、所々に光っているのは川か田圃《たんぼ》の水が西陽を反射しているようだった。

言問橋を渡った車は十三間道路に出る手前の路地を入った。言問尋常小学校の前を通り、三囲《みめぐり》神社を過ぎて、料亭街に入ってきた。

明治に入ってから芸者も増え、見番も出来たが、花柳街を形成するまでには到らず、向島に花柳街が出現したのは大正時代に入ってからである。第一次世界大戦の好景気の波に乗って繁盛し、昭和十五年には芸妓《げいぎ》屋四百八軒、待合・料理屋二百十五軒、芸妓《げいぎ》千三百余名と、その数において全国一位を占めるようになっていた。

改正道路をはさんで両側に料亭があった。車は土手側ではなく、道路をはさんだ反対側の秋葉《あきば》神社に近い黒板塀の料亭の前で停まった。男衆がすぐ飛んできて、ハイヤーから下りた兄に頭を下げた。門から踏み石を伝い、広い玄関に向かう。女将らしい粋《いき》な女性が迎えた。

兄はこういう場所に馴《な》れているらしかった。芸者の弾く三味線に合わせて小唄や都々逸を唸る兄が別人のように思えた。伊吹の横には若い芸者がついた。半玉《はんぎょく》からやっと一本になったばかりのような初々《ういうい》しさがあった。

これが兄の、伊吹に対する癒しの方法なのかもしれなかった。しかし、下谷で芸者をして自分を育ててくれた母を思い出し、兄にしなだれかかっている芸者の濃い化粧顔が哀しみを湛えているようで信吉は目をそらした。

ニールセンの手紙のことをきく機会は訪れなかった。

6

朝から小雨が降り、肌寒い日だった。梅雨《つゆ》のじめじめした天候のせいばかりではなく、疲れも出ているのだろう、なんとなく体がだるかった。この数ヵ月、休みもなく働き詰めだった。信吉の芸が認められてきたのか、あちこちから声がかかった。一日に人形町の昼席と浅草の夜席をこなし、横浜と東京を行き来することもあった。

うとうととしていると、玄関の戸を叩く音がした。玄関が開いて、道子がすっと顔を出した。すぼめた傘から雫《しずく》が垂れていた。静かに土間に入って来た顔が紙より白いように思われた。道子の目の焦点が合っていないような気がした。

「どうしたんだ。何かあったのか」

信吉は声をかけた。道子は深呼吸をしてから、

「浩平兄さんが御国のために立派に戦死されました」

と、震えを帯びた声で言った。信吉は茫然と道子を見た。

「きょう在郷軍人会と町内会のひとたちに見守られながら、白布で包まれた四角い箱に入って遺骨が戻ってきました」

そこまで言うのが精一杯だったのだろう。道子は嗚咽《おえつ》をもらした。信吉の目に長屋が崩れ落ちたように映った。指でもう一方の腕をつねっていたのは涙を流さないようにするためだ。

急に天候が乱れたのか、外は嵐になった。風の音がし、強い雨が屋根を叩いている。だ

が、錯覚だった。相変わらず、しとしと降る雨だけだった。兄が死んだ。その言葉の意味がじわじわと身を締めつけていた。泣き叫ぼうとする思いを必死に抑えた。

「兄さんは今どうしている？」

「仏壇のある部屋にいます。信吉兄さん。待っています。帰ってきてね」

くどいほど訴えて、道子は引き上げて行った。ひとりになると、胸の底から込み上げてきて、堪えきれなくなった。いっときの慟哭《どうこく》が去ったあと、信吉は外に出た。

隅田堤の緑が雨に濡れていた。材木を連ねた船が下って行く。嘘だ、と川面に向かって大声を出した。

「勝手に戦争に引きずり出して、死ねば御国のために命を捧げた軍神であり、名誉あることだから泣いてはならない。そんなばかな話があるかね。誰も好きで戦争に行ってるんじゃないんだ」

またも古山の言葉が蘇り、巡業中の村々での英霊の帰国風景を思い出した。何かの間違いだ。そうであって欲しいと、信吉は呻《うめ》いた。

目の前の隅田川で行われた寒中水泳大会で兄は優勝した。あのときのさっそうとした雄姿が蘇る。兄はほんとうは学校に行きたかったのだ。それを長男だからという理由で諦めた兄の心情が切なかった。将来何になりたかったのか、兄は口に出したことはない。最初から自分の夢を捨てていたからだろう。

頭から顔が雨に濡れた。今の自分があるのは兄の応援のおかげなのだ。信吉は雨に煙る隅田川を眺めながら、咄家になると決めたときのことに思いをはせた。

信吉は第四寺島《てらしま》尋常小学校を卒業して以来、朝から晩まで足袋《たび》作りに精を出していた。底生地を縫いつけたり、真鍮《しんちゅう》の小鉤《こはぜ》を取りつけたり、縫製された足袋の縫い目をなじますために小槌《こづち》で叩いたり、そんな手作業をしてきた。それがまだ半人前の信吉の仕事だった。

唯一の楽しみは休日に寄席に行くことだった。木戸銭を払って下足札《げそくふだ》をもらい、案内の小女に平土間の畳敷きの客席に案内される。左右に桟敷《さじき》席があり、舞台には提灯《ちょうちん》が並んでいる。昼間から電灯をつけた埃っぽい作業場とはまったく違う世界が広がっていた。本所や向島などの近くの小屋ではなく、浅草に行った。浅草は日本一の盛り場で、六区の興行街に活動写真の小屋が増えていった頃である。農村の不況をよそに、東京や大阪《おおさか》、名古屋《なごや》などの工業が盛んな都市はようやく昭和不況から抜け出しつつあった。六区はひとと肩がぶつかるほどの賑わいで、映画館に喜劇や剣劇の劇場、浪花節《なにわぶし》や漫才などの小屋の看板や幟《のぼり》が両側から迫り出し《せだ》、呼び声が喧《やかま》しかった。寿司、天麩羅《てんぷら》、牛丼、どぜう、中華そば、汁粉などの立ち食いの屋台が田原町《たわらちょう》から神谷《かみや》バーの辺りまで続いていた。寄席の帰りに食べ物屋に寄るのも楽しみだったが、浅草まで足を延ばすのは、贔屓の三遊亭円明を聞くためだった。

昭和十二年三月のことだった。当時十七歳の信吉はある決意をして仕事の終わるのを待っていた。窓の外はすっかり暗くなって、豆腐屋のラッパの音が聞こえてきた。五時を過ぎて、信吉はますます落ち着かなくなった。うどん粉を煮立てて作った糊《のり》を刷毛《はけ》で塗っていた信吉は父の様子を窺った。

柱時計がぼんと一つ鳴った。五時半だ。父は布で庖丁《ほうちょう》を丁寧に拭きはじめた。庖丁を片づけてから、両手を後ろにやって伸びをした。いよいよ作業の終了だ。立ち上がってから膝をぽんぽんと二度ほど叩いた。父は自分が納得しないと、出来上がった品物を捨てて最初からやり直す。自分が満足しないものは、たとえ客が誉めても破いて捨ててしまう。だから、ときには夜なべになることもあった。父が上がらないと、職人たちはなかなか帰りづらかった。父が仕事を終えると、皆はほっとするのだ。父の背を目で追った。

土間の上がり口で胡座をかき、父は胸のポケットからたばこを取り出した。背中を丸め、マッチを磨《す》った。

「十八日からターザンだぜ」

「俺は富士館《ふじかん》の森《もり》の石松《いしまつ》のほうがいい」

若い職人が後片付けをしながら、新しい封切り映画の話を始めた。兄はまだミシンに向かっており、年配の職人も木綿針を動かしている。もう一度信吉は父の大きな体を盗み見た。

職人刈りの頭髪に白いものが混じりはじめていた。目を細め、うまそうに紫煙をくゆす横顔は一仕事終えたあとの満足感が漂っている。頑固そうな厳《いか》めしい顔がこのときばかりは柔和そうに映る。小さい頃からそんな姿を見ると気持ちが和《なご》んだものだった。しかし、今は違った。

いつ切り出そうか、なかなか踏ん切りがつかなかった。父の背中が巨大な壁のように信吉を圧していた。

若い職人が便所から出て来た父に挨拶をいい、いつも判で押したように父は便所に行った。たばこを喫《す》い終えると、引き上げて行った。父は黙って顎を引いただけだ。年配の職人も片付けをはじめ、兄も作業を止めた。花柳界からの大量の注文も納期には間に合いそうなので、作業場には余裕があった。

年配の職人が帰ったあと、父は母から銭を受け取り、手拭いを肩にかけて玄関に向かった。銭湯に行くのだ。追いかけて声をかけた。

「父さん。話がある」

声が震えた。父が不審そうな目を向けた。その顔を見つめて一気に話した。

「ぼく、咄家になりたいんだ。三遊亭円明師匠の弟子になりたい」

母があたふたと台所から飛んで来た。

「信吉。何て言ったんだい。咄家って、いったい何なのさ」

「落語だよ。落語家になりたいんだ」

信吉は自分の決意の固さを示すように胸を張った。

「咄家なんて道楽者のやることだ」

父はさげすむように言った。

「父さんは落語をまともに聞いたことがないからそう言うんだ」

「ばかやろう。このご時世になんて軽薄なんだ。寄席芸人になろうって根性が気に入らねえ」

父は頭から湯気を噴出するような勢いで怒鳴った。満州事変が勃発し、大陸では関東軍が中国軍と戦闘をしている。地方の農家から召集された兵がたくさん大陸に渡っている。だからこそ、落語でひとの心を潤すことが必要なのだと口に出かかった。

「いいか。金輪際《こんりんざい》、そんなことは口にするな。わかったな」

「ぼくは諦めません」

「なんだと」

「待って」

あわてて母が割って入る。

「信吉。謝りなさい」

戸を乱暴に閉めてから、父は玄関に向かった。階段の下から兄と末吉が息を呑んで様子を窺っていた。

翌日は朝から雨が降っていた。気が滅入《めい》りそうな日で、裸電球の明かりが信吉の手元に影を作っている。父は信吉の顔を見ようとしなかった。はっきりと自分の気持ちを公言したのは、この仕事を否定したことでもあり、兄にも顔向けが出来なかった。信吉は肩身の狭い思いをした。

午後になって雨が上がり、本所にある生地問屋までリヤカーで生地をとりに行った。問屋は吾妻橋の近くの中ノ郷元町《なかのごうもとちょう》にあり、同潤会《どうじゅんかい》中ノ郷アパートの先だった。生地を預かり、再び同潤会中ノ郷アパートの前を通った。関東大震災後に貧民窟解消のために出来たアパートだ。この界隈《かいわい》は貧しい長屋が多い。雨上がりの道はぬかるんで、リヤカーが重かった。泥濘《ぬかるみ》に車輪がはまってしまったとき、貧しいなりの子どもがふたり飛び出してきて、勝手にリヤカーを押してくれた。駄賃を渡すと、子どもは喜んでどこかに消えて行った。

曳舟川《ひきふねがわ》通り沿いを進む。曳舟川は江戸時代は本所方面の武家屋敷へ水を引くための上水堀だったが、やがて農家の人々が野菜などを積んで運ぶようになった。岸の両側から運搬人がロープで荷物を乗せた舟を引っ張っている絵が残っている。荒川放水路が出来てから曳舟川は葛飾区側と分断され流れが止まり、工場排水も流れ込み水も濁ってきた。

家に帰ると、ちょうど注文主が型をとりにきていて、父が客の足の甲の高さや足幅などの型取りをしている。注文で足袋を作るひとも多く、父の腕は評判だった。

その翌日の夜、祖父がふらりとやって来た。仕事を終えるのを待って祖父は父といっしょに出て行った。二時間近く経って父だけ帰ってきた。酒臭かった。かなり呑んでいたようだ。そのまま帰ってしまったようで、信吉は祖父と言葉を交わすことは出来なかった。その夜遅く、父が庭で空を眺めているのを見つけた。チャンスだと思ったが、父の背中がなぜか寂しそうに映り、傍《そば》に近づけなかった。

それから三日経ったが、父からは何も言ってこなかった。はじめて咄家の件を持ち出してから六日後の、春の匂いの漂う暖かい夜だった。庭の梅に白い花が咲いた。仕事を終え、父はいつものように銭湯から呑み屋に向かう。夕飯を食べ終わったあと、兄の浩平が、

「話がある」

と、耳元で囁《ささや》き、玄関に向かった。信吉は兄のあとに従った。生暖かい風が顔に当たった。星が瞬《またた》いている。

兄は曳舟川通りに出て、掘割をまたぐ小橋を渡った。行く手に飛木稲荷《とびきいなり》の銀杏《いちょう》の大樹が暗い空に伸びている。兄はその稲荷に入った。樹齢五、六百年という。寺島新田《しんでん》といわれたこの一帯の川の堤に植えられたものだ。長い歳月を堂々として聳《そび》えている樹を見ると勇気が出る。兄も信吉も小さい頃から、この樹を見て育った。

「やっぱし、噺家になりたいのか」

信吉は正直にうなずいた。兄はやさしい人間だった。同じおもちゃを欲しがって信吉がだだをこねると、自分から身を引いてくれるのだ。だから、兄に説得されるのは辛かった。

「弟子入り出来る当てはあるのか」

「師匠にも会った。噺家は食えないかもしれないけど、金じゃない。ぼくは人情噺で大勢のひとを感動させたいんだ」

信吉は兄に自分の気持ちをわかってもらいたいと思った。

「俺はいつか信吉がそう言い出すんじゃないかと思っていた。だから、噺家になりたいって聞いても驚かないぜ」

　そう言って、兄は銀杏の樹に目をやった。

「俺はほんとは大学に行きたかったんだ」

「えっ、兄さん。それほんとうなの」

　信吉は驚いた。担任の教師も進学を勧めたほどだから、成績の面では問題がなかった。だが、兄は一言も進学のことを口に出さず、家業を選んだのだ。それが苦渋の末の選択だったということがわかった。兄はほんとうは進学したかったのかと、信吉は胸に迫ってくるものがあった。

「信吉、好きなようにしろ」

　兄は振り向き、励ますように言った。

「兄さん」

「うちのことは心配するな。俺がいるから大丈夫だ。俺も腕を磨いていい仕立て職人になる。おまえも一人前の咄家になれ」

　兄は銀杏の樹を指差し、

「この樹の前で約束だ。苦しくても泣き言を言うな。きっと立派な咄家になるんだ。いいな」

「わかった。約束するよ」

　涙声で言い、信吉は誓った。

　家に帰ると、珍しく父が呑み屋から帰っていて茶の間でラジオを聞いていた。並《な》み四《よん》と呼ばれる真空管が四つついているもので、兄が組み立てたものだ。茶漬けを食べ終わったあとのようだった。ラジオの音が耳に入って意外だったのは浪曲だったからだ。父は浪曲が嫌いらしく、ラジオで浪曲がかかると不機嫌になってダイヤルを変えさせたのだ。ふたりが連れ立って入ってきたのを見て、父は厳しい表情で口を真一文字に結んだ。

「父さん。話があります」

　兄が父の前に腰を下ろすと、父はすっくと立ち上がりラジオを消し、台所から一升瓶を持ってきた。話の内容に想像がついたのだろう。茶碗に注いで、乱暴に呷《あお》った。父はゆうに一升は呑んでしまう。若い頃は、酒を呑んでは喧嘩《けんか》をしていたと母が言っていた。

「お父さんの跡はぼくが立派に継いでみせます。だから、信吉には好きな道を行かせてやってください。お願いです」

　父は眉を吊り上げたまま茶碗酒を呷った。

「信吉には後悔をするような生き方をさせたくないんです」

　父のぎょろ目が兄を睨んだ。信吉は身を硬くした。父が兄に殴りかかるのではないかと思ったのだ。だが、父はすぐ茶碗を口に持って行った。

「お父さん。私からもお願い。信吉兄さんの頼みを聞いてやって」

道子も父に頭を下げた。父の顔が紅潮してきたのは酒のせいではない。

「どうしても咄家になりてえのか」

父が抑えた声でふたりの背後で畏まっている信吉に顔を向けた。

「なりたい」

信吉は息を一杯口から吸い込み、腹から声を出した。

「ようし、わかった。もう何も言わねえ。出て行け」

一瞬、耳を疑った。

「きょう限り勘当だ。夜が明けたらとっとと出て行きやがれ」

父の怒りが爆発した。予想を超えた激しさに頭の中が真っ白になった。

「おまえさん」

母が父に向かって頼んだ。

「私からよく言い聞かせますから、許してやって。信吉、お父さんに謝りなさい。浩平、道子」

「うるさい」

父は母を突き飛ばし、立ち上がって信吉を見下ろし、

「俺の言うことが聞けねえならこうなるしかあるめえ。信吉、明日の朝、出ていけ。いいな」

父は仁王《におう》のような形相《ぎょうそう》で親子絶縁を告げた。

「それじゃ、あんまりだ。信吉が可哀《かわい》そうじゃないか」

兄の抗議を無視して、父は茶の間から出て行ってしまった。兄が追ったが、玄関の乱暴に開く音がした。兄が悄然と戻ってきた。

「明日の朝になれば、父さんも落ち着くから」

母は慰めた。そう簡単に収まるとは思えなかった。父の怒りは当然かもしれないと思った。父は寄席芸人を道楽者の成れの果てのように思っているのだ。だが、今自分が折れても、またこの思いは再燃する。火種を持ち越すだけに過ぎない。人生の終わりかと思うほどの衝撃を受けたが、時間が経つにつれてだんだん落ち着いてきた。開き直ったのかもしれない。いつか男は独立しなければならないのだ。もうじき十八歳になるのだ。これがいきっかけかもしれない。そう思った。

「明日の朝出て行くよ」

信吉は悲壮な決意で言った。信吉、と母は何かを言いかけたが、やがて顔を背けてため

息をついた。

翌朝、信吉は荷物を持って家を出た。曳舟の東武電車のホームまで兄が見送ってくれた。それが兄との永久の別れになるとは想像もしなかった。

翌日、雨は上がったが、どんよりした空だった。信吉は自宅の敷居を四年振りにまたいだ。線香の匂いに胸が詰まった。父と母は毅然として弔問客《ちょうもんきゃく》の相手をしていた。ふたりに兄を失った悲しみが見られなかったことに、信吉は反発を覚えた。

はじめて嫂《あによめ》に会った。名を鈴子《すずこ》という。丸顔の目の大きな女性だった。哀しみを堪えている姿が痛ましかった。兄はもう少しほっそりした女性が好きだったと思っていたので意外だった。それは兄の初恋の女性で、六年前に朝鮮に帰った金麗華《きんれいか》のことを思い出したからでもあるが、金麗華と鈴子は似ても似つかなかった。

荒川放水路開削工事のために三千人ぐらいの朝鮮人労働者が働いていた。金さんはその中のひとりだった。大正十二年九月一日に発生した大地震は、その後朝鮮人が徒党を組んで攻めて来るという流言蜚語《りゅうげんひご》を生んだ。市民は自警団を組み、無抵抗な彼らを襲撃して殺害するという事件になった。金さんも自警団に追われ、父の家に逃げ込んだ。竹槍や鎌を持った自警団の連中が家を取り囲み、金さんを出せと騒いだ。父はこの金さんを体を張って守ったのである。それが縁で、金さんは父の仕事場で働くようになった。

金さんは、その後同胞の女性と結婚し、子どもが生まれた。その子が麗華だった。色白の目元の涼しい女の子で、信吉たちと兄弟のようにつきあってきた。だが、祖父が病気で倒れたという知らせを受け、金さん一家は突然帰国することになった。慶尚南道《けいしょうなんどう》鎮守市という所だ。東京を離れる前の夜、皆で送別会を開いた。金さんは涙を浮かべ、一人ひとりの手を握っては丁寧に何度も頭を下げた。特に、父の手を握ったまいつまでも離そうとしなかった。

「俺、ときどき麗華さんの夢を見るんだ。いつも悲しい目をして何か言いたそうにしている。麗華さん、元気でいるんだろうか」

朝鮮はどんな田舎でも校長先生と巡査駐在所長は日本人と決まっているらしい。日本の兵隊が朝鮮を統治しているから朝鮮人は平和に暮らしているはずだ。そう言って、兄は自分を慰めていた。

兄が金麗華とは正反対の感じの鈴子と結婚したほんとうの気持ちはわからないが、金麗華への思いを断ち切ろうとしたからだろうか。いずれにしろ、兄は鈴子を生涯の伴侶《はんりょ》として選んだのだ。子の浩一は兄にも鈴子にも似ていた。所帯を持ったばかりの妻と生まれたばかりの子どものことは心残りだったに違いない。

仕事場に祭壇がしつらえられていた。英霊に対して大勢のひとが焼香にやって来た。一切、隣組《となりぐみ》が仕切っていた。遺影の兄は笑っている。結婚式のときに撮ったものだという。信吉の悲しみの目で見ると、その最良の日の顔であるにも拘《かか》わらず寂しそうだった。父と母は堂々と弔問客に応対している。御国のために立派な最期を遂《と》げた息子を誇りに思っているようだった。

読経が止み、あらかたの客も引き上げ、台所では婦人会の女性たちが後片付けをしている。

信吉は祭壇の前に座った。線香を立て、合掌した。

（兄さん……。なんで死んじゃったんだ。どうして生きて帰って来なかったんだ）

おまえは自分の好きな道を行け、と言ってくれた兄の顔が目の前に浮かんだ。兄が味方になってくれていなければ、自分は噺家にはなれなかっただろう。幼い頃から兄の庇護の下で生きてきた。赤ん坊の泣き声が胸を激しく叩いた。生まれたばかりの子を残し、さぞ無念だろう。

信吉は外に飛び出た。闇雲に走ったが、無意識のうちに曳舟川にかかる小橋を越え、路地に入っていた。

飛木稲荷の大銀杏の前にやって来た。夜空に向かって伸びている。兄が好きだった樹は兄の死を知っているのか。

俺は大学に行きたかったのだと呟いた兄の顔が脳裏を掠《かす》めた。

(兄さんの夢は何だったんだろう)

おそらくこの樹だけは知っているに違いない。兄は悲しいとき、苦しいとき、いつもここにやって来ていた。この樹の前で、自分の夢を捨てたに違いない。

冷たいものが頬に当たった。雨が降り始めていた。近くを通る京成《けいせい》電車の音がした。最終かもしれない。雨が髪の毛を濡らし、額に垂れ、洋服を濡らした。

「やっぱり、ここだったのね」

道子が余分に持ってきた傘を差し出した。

「兄さんの夢が何だったのか知っているか」

傘を受け取り、信吉はきいた。

「夢?」

「大学に行きたかったと言っていただろう。将来なりたいものがあったと思うんだ。それは何だったんだろうと思ってね」

「小さい頃からラジオの修理なんか好きだったから、そういう方面の技術者じゃないかしら」

「器用だったからな」

それからしばらく、降りしきる雨の中をふたりは傘を差したまま、無言で銀杏の樹を見つめた。

翌日も雨が降り続いた。信吉は明け方まで起きていた。

葬儀が終わり、家には家族だけになった。父が雨戸を閉め、戸締りをした。そして、父は祭壇の前に座ってじっとしている。

父は千住の大きな足袋屋に小僧に上がり、足袋仕立て職人として腕を磨き、年季が明けてから数年後、三十歳になって独立したのである。職人気質の父は自分にも他人にも厳しかった。気に入らない仕事はどんなに金を積まれても引き受けない。無口で、必要なこと以外は喋らないと決めているような人間だった。子ども心にも父は強いひとなのだと思ってきた。人前で弱みなど見せたことのない人間だったので、肩を落とし悄然とした姿は痛々しかった。

いきなり父が祭壇の遺骨箱を開いた。

「骨はない」

父が抑えた声で言った。驚いて、信吉は骨壺を覗き込んだ。土が入っているだけだった。それと戦死を告げる紙切れ。兄の遺体は大陸のどこかで雨ざらしになったまま朽《く》ち果ているに違いない。

「浩平は飛行機の設計者になりたかったんだ」

驚いて、信吉は父の顔を見た。

「兄さんからきいたのですか」

信吉はきいた。

「一度泣いて訴えたことがある。俺が許さなかった」

父は厳しい表情で言った。家の中に静寂が押し寄せた。雨は一段と激しさを増していた。父はいつまでもその場から離れようとしなかった。

7

兄の死は信吉の中の何かを狂わせた。兄は争い事の嫌いなやさしい人間だった。戦争とはいえ、同じ人間を殺す真似が出来るわけがない。そんな兄を戦争に引っ張り出した者たちに憎悪の念さえ起きた。しかし、戦争そのものに反対し行動をするという勇気にはならず、ただひとり悶々《もんもん》とした日々を過ごすだけだった。そして、その鬱屈が膨張して、収まりのつかなくなった昭和十六年十月末のことだった。それより前、十六日、近衛《このえ》内閣が日米交渉妥結の見込みの有無をめぐっての閣内対立から総辞職し、十八日、東条英機《とうじようひでき》内閣が誕生した。政府は日米交渉で揺れていた。外交手段の一方で、戦争の準備をしているのだ。

師匠からその話を聞かされたのは、そんなときだ。

「落語葬ですって」

「そうだ。今いったようなわけで、時局にそぐわねえ噺はしばらくやらねえことにしようと決めたんだ」

「廓噺《くるわばなし》のどこがいけないって言うんですか。それに、やっちゃだめだって言われたんじゃないんでしょう。だったら、そんな真似することはありません。師匠だって困るじゃありませんか」

はじめて祖父に連れられ、人形町末広亭で三遊亭円明を見たのは十五歳のときだった。黒の紋付き袴《はかま》姿の円明の演し物は「品川心中」。売れなくなった品川宿の女郎が、見栄から客のひとりを相手に心中しようとする噺で、ひとりで女郎や心中相手の男や、その他何人もの人物になりきってしまうことに驚いた。落語の登場人物が目の前にいるようだった。遊女を演じると、無骨な円明の顔が美しい花魁《おいらん》に見えた。それから二度目に「子別れ」を聞いた。吉原の女郎に狂って女房に愛想をつかされた大工が改心し、三年後に子どもと再会し、めでたく復縁するという話で、客席にもすすり泣きがもれた。円明は人情噺もうまかった。これだけの名人だったが、古典落語一筋で面白味がなく、人気がなかった。だが、信吉は円明の芸こそ本物だと思った。だから、円明に弟子入りをしたのだ。自分のことだけでなく、師匠から古典落語を取り上げてしまうことが我慢ならなかった。

「おめえの言うこともっともだ。だが、そういう噺はこのご時世に合わないってことなのだ。だから、こっちから遠慮しようってことになったんだ」

落語協会は時局に背く不謹慎な話を自ら上演禁止にしようとしたのだという。古典落語のうち、廓噺や妾、間男《まおとこ》、それから艶笑《えんしよう》噺などを埋葬しようとし、古典落語の葬式をするという。師匠は声をひそめ、

「軍から睨まれたら、落語そのものも出来なくなってしまうかもしれねえ。ここは一番軍に協力しておくことは決して損なことじゃねえ」

憮然として横を向き、信吉はあからさまに不満を態度で示した。

「新聞屋だって、雑誌社だって、映画会社だって、皆そうしているんだ。いいかえ。当日は出るんだぜ」

「ばかばかしいじゃありませんか。洒落《しやれ》のつもりでしょうが、洒落にもなっちゃいませんよ」

「だいたい御上のやることが洒落じゃねえか」

師匠は声をひそめて言った。

「たばこの改名だってそうだ。ゴールデンバットが金鵄《きんし》、チェリーが桜。野球なんてもっとひどい。ストライクが『よし一本』で、ボールが『一つ二つ』、セーフが『よし』、アウトが『ひけ』だ。そんな発想なんだ」

「そんな考えで古典落語が葬られちゃかないません」

「そう言うもんじゃねえ。ともかく、出るんだ。いいな」

師匠が厳しく諭した。わかりましたと答え、師匠の家を出たものの、信吉は浮かなかった。気を鎮めようと隅田川の辺《ほとり》に腰を下ろした。川面で、芥《あくた》が波に浮き沈みを繰り返している。信吉の脳裏に、空《から》の遺骨の前で号泣していた父の姿と兄の顔が焼きついている。兄の遺体は大陸で野晒《のざら》しになっているのだ。

古山の話だと、軍事的に中国を屈伏させることなど不可能なのだと言っていた。難しいことはわからないが、兄は無理な戦争の犠牲になったのだと思った。和子にしても、大陸に渡って体を壊したのだ。戦争がなければ和子も大陸に行くことはなかった。兄を奪い、さらに信吉のような古典を演じる咄家にとって命より大事な古典落語まで奪おうとしている。

落語葬の当日、東京浅草寿町《ことぶきちょう》にある本法寺《ほんぽうじ》に咄家が集まった。師匠連中も国民服を着て皆集まっている。皆積極的に軍に協力する姿勢を見せているのだ。

これに参加することは、兄の命を奪った戦争に手を貸すことになる。これでは、兄の言うように立派な咄家になるのは無理だ。出征兵士が遺骨となって帰ってくる風景をたくさん見てきた。大黒柱を失った遺族が苦しい生活に悲鳴をあげているのを見てきた。信吉は共産主義者になったわけではない。ただ理不尽《りふじん》だという思いが突き上げてきた。それより、落語協会が自ら進んで噺を抹殺することが許せなかった。

信吉の中で何かが弾けた。住職が経を上げ、埋葬する古典話の題名を読み上げだしたとき、信吉は大声で叫んだ。

「ばかやろう」

信吉はそのまま式の会場から飛び出し、師匠の呼ぶ声を無視して、山門から抜け出た。長屋に帰った信吉は畳に大の字になった。胸に押し寄せてくる寂寞《せきばく》感をどうしようもなかった。内臓が引っ繰り返ったような苦痛に襲われた。

その夜、円助がやってきた。どうしても師匠の所に顔を出して詫びろと言うので、兄弟子の顔を立てて、翌日円明師匠の家まで出掛けた。

師匠はすっかり頭髪のない頭を叩きながら、

「なあ、円若。おまえの気持ちもわからなくはねえ。だが、このご時世だ。国に協力しておけば今後何かとやりやすくなる」

「師匠のお言葉でございますが、落語というのは御上に楯突くところからはじまっているんじゃありませんか。それを、御上の顔色を窺い、こっちから上演禁止するなんて呆《あき》れ返って物も言えやしません。はなし塚なんかこしらえて、古典落語の葬式だなんて、そんなもの……」

抗議しながら涙が出て来た。兄は立派な噺家になれと言って送り出してくれたのだ。噺を奪われたら何が出来るのだ。

「こんなことはそう長くは続きはしない。今に、堂々と噺が出来るようになる。それまでの辛抱だ。それに寄席の高座でなく、どこかでこっそりやればいいんだ」

「申し訳ありませんが、私にはそんな器用な真似は出来っこありません」

信吉の口から勝手にそんな言葉が飛び出していた。師匠は顔を真っ赤にして、それでも怒りを抑え、

「いいかい、円若。今度のことに関しては協会顧問の山里《やまさと》さんが内閣情報局との折衝《せっしょう》を受け持って骨折りしてもらっているんだ。山里さんには噺家は皆お世話になっている。そのひとのためにも、ここは一つ」

「いやでございます」

「師匠の俺がこれだけ頼んでも、言うことを聞いちゃくれないのか。もう、おまえなんか弟子でも何でもない。とっとと消え失せやがれ」

師匠はとうとう癇癪《かんしやく》を起こし、破門だと叫んだ。師匠にすれば、仲間の手前もあったのだろう。反乱分子がいれば内閣情報局から睨まれ、協会に迷惑がかかる。信吉は師匠の苦しい気持ちを知っていた。師匠とて屈辱を感じているのだ。協会のことを考えなければならない胸中をわかっていながら、信吉は師匠の言葉に逆らわざるを得なかった。

(師匠、すいません)

何か言葉を探そうとしたが、信吉は声にならなかった。ただ、師匠に深々と頭を下げて、立ち上がった。玄関に出るまで、師匠が引き止めるのを期待したが、だめだった。玄関を出ると、おかみさんが外で待っていた。

「こんなご時世だ。うちのひとを怨《うら》まないでおくれ。戦争が終わったら、必ず戻ってくるんだよ」

「おかみさん、すいません。師匠のことをくれぐれもよろしくお願いいたします」

師匠の家を飛び出した信吉は浅草寺から仲見世《なかみせ》を歩いて雷門《かみなりもん》に出た。晩秋の陽射しが弱々しく足元を照らし、淡い影を作っている。覚悟の上のこととはいえ、地の底に落ち込んで行くような悲しみに襲われていた。三遊亭円若という芸名との別れだ。兄との約束も果たせなくなる。師匠とのやりきれない訣別の仕方も悲しかったが、もう二度と好きな落語が出来ないと思うと、無性に涙が流れてならなかった。

「おや、円若さんじゃないのかえ」

甲高い声で呼ぼれ、顔を向けると、モンペ姿ながら白い襟《えり》足の色っぽい女が笑っていた。つんと上を向いた鼻は勝気そうだった。

「あなたは」

八重歯に記憶があった。菊弥《きくや》という浅草の芸者だった。軍需産業の村下《むらした》という社長に呼ばれた料亭の席で何度か見たことがあった。モンペ姿が粋な芸者と結びつかなかったのだ。

「ずいぶんしけた顔をしていたわ。いったい、どうしたのさ」

彼女は明るい声で言った。

「なんでもありません」

信吉は無愛想に言った。

「なんでもなくないわ。あたしは円若さんを贔屓にしているんですからね。ねえ、今度、どこへ出るの」

「姐さんがあっしの贔屓？　嘘でしょう」

「嘘なもんか。浅草の寄席で何度か聞いているよ。決してお座敷だけじゃないのよ。あたしはおまえさんの将来を買っているんだよ。頑張ってちょうだいよ」

信吉は急に涙が出てきた。菊弥が驚いて、

「あら、どうしたというのさ」

「すまねえ。あっしは師匠から破門されたんだ」

顔色を変えたが、菊弥はすぐいたわるように声を和《やわ》らげ、

「こんなところじゃ何だから、ちょっとどっかに入ろう。そうだ、うちに来ない。近くだから」

返事も聞かずに、女は歩き出した。少し離れた所を、若い女が風呂敷の荷物を持ってついてくる。女中らしい。不謹慎だと警察官に因縁《いんねん》をつけられるのを恐れて、信吉は少し離れてついて行く。

雷門から並木《なみき》を通り、駒形に向かった。浅草から離れて行く。近くだという割りには少し歩いた。菊弥の住まいは蔵前にあった。隅田川沿いの黒板塀で格子造りの玄関の家だった。

居間に上がると、長火鉢があり、壁には三味線が下がっていた。女は神棚に手を合わせ

てから、長火鉢の前に腰を下ろした。

「お清《きよ》ちゃん、一本つけておくれ」

はい、と言ってすぐに頰の赤い女が酒と刺身を持ってきた。驚いたことに、この家には酒や食べ物がたくさんあった。

「さあ、遠慮なくやっておくれ」

信吉は杯を差し出した。

「姐さんは浅草に住んでいたんじゃないんですかえ」

今度は菊弥から銚子を受け取り、酌をしながら信吉がきいた。

「落籍《らくせき》されたのよ」

「えっ。誰です、旦那は？」

「村下よ」

「村下？」

あっと、信吉は声を上げた。鬚《ひげ》をたくわえた傲岸《ごうがん》な男の顔を思い浮かべた。村下は軍需工場に転向してからぼろ儲けしていたのだ。村下だけではなく、軍需関係の経営者は皆儲かっているようだ。これからどんどん儲かる。おそらく村下がそう言って菊弥の機嫌をとっているのだろう。

菊弥は福島の出身で十三歳のときに仕込み娘として芸者屋に住み込んだ。今二十六歳だという。

「もうお座敷には出ていないんですか」

「旦那が許してくんないの。だから、息が詰まっちゃって。それより、さっきの話。円若さんはどうして破門になっちゃったのさ」

「くだらないことです」

信吉は怒りを思い出して酒を呷り、その勢いで菊弥に問われるまま破門の経緯を話した。相槌を打っていた菊弥だが、話を聞き終えたとたん、

「円若さん。それは、おまえさんが悪いと思うわ。そんなことで目くじらを立てるなんて、損じゃないの」

と、信吉を詰《なじ》るように言った。

「師匠の言うように、表向きのことよ。おえらいさんは陰でなんでもやっているんだから。お座敷かなんかで啖呵をすればいいのよ」

「そうはいきませんよ。それじゃ、落語が特権階級のものになっちまいます。一般の庶民の耳に入らねえ」

「そりゃ、おまえさん硬すぎるよ」

自分でもそうかもしれないと思っている。だが、自分の心を制御出来なくなっていた。兄の戦死が信吉の心を変えてしまった。

菊弥は手酌でぐいぐい杯を空けながら、

「うちの旦那なんか食糧だってたくさん持ってきてくれるわ。これだって今じゃ庶民には高嶺《たかね》の花」

刺身を箸《はし》で摘んで、菊弥は言う。

「そうやってなんでも庶民からものを取り上げてしまうなんて……」

信吉が腹立たしく吐き捨てた。

「でも、しょうがないじゃないの。ご時世なんだもの。長いものには巻かれろって言うでしょう。そんなことで力んでいたって自分が損するだけ。落語葬がどうのこうのじゃないの。おえらいさんが決めたことに従えばいいじゃないの」

冗談じゃねえ、と思いつつも、菊弥の言うことが正論なのかもしれなかった。

「ねえ、今からでも詫びを入れに行ったらどうなのさ」

「もう終わったんですよ」

兄の死がなかったら、こんなことにはならなかっただろう。それを思うと、やりきれなかった。

「おまえさんの噺を聞きたい者たちはどうすればいいんだ。もう、噺が聞けないじゃないのさ」

仮に頭を下げて破門を取り消されたところで、古典噺は出来ないのだ。政治家や軍人や企業家などの特権階級の前で落語を演じたって仕方ない。落語は庶民のものだ。町の寄席小屋で噺が出来ないのなら、どっちにしろ同じことだ。

「すっかりごちになってしまいました。そろそろ帰らないと」

ちょっとしらけた気分になって、信吉は立ち上がった。

「いいのよ。泊まっていっても」

「冗談じゃありません。間男は噺だけにしておきます。いえ、もうそんな噺もすることはないでしょう」

引き止める菊弥を振り払うようにして信吉は外に出た。短くなった日はすっかり暮れていた。

それから、信吉はたびたび菊弥の家に行った。噺家生活に終止符を打たれ、絶望の淵に追いやられた。そんな苦しみから逃れるように菊弥の所に足を向けてしまうのだ。旦那のいる日は物干しに手拭いがかかっている。そんな合図も取り決められた。

心の晴れない日々を送っているのは信吉だけではないようで、世間のひともなんとなく鬱々《うつうつ》とした表情だった。米国との戦争がはじまるのか、はじまらないのか。息苦しい空気に日本中が包まれているようだった。

十二月七日。その日も、茶の間で菊弥に注がれるまま酒を呑んでいた。もう一般の人間はほとんど口に出来ない肉がここにはあった。昼間からいい気なもんだと自嘲しながら、差しつ押さえつのやりとりを繰り返すうちに、次第に菊弥の目が潤んでくる。

「ほんとうに間男になっちまった」

信吉は吐き捨てる。菊弥がしなだれかかってきた。そんな好色な目は好まないのだが、彼女に導かれるままに隣の部屋に行く。菊弥は着痩せするほうで、腰はくびれ、胸も尻も大きかった。

菊弥は激しかった。恥ずかしげもなく露《あらわ》な声を出す。信吉も心を被《おお》うやりきれなさから逃れるように菊弥を抱いた。いっときの激情が去ると、虚しさが押し寄せてくる。俺はこのままだめになって行く。どうにでもなれ、とつい自棄《やけ》になる気持ちを酒で紛らわす。最近、酔うと、またも和子を見捨てたという自責の念に襲われるようになって、また呑む。それの繰り返しだった。ふとんのなかで女の温もりを肌に感じながらやりきれない思いと戦っていると、「おくさま」という女中の差し迫った声が襖の外から聞こえた。

「旦那さまがお出でになります。今、買物の帰りに旦那さまの車を見掛けました」

女中は息を弾ませながら知らせた。車は路地を入れないので、大通りから歩いてくる。信吉はあわてて洋服を着たが、菊弥は襦袢《じゅばん》を身につけながら、

「あたしは風邪ぎみで寝ていたと旦那には告げておくれ。それから、茶の間のものを片づけて」

と、落ち着き払って言う。その大胆さに驚きながら、急かされて勝手口に行くと、そこに信吉の履物が玄関から移されていた。女中の手際のよさに感心して外に飛び出した。ぐるりとまわって路地に出ると、ちょうど菊弥の家の格子戸を入って行く三つ揃いの背広の鬚の男を見掛けた。座敷で会ったことのある村下だ。それにしても、なぜ急に旦那がやって来たのだろうか。何か急なことでもあったのか。

信吉は逃げるように長屋に戻った。虚しさから逃れようと、ひとりで呑み直した。翌日の朝、いきなりラジオの雑音で目を覚まさせられた。隣家のラジオだ。米英軍と戦闘状態に入ったと言っていた。宿酔《ふつかよい》の頭ではそれが何のことかわからなかった。

第二章　戦時下

1

　晴れた空に煙突の煙りが幾筋も上っているのが見えた。向島地区は関東大震災後に工場地帯として発展したところだ。紡績工業、金属工業、化学工業などの大工場もあるが、従業員数十人以下の工場が圧倒的に多く、メリヤス、紙製品、裁縫、玩具などの製品を作っていた。

　中国との戦争の長期化から大工業は軍需産業に転換していかざるを得なくなっていたが、今度は米国との戦争がはじまり、ほとんどの工場は軍需中心になっていった。たとえば日本旭電気《にほんあさひでんき》は一昨年に工場を寺島町に移し、工場の一部を兵器工場に切り換えて機銃弾の製造を賄《まかな》うようになった。また、花王石鹸《かおうせっけん》東京工場も陸軍の命を受けて紙石鹸を、海軍の命により凍結防止剤などの製造をしている。その他の工場も武器、弾薬などの兵器製品の製造を命じられている。軍需生産が中心となってはメリヤスや玩具などの需要もなくなり、従業員も軍需産業にとられたりして町工場も止むなく軍需産業に吸収されていった。

信吉は自分の家に向かっていた。路地を曲がると、前方で煙りがもうもうと上がり、人声が重なって聞こえてきた。信吉はさっと天水桶《てんすいおけ》の陰に身を隠した。

痩せて小柄な男がホースを片手に梯子《はしご》をよじのぼっていく。地上にいる何人かの男たちがホースを屋根の上に向け放水した。幾筋もの水は屋根瓦の上で互いにぶつかり合い、白く濁って拡散し、虹《にじ》が出来た。消防ポンプを漕ぐ警防団員の額《ひたい》の汗が太陽の光を反射する。国民服に戦闘帽、脚にゲートルを巻き地下足袋《たび》を履いている男たち。モンペに防空頭巾で肩から白い襷《たすき》をかけている婦人たちが防火用水から水を汲み、バケツリレーをしながら塀に向かって水をかけ、たちまち道路は水浸《びた》しになった。

道路に倒れている男を担架《たんか》で運んだりしているが、警防団員たちの真剣な表情に関係なく住民たちの動きは緩慢《かんまん》で、間が抜けているように見える。

「目と耳を押さえ口を開けて」

消防団員が怒鳴《どな》る。至近距離に爆弾が落ちた場合を想定しての退避訓練では爆風によって鼓膜が破れたり目玉が飛び出たりしない予防のためだが、大勢が同じような格好で続く姿は何とも妙だった。

町中で防火演習に出くわしたら必ず訓練に参加しなければならないことになっているが、信吉はいったん来た道を戻り、人目につかないように大回りして自宅に向かった。どの家の前にも盆栽がたくさんある。ベーゴマをしたりメンコ、ビー玉遊びをした路地に、忘れられたようにタライが転がっていた。今まで気にもとまらなかったものが懐かしく胸に迫ってきて、しばらく佇《たたず》んだ。

信吉は仕事場の横の路地から裏口にまわった。鍵がかかっていなかった。そこから家に入った。誰もいない家の中に蟬《せみ》の鳴き声だけが入り込んでいる。四月半《なか》ばを過ぎたばかりのこの時期に、蟬など妙だと思いながら、仏壇の兄の位牌《いはい》に手を合わせた。

(兄さん。帰ってきたよ。咄家《はなしか》を辞めてしまい、ごめん。でも、きっと兄さんの心残りのないようにする)

米国との戦争がはじまった直後、円助が長屋に信吉を訪ねてきて、こう言った。

「落語協会をやめたら、必ず軍需工場に徴用されちまう。今のうち、どこかの工場に勤めたほうがいい」

米国との戦争がはじまってからは、文学者でさえも徴用される可能性が出てきた。軍需産業はどこも猫の手も借りたいほど忙しい。

徴用となれば、もっと危険な工場へ行かされるかもしれないし、また遠くの工場にとられる可能性があった。そう円助が忠告してくれたのだ。菊弥のヒモのような生活をしているわけにはいかない事態になっている。

職業指導所を訪れ、氏名、出生年月日、本籍などを申告して労務手帳の交付を受け、さらに大日本兵器産業の錦糸町工場の募集を見つけた。菊弥の旦那の会社だ。信吉はためらわずそこに決めた。なぜ、そう思ったかは自分でもよくわからない。菊弥の旦那である村下に対する複雑な感情からかもしれないし、ただ単純に場所が江東橋《こうとうばし》二丁目で通勤に便利だという理由だけかもしれない。

もともとは電動機器の部品を作っていた従業員五百名ほどの会社だったが、米国との戦争開始以前より、自ら軍需産業に転換し、名称も大日本兵器産業と変え、業績を伸ばしていった会社である。航空機の部品にするネジやパッキング、それに投下爆弾用のスイッチなどを製造している。数百名の徴用工と共に、旋盤《せんばん》で金属の丸片を六角に削ったりする毎日が去年の暮れからはじまったのだ。

「兄さん。荒野で骸《むくろ》になって無念だろう。寂しいだろう。でも、魂はこっちに帰って来ているんだろう」

元気だった頃の兄の顔が浮かんできた。信吉が戻る決心をしたのは道子の説得があったからでもあったが、亡き兄の夢を見たことが大きい。

「信吉。父さんや母さん、それから鈴子と浩一を頼む」

夢の中で、兄は言ったのだ。

「兄さん。父さんや母さんたちをきっと守ってみせる。だから、安心してくれ」

兄に誓ってから、信吉は立ち上がった。縁側で蟬の声を聞いていたが、やがて聞こえなくなった。果たして蟬だったのか。幻聴だったかもしれないと思い、信吉は子どもの頃のことを思い出した。兄とよく蟬捕りに行った。兄は気のやさしいところがあって、信吉が摑まえようとすると、邪魔をする。そして、自分がやると言い張り、わざと蟬を逃がしてしまうのだ。可哀《かわい》そうじゃないか。ばつのわるそうな顔で、兄は言った。そのときの顔が蘇る。さっきの蟬は兄の魂が帰ってきたのかもしれないと思った。

仕事場に行ってみた。五台あったミシンが一台もない。職人が三人、それから兄と母と自分、それに父をいれて七人が働いていた板の間も寒々としていた。柱の上に、一陽来復《いちようらいふく》のお札が貼ってあった。

足袋底を型紙に沿って、フグのような形をした庖丁《ほうちょう》で裁断していた父の姿が目に浮かんできた。畳の上ではくオカタビ、男物の作業用の石底、その他地下足袋などを一足一足手縫いで作っていた。母は仕上がった足袋を調べては一対ずつ折り合わせて、紙紐で結わいて棚に仕舞う。たくさんの引出しがある戸棚に、足袋を寸法別、生地別に分けて整理してあるのだ。

しばしの感慨に耽《ふけ》っていると、背後で声を聞いた。

「信吉じゃないの」

母が帰ってきたのだ。目の縁に疲労の色を見せている。髪に白いものが混じっていた。

「またここで暮らそうと思います。戻って来ていいですか」

「ほんとうに？」

母の蒼白い顔に朱が差した。気丈に振る舞っているが、兄を失った悲しみはまだ癒されていないはずだった。

「父さんは？」

「警防団の班長だから、後始末があるのよ。父さんも喜ぶわ」

父は警防団の中で消防を任務とした。警防団は空襲などによる火災の際に、手押しポンプなどで付近の住民の協力を得て消火活動を行い、消せないまでも、東京消防隊の到着まで火の延焼を防ぎ、住民の財産を守るのである。

帰ってきた父は信吉を見て目を細めたが何も言わなかった。戦闘帽をとった父の職人刈りの髪も、母よりさらに白い粉をまぶしたようだった。顔に皺《しわ》も増えたように思える。

「父さん。戻ってきていいでしょうか」

信吉はきいた。口を真一文字に結んだまま、くるりと向きを変え、神棚に手を合わせ、そして天皇と皇后の写真に一礼した。それから、振り向き、

「ここはおまえの家だ」

と、呟《つぶや》くように言い、仕事場に行ってたばこをくわえた。以前から比べると、一回り小さくなったようだ。咄家を辞めたことを、父は口に出さなかった。

「あれで、喜んでいるのよ」

母が耳元で囁《ささや》いた。父はうまそうにたばこをすっていた。

「食事は？」

「いい。ちょっと横になりたいんだ。夜勤明けなんだ。上の部屋、いいかな」

信吉は二階に上がって横たわった。懐かしい畳の匂いを感じたが、大志を抱いて家を出たくせに、このような形で帰ってきた自分が情け無かった。

いつしか眠りに落ち、夢を見た。兄と金麗華と三人で土手にいる。夕焼けが三人を紅く染めていた。と、いきなり金麗華が駆けだした。つられたように兄も駆けた。何が起こったのかわからず、信吉は途方にくれた。夕焼けがさらに真っ赤になった。その夕焼けの中に金麗華と兄が消えて、やがて闇が訪れた。信吉だけがひとり残された。兄さん、麗華さ

んと声を張り上げた。西の空を残照が明るく染め、その中に女の顔が現れた。和子だ。ふっくらとした顔がだんだん痩せ衰えてきた。名を呼ぼうとしたが、声が出ない。和子の顔は痩せ衰えたかと思うと髑髏《どくろ》に変わり、だんだん薄くなり消えて行く。信吉は思い切り声を張り上げた。

目が覚めたとき、障子《しょうじ》の隙間《すきま》から陽光が斜めに射し込んでいた。夢を思い出そうとしたが、蘇ってこない。ただ、和子の顔だけが浮かんできた。階段を上がってくる足音がして、障子の外で声がした。

「兄さん。起きた?」

「ああ、起きている」

障子が開いて、道子が顔を出した。

「帰って来たんですって。ありがとう」

道子が弾んだ声で言った。学校から帰って来たばかりのようだ。

茶の間に下りて行くと、嫂《あによめ》がいて、その傍らに二歳になる浩一がいた。

「信吉さん。お帰りなさい」

嫂は白い歯を覗《のぞ》かせた。去年会ったときより、少し痩せていたが、表情が明るくなっていた。

「嫂《ねえ》さん。これから厄介になります」

「こちらこそよろしく」

嫂はのんびりした明るい声で言い、八重歯を覗かせて笑った。その明るさが心を和《なご》ませた。兄はこの明るさを気にいったのかもしれないと思った。

「浩一くん、大きくなったな」

頭を撫でると、浩一は恥ずかしそうに嫂の後ろに隠れた。兄の小さい頃にそっくりの仕《し》種《ぐさ》だった。

夜になって白鬚《しらひげ》にある軍需工場に勤めている末吉が戻ってきた。背も高くなり、すっかりおとなっぽくなっていた。信吉の顔を見て照れたように笑った。さっきの浩一の仕種に似ていたので血の繋がりは争えないものだと思った。久し振りにわが家の食卓を囲んだ。ちゃぶ台の上に酒が出た。

「末吉、またいっしょの部屋だぞ」

信吉は言った。

「兄さんがいつ帰って来てもいいようになっているよ」

以前、兄が使っていた部屋に鈴子と浩一がいる。兄に代わってふたりがいるのが不思議だった。父は相変わらず無口で、ただ静かに酒を呑んでいた。

引っ越しを終えてから数日後の夜勤明けの日に、信吉は兄の墓参りのために家を出た。秋葉神社の脇から水戸街道に出て、隅田堤に向かう。寺は土手下にあった。四月も半ばを過ぎ、花も散りすっかり葉桜になったが、空は晴れて気持ちがよかった。

英霊は靖国《やすくに》神社に祀《まつ》られている。兄は英霊には似つかわしくないと思い、信吉は九段《くだん》に足を向ける気がしなかった。

兄の墓前で額《ぬか》ずいていると、背後に石畳を踏む音がした。傍《そば》で立ち止まった。お参りを終えて振り返ると、嫂の鈴子が立っていた。信吉は会釈《えしやく》をし、場所を空けた。彼女は頭を下げ、墓の前にしゃがんだ。

嫂がお参りを済ますのを待ってから、信吉は口を開いた。

「毎日来ているんですか」

「ええ。ここに来ると、落ち着くんです」

嫂は信吉の顔を見つめて言った。

「嫂さんと浩一くんを残して、兄さんはさぞ心残りだっただろうな」

「でも、御国のために立派に戦ったんですから」

無駄な戦争だ、という旅芝居の一座でいっしょだった古山の声が蘇る。兄は犬死になんだとは嫂に酷《こく》過ぎて言えなかった。

「あのひと、いつも信吉さんのことを気にしていたわ。会いたいっていう気持ちを抑えていたみたい。兄弟っていいなって、そのたびに思ったもの」

嫂の表情が翳《かげ》った。

「嫂さんにご兄弟は？」

「兄と姉がいるわ」

実家に戻って再婚の道を考えないのですか、ときこうとしたが躊躇《ためら》われた。子持ちの出戻り女に再婚の道があるだろうかと思ったのだ。

「ずっといていいかしら」

嫂が呟くように言った。その意味を解しかねたが、彼女は続けた。

「実家に戻る場所がないの。だから、ずっと今の家に置いてもらいたいんです」

「そんなことを気にしていたんですか。当たり前じゃないですか」

「ほんとうに？」

嫂の頰が染まった。

「うれしいわ。信吉さんにそう言っていただいて」

素直に真情を吐露《とろ》する嫂を好ましく思った。なるほど、こういう面も兄が好いたのかもしれないと、また一つ発見をしたような気がした。

陽が高くなってきた。雲一つない青空だ。お寺を出て、無意識に足を隅田堤に向けていた。嫂も黙ってついてきた。土手に上がると富士山がくっきりと見えた。その富士山に背を向けて、葉桜の土手を白鬚橋方面に向かってぶらぶら歩いた。対岸に待乳山《まつちやま》聖天《しょうでん》の杜《もり》が見える。

「小さい頃、兄とここでよく泳いだものです」

信吉は川に目をやった。

「泳ぎは達者《たっしゃ》だったのかしら」

「ええ。見事なものでしたよ。一番、速かったんじゃないかな」

「私、あのひとのことはほんとうに何も知らないのね」

嫂が寂しそうに言った。それだけの短い付き合いでしかなかったのだと嘆いているのだろう。信吉は黙ったまま足を進めた。白鬚橋方面に、久保田《くぼた》鉄工所や鐘淵紡績《かねがふちぼうせき》の工場が見える。

川辺に下りる道に足を向けた。

「信吉さんは好きなひとはいるの?」

水際に立ってからふいにきかれ、信吉は胸を切なくして、「いません」と答えた。一瞬、脳裏《のうり》に和子の顔が過《よぎ》った。本気で好きになったのは和子だけだ。そんな和子を自分は見捨ててしまったのだ。罪の意識から逃れるように、信吉は言った。

「嫂さんは兄さんのどんな所が気にいったんですか」

「やさしそうなところ。だって、こんな私をお嫁にもらってくれたんですもの」

嫂は屈託《くったく》なく言う。はじめて鈴子と会ったとき、想像とは違う女性だったので案外な気がした。

「見合いして結婚するまで間もなかったし……。これから、お互いに愛情を育《はぐく》んでいこうという時に出征していったでしょう」

川面《かわも》を見つめながら、信吉は兄を思い出した。兄は家を継ごうと決心した。だから、職人の妻に相応《ふさわ》しい女性として鈴子を選んだように思える。ここにも兄の妥協を見た。そんなことを考えるのは嫂に対して酷かもしれないが、もし兄が自分の道を歩んでいたら、嫁にするのはもっと別のひとになっていただろう。

「今、何時かしら」

「もうお昼は過ぎたようですね」

信吉は兄への思いから現実に戻って答えた。

「たいへん。早く帰らないと」

土手を上りはじめたとき、下流のほうで何かが炸裂したような音が連続して聞こえた。

信吉は足を止めて耳を澄ました。

「なにかしら」

嫂が脅《おび》えたように遠くに目をやった。

「高射砲のようですね。演習でもしているのでしょうか」

今度は上流のほうからブオウンという低い音。続けて、大きな音がした。

「あれは？」

鈴子の指差す方向に目をやると、銀色に輝く飛行機が王子《おうじ》方面に飛んで行くのが見えた。

「演習にしては変だ」

黒煙が上がったが、機影は見えない。そのうちに空襲警報が鳴りはじめた。空襲かしら、と言って鈴子は好奇心に満ちた目で見た。大胆なのか、鈍《にぶ》いのか、信吉は不思議に思いながら嫂を見た。

昭和十七年四月十八日、東京ははじめて空襲を受けた。日本本土に千三百キロまで接近した米空母ホーネット号から飛び立ったB25十六機のうち、十三機が東京に飛来したのだと後日知った。新聞記事では被害がないということだったが、市電熊ノ前《くまのまえ》停留場近くの旭《あさひ》電化《でんか》脇の民家に焼夷弾《しょういだん》が落ちて死者が出たということを、同僚の水島《みずしま》が聞いてきた。焼夷弾で抉《えぐ》られた地面の穴は深さ二メートル、直径十メートルもあったらしい。

しかし、その後空襲はなく、信吉は軍需工場に通う日々が続いた。戦線に武器を送れ、というかけ声と共に、軍需工場の機械は昼夜稼動《かどう》した。朝七時半から夜七時まで、昼休み四十分、朝十時と午後三時の十分間の休憩を除《のぞ》いた実働時間は十時間半だった。休日は月二回。

七月に入って梅雨《つゆ》の晴間。夜勤明けで帰宅すると、隣組《となりぐみ》の組長と婦人会の女性が玄関から出て来たところだった。母と鈴子が困惑した様子で組長らを見送った。

「どうしたんです？」

引き上げて行った組長から目を戻してきいた。

「戦時債券の割当てがあって買わされたんですよ」

鈴子が憂鬱《ゆううつ》そうな顔で言った。膨張した軍事費を公債販売によって賄おうというのだ。

「御国のためだと言われれば、買わないわけにはいかないものね」

母がため息をついた。

「信吉さん。足を洗って。そのほうがゆっくり休めるわ」

鈴子がバケツに水をいれてもって来てくれた。鈴子は甲斐甲斐《かいがい》しかった。咄家としての生活から一変し、毎日疲れた体で帰ってくる信吉には鈴子の明るさはせめてもの慰めとなった。

「しばらく眠りますから」

二階へ行く信吉に母が声をかけた。

「あとで、鈴子さんといっしょに食糧を仕入れに出掛けますからね」

「わかりました」

と返事をし、信吉は二階の部屋へ行ってふとんにもぐった。すぐ眠りについた。

物干し竿《ざお》が当たる音なのか、甲高い音が大きくなったり小さくなったりしている。風が強いようだ。信吉は覚めかけた意識の底で、その音に被さってひとの声を聞いた。だが、目覚めには距離があった。

半睡状態の中で、今家には誰もいないのだと思った。母と鈴子は出掛けている。父は消防団の用事で出掛けていた。起きようと思いつつ、起き上がれずにもがいていたが、階下の声が一段と大きくなった。女の声だ。その声が信吉の名を呼んだことに気づくと、やっと目が覚めた。

あわててズボンをはき、シャツを纏《まと》って階段を下りた。小柄な女が土間に立っていた。

「いないのかと思ったわ」

気だるそうな言い方は男に馴《な》れた響きがあり、化粧をしていない顔の肌は荒れて、三十近くに見える。

「高森信吉さんはいらっしゃる?」

「ぼくです」

「ああ、よかったわ。浅草に行ったらいないって言うでしょう」

女は安心したように懐に手をやり、

「これ、預かってきたわ」

と、紙を丸めたものを差し出した。浅草というのは三遊亭円明師匠のところだろう。信吉は訝《いぶか》しく思いながらしわくちゃの手紙を受け取った。軍の検閲《けんえつ》を用心して隠してきたのに違いない。

「じゃあ、確かに渡したわよ」

「待ってください。あなたは?」

「私はただ和子さんから渡してくれと頼まれただけ」

「和子さんはどちらに?」

「サイパンよ。私はこの前、引き揚げてきたの。そのとき、預かったのよ」

広げると、和子の名が目に飛び込んだ。

「ちょっと待ってください」

ともかく女を引き止め、信吉は急いで文面を読んだ。

――前略、御元気にお過ごしのことと存じます。早いもので、こちらにやって来てから三年になります。気候もよく、おかげさまで体も回復し、元気に暮らしております。もうお手紙も出すまいと誓ったのですが、どうしても知らせておきたいことがあって思い切ってこの手紙を内地に帰るという方に託しました。

こちらには、朝鮮からやって来た女性もたくさんおります。私の店でも、何人かいました。女たちは毎日たくさんの男を相手にしなければなりません。そんな中で、ある朝鮮の女性が体を壊し、仕事が出来なくなりました。私はその女性の看病をしていたのですが、そんなときに、その女性が一時日本に住んでいたことを知りました。それも向島に住んでいたというのです。本名は金麗華さんと言いました。

信吉は目が眩《くら》んだ。金麗華が慰安婦としてサイパンにいるなど、どうして想像出来ようか。色白の愛くるしい目をした金麗華が助けを求めているような焦燥感にかられながら、手紙の先を読んだ。

——私が信吉さんを知っていると言うと、麗華さんもその奇遇《きぐう》に驚いておりました。最期まで、信吉さんや信吉さんの兄さんに会いたいと言っていました。

金麗華が死んだ……。金麗華の悲惨《ひさん》な末路に胸を掻《か》きむしった。あの清純な少女が母国を離れ、南海の島で慰安婦となり、そして体を蝕まれて死んでいった。

突き上げてくる悲しみを堪えて、待っていた女にきいた。

「あなたも、この朝鮮の女性を知っているのですか」

「何度か見掛けた程度。でも、朝鮮の女がたくさんいたわ。親に売られたり、家族のために自分で体を売ったり、騙されて連れて来られたのよ」

島にはたくさんの朝鮮人の男も基地建設のためにやって来ていたらしい。

「和子さんは日本に帰ってこないのでしょうか」

「帰りたくても帰れないんじゃないかしら。せっかく帰ってきても、親や兄弟はあまり喜んでくれないのよ。こういう商売をしている女は肩身が狭いものよ」

と、寂しそうに言い、それから付け加えるように漏らした。

「たぶん、彼女は帰るつもりはないんだと思うわ」

その言葉は信吉の胸に響いた。信吉への失望があるのだろう。和子に責められているような痛みが胸を走った。

女が去ったあと、信吉は部屋に戻って手紙を読み返した。兄に会いたがっていた金麗華の思いが切なく悲しかった。それ以上に、和子の心が憐《あわ》れだった。

「信吉さん。どうなさったの。雨戸を閉めたままで」

いつ帰ってきたのか、鈴子が障子を開けて顔を出した。部屋の真ん中で胡座《あぐら》をかいていた信吉はときたま苦痛の呻《うめ》きを発していた。鈴子が雨戸を開けようとしたのを、信吉は制した。明るくなって、瞼《まぶた》の腫れを悟られるのを嫌ったのだ。しかし、鈴子は勝手に雨戸を開けた。西陽が射し、信吉は顔を背けた。

「信吉さん、どうかしたの」

鈴子が声をかけた。

「なんでもありません」

「そう」

鈴子は自分の薄桃色の手拭きを信吉の手にねじ込ませて、

「私でよければ、いつでも話してね。でも、私じゃ信吉さんのお役に立てないわね。じゃあ、下に行っています」

と言い、廊下に出た。鈴子は理由をきこうとしなかった。そのことがありがたかった。

金麗華の死の悲しみを焼け焦がすほどの暑い夏が過ぎ、秋になった。信吉の通う工場で、産業兵士慰労演芸大会が催された。

その日、工場の敷地に舞台が設《しつら》えられ、漫才、奇術、歌手などの慰問《いもん》の一行がやって来た。その中に、咄家もいた。桂文蔵門下の笑之助だった。はじめて前座《ぜんざ》で末広亭に出たとき、なにかと前座の仕事を教えてくれた男だった。今は二つ目《ふためめ》になっていた。

戦意高揚の内容でしかなかったが、信吉は観客席の一番後ろで気づかれないように体を丸めながら、落語への思いが募るのを必死に抑えた。

2

六区の興行街からひさご通りを抜け、言問通りを渡って千束《せんぞく》通りに入った。昭和十八年の正月気分も抜けた一月末のことだった。自粛ムードで、門松《かどまつ》もなく、年賀状も激減した正月ではあったが、明治神宮や靖国神社の初詣《はつもうで》客は増え、穏やかな正月が過ぎた。商店街を行くひとの表情に戦争の影は見えなかった。前線の様相は緊迫しているのかもしれないが、食糧や日用品の不足を除けば内地は比較的平穏だった。

休みの日、映画に行こうという学友の誘いを断り、伊吹はある目的をもって千束通りの商店街に入って行った。途中、海軍の制服を着た若い男三人と擦れ違った。吉原で、遊んできた帰りだろうか。胸を張っているように見えるのは、勝ち戦が彼らの態度を大きくしているのかもしれない。

去年のミッドウエー海戦での戦果は華々しかった。新聞は、日本軍の勝利で太平洋覇権の帰趨《きすう》が決したという解説記事を載せていた。

そんな新聞報道の一方で、大学の軍事教官の話には緊迫した事態が窺《うかが》えた。学生の徴兵猶予の特権がいずれなくなるかもしれないというのだ。日本は勝ち戦をしているものの、戦況は決して楽観出来るものではないということが伝わってくる。

徴兵されたら、行動の自由は奪われる。出来るのは今だという思いが、伊吹を駆り立てた。伊吹は浅草玉姫町がどんなところか見てみようとしたのだ。人力車夫や日雇い、廃品回収などの仕事に携わる者が多く住んでいた町だ。父は日雇いや屑鉄《くずてつ》拾いをしていたらしい。そういう場所で母は、父と兄と暮らしていたのだ。

左手に吉原の遊廓が見える。伊吹は遊廓を避け、柳並木の道を土手通りに出た。山谷堀《さんやぼり》に続く吉原通いの土手である。

伊吹は土手通りを横断し、清川町《きよかわちょう》から玉姫町に入った。一膳飯屋や居酒屋の看板が傾いている。商店もあるが、開いている店は少なかった。路地を幾つか曲がり、朽《く》ち果てたような共同長屋が見つかった。二階建てで、今にも崩れそうな様子だった。家の前にはたくさんの洗濯物が干してある。赤ん坊を抱いた女が歩いている。若い男に限らず、男の姿がないのは強制的に徴用で軍需工場にとられ、人足か何かをさせられているのかもしれない。

建物は関東大震災で壊滅したあとに建てられたものだろう。目の前にあるのも朽ちかけた長屋だった。

そこから離れた所に小さな荒物屋を見つけた。店先で声をかけると、薄暗い奥から主人らしい禿頭《はげあたま》の老人が出てきたので、この付近のことを尋ねた。

「この先は千住小塚原だよ。江戸時代まで刑場だった所さ。刑場の傍には火葬場もあった。遊廓もあったが、明治になって廃止されてから、仕事にあぶれた人たちがこっちに移り住んだ。人力車曳《ひ》きになったり、女は街娼になったりした」

その後、没落農民や都市貧民なども集まってきて大貧民街が作られていったのだ。近くには木賃宿も多くあった。利用客は旅商人から日雇い労働者に替わっていったらしい。

「ひどい暮らしだったたな。妙な臭いも漂っている。不衛生だったから病気がすぐはびこった」

老人は顔をしかめた。

「残飯屋なんて不潔そのものだった」

「残飯屋？」

「工場の厨房やら浅草の食堂から残飯を仕入れて来て、それを売っている。そういう残飯屋からたくわんの切れはしや食パンの屑などを買うのさ」

不潔だと思うのは余裕のある人間だ。それすら考える余裕のない者たちは残飯を追い求めた。真夏のぎらついた太陽の下では、残飯を仕入れて持ち運ぶ間に汗をかいていやな臭いを出す。それでも、極貧者にとっては貴重だった。

「この辺りには浮浪者やプロレタリア相手の街娼がよく出没していた。あそこに駄菓子屋があってね。女たちがよくたむろしていた」

老人は往時《おうじ》を懐かしむように目を細めた。母がこのような場所から実家に逃げたのは止むを得なかったのかもしれない。生まれたばかりの赤ん坊である自分をここで育てることは出来ない。夫と息子を捨ててまでもしなければならなかったのだろう。

「あの長屋に、小原《こはら》という一家が住んでいたのですが、覚えていらっしゃいませんか」

伊吹は肝心なことをきいた。

「名前なんて知らないな。ここじゃそんなもの必要ないからね。たくさんのひとが住んでいたよ。狭い場所に、何人もの人間が同居しているんだ。家族もいたが、事件も多かったみたいだな」

「事件？」

伊吹はきき返した。

「菜っ葉一つのことで喧嘩《けんか》したり、男がどこぞのかみさんを強姦したとか、また女が襲われたとか。なにしろ、明かりといっても、せいぜいランプだ。それも油代を節約するから真っ暗だ。そんな暮らしなんだから、近親相姦などもざらだったようだ」

一瞬砂塵《さじん》を巻き上げたような風が伊吹の内部で起こった。それがなんなのかはっきりしないが、不快感が胸の底からわき起こった。悲惨な暮らし振りを、これ以上聞き続ける気にならず、逃げるようにその場を立ち去った。

しだいに伊吹の内部で何かがゆっくりと構築され、同時に何かが崩れていくのがわかった。形作られていくのは自分の出生に絡む仮説であり、崩れて行くのは自分が描いていた家族の姿だった。

伊吹はずっとある疑問を抱いていた。母が自分を産むために実家に帰った理由はわかる気がしても、父の気持ちが理解出来ない。母が去るのを、なぜ父は引き止めなかったのか。なぜいっしょに行こうとしなかったのか。母の両親に許しを得ようとしなかったのか。

疑問はそれだけではなかった。母は実家を出て下谷の芸者になった。もちろん、伊吹を育てるためだ。だが、それだったらなぜ、早く芸者に出て、父や兄を助けなかったのか。貧民窟《ひんみんくつ》に住んでいるときに、なぜ芸者になって家族を助けようという気にならなかったのか。

その考えにとりつかれながら、泪橋《なみだばし》に出て明治通りを三ノ輪《みのわ》に向かった。明治通りをはさんで荒川区《あらかわ》になる。兄たちが震災後に移り住んだのはその先の千住大橋の先なのだ。三ノ輪に近づいたとき、急に頭痛がした。胃の痛みがなくなったと思ったら、最近になってときたま頭の中を鈍痛が走るのだ。医者は何ともないというが、そうなると、しゃがみ込んでしばらく休まねばならないほどだった。

ようやく谷中に戻ったときには、すっかり日は暮れていた。応召《おうしょう》したり徴用されたりして男手がいなくなり、店を閉めた商店は多い。路地を行くと、自分の部屋に灯《ひ》が入っているのが見え、兄が来ているのだと思った。

兄に会うのが恐かった。兄を問いただしたい衝動を抑えきれるかどうか自信がなかった。自分の出生にまつわるいまわしいものがいろいろ頭を駆け巡ってくる。

下宿屋の玄関を思い切って開いた。階段を上る足が重く、部屋の前で足が竦《すく》み、障子を開ける手が固まってしまったように動かなくなった。障子が中から開き、目の前に兄が立っていた。

「出掛けていたのか」

「はい。ちょっと」

「顔色がよくないな」

兄が顔を覗き込んで表情を曇らせた。

「忙しかったので疲れが出たのかもしれません」

自分の出生の秘密を垣間《かいま》見たという衝撃が心身を痛めつけているのだ。このままでは、その秘密をとことん突き止めなくてはならないという衝動を抑えきれないだろう。

「きょうはお休みですか」

兄は文芸部記者という立場からの戦意高揚の記事を書いている。去年の五月、日本文学報国会が結成され、多くの文学者が参加した。兄の師の岡村多一郎もそのメンバーに加わっている。

突然、伊吹の胸の底から突き上げてくるものがあった。自分の胸を被《おお》っているもやもやした気分を始末するためにはこの方法しかないと思った。伊吹の目が異様に輝き出したのだろう、兄が不審そうな顔をした。

「どうした?」

「兄さん。ぼくは大学を辞め、海軍予備学生か陸軍の幹部候補生になろうと思うんです」

一瞬、茫然とした兄の顔色が見る見るうちに変わった。

「ぼくは国のために戦いたいのです」

自分の言葉に自分でも驚いていた。大学を中退し、幹部候補生を志願する、たった今突如として思いついたことにも拘《かか》わらず、以前から心に決めていたかのように口からすらすら出た。

学生には兵役上の優遇措置があった。徴兵猶予と幹部候補生の有資格だ。徴兵猶予とは一般の者が満二十歳で徴兵検査を受けて徴兵されるのに対して、学生であればそれが満二十六歳まで延期されるというものだ。また幹部候補生の有資格制度とは、学生が軍に入れば、陸軍では幹部候補生、海軍ならば予備学生として一年の短期教育の末に少尉に任官するというものである。

「おまえはどうかしている」

兄はうんざりしたような顔で言った。

「なぜ、ですか。ぼくもこの国の一員です。戦争は勝ち戦が続いているようじゃないですか。ぼくも皇軍《こうぐん》の一員として勝利の暁《あかつき》には……」

「耕二」

兄が強い口調で制した。

「いつもの耕二らしくない。いったい何があったんだ」

「何もありません。常々、考えていたことです。ぼくは生きているという証しを得たいんです。それを得るには戦場に赴くしかないと思ったのです」

兄は悲しみの色を濃くした目で見つめ、

「学生は学問をすることに本分がある。戦争のことなど、考える必要はない」

「どうしてですか。平和時には学問も意義があるでしょう。しかし、この戦時下でどんな意味があるというのですか」

兄は顔をしかめ、たばこの金鵄《きんし》を口にくわえた。マッチをする手が震えている。気を鎮めるかのように、兄は目を細めて煙りを二度吐いてから、声をひそめて言った。

「俺の尊敬している花村幸彦《はなむらゆきひこ》はこう言っている。緒戦の成果は絵に描いた餅に過ぎないとね。アメリカには豊富な資源と豊かな経済力がある。やがて、態勢を整えてから反撃してくる。そうなったら、日本はひとたまりもない」

花村幸彦は哲学者であり、国際評論家である。自由主義者で、共産主義を嫌い、ファシズムを嫌っている。兄はこの花村を通してニールセンなどと繋がりを持ったに違いない。しかし、兄は花村の考えとは別に、軍に協力する姿勢を見せている。小説の師岡村多一郎の意向だとはいえ、兄は花村幸彦に逆らっていることに間違いはない。

「航空研究所の科学者も同じことを言っていた。日本は資源がない上に、科学技術のレベルが低い。近代戦争に勝ち目はないとね」

「兄さんは日本が負けると言うのですか」

伊吹は呆《あき》れ返った。

「今まさにその通りになってきた。まだ戦争を始めて一年そこそこしか経っていないというのに、開戦時の勢いはどこかへ行ってしまった」

伊吹は耳を疑った。

「どういうことですか。兄さんのところの新聞は我が軍の優位を報道しているじゃありませんか。兄さんだって、勝ち戦だと書いているじゃありませんか」

兄は口ごもってから声をひそめ、

「俺たちは見たままを書くことは出来ない。大本営報道部の許しがなければ発表出来ないんだ。我が軍の不利な記事はだめだ。戦果を過大に、損害を過小に、ということだ」

特高《とっこう》に聞かれたらただでは済むまいことを、兄は言った。と、同時に時局の意外な展開よりも、兄の態度のほうが衝撃的だった。

「兄さんはいったい日本をどう思っているのですか。愛しているのですか。いとおしいと思っているのですか。ジャーナリストとしての良心はあるのですか」

伊吹は興奮した。いったい自分は何を言おうとしているのかと、醒《さ》めた一方の自分が顧《かえり》みている。日本というのを家族、あるいは父とか母とか、そして自分に置き換えて兄を責めているような気もした。

そんな伊吹を、兄は冷静な目で見返して問い詰めた。

「耕二。いったい何があったのだ。何を隠しているんだ」

伊吹は熱があるように顔が火照《ほて》っていた。父と兄を貧民街に捨て置いて、なぜ母は自分だけ逃げ出したのか。なぜ、父が母を追おうとしなかったのか。その答えに合理的な説明がつくのは、ある仮定をしたときだ。その想像が新たな苦悩を呼んだ。

なぜ、自分は今ここにこうしているのか。いるべき必然があるのか。自分がこの世に生まれた意義は何なのか。そんなものはないのだ。決して生まれるべくして生まれたのではないからだ。

「自分がわからないんです。どこに向かって生きていけばいいのか。でも、はっきりしているのは今、わが国は戦っているということです。だったら、そこに生きる目標を定めるべきではないのですか」

「おまえはどうかしている」

「兄さんこそ、なぜ隠しているんですか」

まるで、他人が自分に乗り移ったかのように口が勝手に開いた。

「兄さん。ぼくの父親は誰なのですか」

「なんだと」

兄の顔が強張《こわば》った。

「母さんも兄さんも、どういうわけか父さんの話をしてくれなかった。そのことが、ずっとひっかかっていたんです。母さんも父さんの話がとても辛そうでした」

「何を言い出すんだ。おまえは父さんと母さんの子だ。よけいなことを考えるな」

兄の声を無視して、伊吹はとりつかれたように喋った。

「なぜ、母さんが父さんと兄さんを捨ててぼくだけを連れて実家に帰ってしまったのか。それだけじゃない。なぜ、父さんはぼくに会いたがらないんだ。兄さんだって、母さんが恋しかったんだろう。父さんだって同じだ。どうしてぼくのことが心配じゃないんだ」

「おやじは自分だけが食っていくので精一杯だったのだ。余裕がなかったのだ」

「違う。理由は一つだ。ぼくが、父さん以外の男の子だからだ」

「耕二。黙れ」

兄は今にも殴りかかってきそうな顔つきになっていた。だが、伊吹はもう止めようもなかった。

「ぼくが知りたいのは母さんが実の父親と合意の上なのか、それとも犯されて……」

いきなり、頬が熱いものを当てられたようになり、次第に痛みがやって来た。兄の平手打ちが飛んできたのだ。

「そんな作り話を勝手に描いて自分を苦しめるのはやめろ。おまえはどうかしている」

兄は恐ろしい形相《ぎょうそう》になっている。

「教えてください。ぼくは知りたいんです」

自分は今壊れそうになる精神と闘っている。このままでは肉体まで腐ってしまいそうだった。他人の子を身籠《みご》もった母と父にどんな葛藤《かっとう》があったのか。父と母は駆け落ちをしてまでいっしょになった仲なのだ。父は母が去って行くのを黙って見ていられたのか。そうではないはずだ。母と別れたくなかったのに違いない。母とて同じだ。なのに、なぜ母は強引に実家に帰ったのか。それは逃げたといったほうが当たっているのかもしれない。そう、逃げたのだ。父はお腹の中の子を始末することで、すべてのことに目を瞑《つむ》ろうとした。だが、母はどんな子であろうが、自分の胎内の子がいとおしかった。必死に守ろうとした。それで、逃げ出したのではないか。決して、円満に別れたわけではないというのが伊吹の考えたことだった。

「ぼくは父さんに殺されかかった。だから、母さんは父さんと別れざるを得なかった。そうじゃないんですか」

目の色に異常を感じたのか、兄は蒼白になって、伊吹の腕をつかんだ。それを振り払う。今度は強い力で肩を押さえつけられた。

「耕二、どうしたんだ?」

伊吹は兄の手から逃れようともがいた。

「兄さんこそ、なにをするのですか。離してください」

「耕二。落ち着くんだ」

兄の平手が飛んできて、再び頰《ほお》に激痛が走った。伊吹は怯《ひる》むことなく兄に向かっていった。

「ぼくは冷静です。ぼくは望まれて生まれたんじゃない。それどころか、抹殺さえされそうになった。このままじゃ自分の生きている証しがないように思えるんです。自分がなんのために生まれてきたのか、その答えを見つけたいんです」

夢中で喋《しゃべ》り続け、伊吹はぐったりした。全身に倦怠《けんたい》感が広がった。それでも勝手に口が動く。だが、もうまともな言葉になっていなかった。兄が驚いたような目つきで、伊吹を見ていた。

肌を叩きつけるような音が庇《ひさし》を打ちつけている。雨脚の音だと気づいた。目覚めたとき、伊吹は、ふとんの中にいた。部屋の中はすっかり暗くなっていて、兄の姿はなかった。天井の小さな裸電球が点いていた。記憶が徐々に蘇る。兄が医者を呼んだらしく、腕に注射を打たれた記憶がある。鎮静剤だろうか、それから眠ってしまったようだ。

起き上がって時計を見た。二時だ。夜中の二時なのだろう。雨戸を少し開くと、激しい雨になっていた。家々のトタン屋根を打ち破る勢いの降り方に、まるで自分の肉体をいたぶられているような自虐的な思いで、暗い外を眺めていた。

3

菜っ葉服を着た工員が汗を垂らして働いている。ときたま、腰にサーベルをつけた制服の巡査がやって来てなまけている人間を監視するが、常に班長の田尾清治《たおせいじ》がサーチライトを当てるように強い視線で工場内に目を光らせている。

その田尾の怒鳴り声が工場内に響いたのは、工場の入口に工場長と警察署長の姿が見えたときだった。

「何をやっているのか！」

田尾が信吉の傍まで飛んで来た。機械を踏み込んだとき妙な音がし、それまで規則正しいリズムを刻んでいた機械が妙な音を立てて空回りしたのだ。

「ベルトが切れました」

信吉は答えた。田尾の目は細く陰険そうで、鼻は鋭く尖《とが》っている。いつも背をそらして、ひとを蔑《さげす》むように見る男だ。田尾はいきなり信吉の頬に鉄拳を加えた。小さな体の割りには強い力だった。部品の入った段ボール箱をひっくり返し、信吉はもんどり打って倒れた。

「なんでもっと大事に取り扱わん」

「古くなっていたんです」

信吉は起き上がってから訴えた。

「そのことは何度も言ったはずです」

大事に使えばもっと使えると言って取り合わなかっただけだ。信吉が大きな声を出したので、通り掛かった工場長が足を止めてこっちを見た。

「きさま」

田尾の頰が震えた。信吉は田尾を睨みつけた。歯向かえば倍になって鉄拳が返ってくることを承知で反撥した。田尾は中国大陸で負傷し、内地に引き揚げてから、この工場にやって来たのである。田尾は軍隊で自分がされた仕打ちをこの工場でしている。そんなことを誰かが言っていた。ノルマを果たさせるように、工員たちの尻を叩くというのが彼の役割であった。

「精神が弛《たる》んでいるからだ」

再び田尾の鉄拳が飛んできた。信吉は足を踏ん張ってよろけた体を保った。口から血が出た。ノルマが果たせないのは自分の責任になることを恐れているのだろう。工場長や警察官が視察に来ているときには、よけいに厳しくなる。

田尾に命令された作業員が倉庫にベルトを取りに行っている間に工場長が近づいてきた。署長の後ろにもサーベルをつけた巡査がいた。

田尾はさっと直立不動の姿勢になり、

「ベルトが切れたのであります」

と、報告した。工場長は冷たく目を光らせ、

「早く交換して作業を続けさせろ」

と言い、その場を離れて行った。

工場長に聞こえるように、田尾は大声を出した。

「最近、生産量が目立って落ちている。貴様たちがたるんでいるからだ。こんなことで御国のお役に立てると思っているのか」

信吉が大日本兵器産業に勤め出して一年半ほどになる。その間、何人もの工員が応召していき、また逆に大勢の徴用工もやって来た。応召する人間は技能を持つ若い工員たちであり、徴用で入ってくるのは体が弱くて第二国民兵になったものや年配の人間で、それもほとんどは長年親しんだ職を奪われ、ある者は手に持つペンをハンダ鏝《ごて》に、ある者はソロバンから機械操作にと強引に転向させられたのである。商店主などは店を閉めて、安い日給で強制的に働かされている。そういう人間が菜っ葉服を着て油塗《まみ》れの仕事をやらされているのだ。さらには、十四歳から二十五歳までの未婚の女性が女子挺身隊として軍需工場に動員されてきている。馴れない手でプレスの機械や旋盤を使っていたのだ。

技術者や熟練工は兵隊にとられ、未熟な者たちだけでは生産が落ちるのは当然だ。それより深刻なのは原材料がなかなか入ってこなかった。もともとわが国は石油・鉄鉱石・ゴムなどを外国から輸入しており、戦争の影響がもろに出てきた感じだった。

もっとも、田尾の言うようにうまく怠《なま》けている連中がいるのも事実だ。先日、機械に砂を投入して作動不能にした事件が起き、まだ解決していない。そういうやらだちが田尾にもあるようだった。

「近頃、産業戦士だからといって優遇措置を当然のことと勘違いしている輩《やから》がいる。とんでもない奴だ」

工場長の姿が消えたあと、作業員がベルトを持って戻ってきた。

「古いベルトしかありません」

作業員が青い顔で自分の責任のように報告する。田尾は眉間《みけん》に深い皺《しわ》を作って、何か言おうとして開きかけた口をそのまま閉じた。在庫がないのではどうしようもないと思い止まったのだろう。そのとき、間の悪いことに誰かが大きなくしゃみをした。

「誰だ。今のは」

田尾がかみついた。今の様子を笑われたと誤解したようだ。くしゃみの主は水島だった。二十六歳だが、片足が悪く、徴兵《へい》検査も丙種合格であった。

水島は青くなっていた。田尾は水島の所に近づいて行った。信吉は我慢がならなくなった。

「くしゃみをしただけじゃないですか」

信吉は田尾の前に出た。

「貴様。俺に楯突《たてつ》く気か」

いきなり、鉄拳が飛んで来た。信吉は仰向けに倒れた。

「いいか。てめえたちなんか、俺が警察に一言言えば、しょっぴかれるんだ」

目を剝《む》き、田尾が水島に近づいた。欠勤が多い工員は所轄《しょかつ》警察署に報告される。すると、警察から呼び出しがかかり、一週間ほど錬成道場送りとなるのだ。そこで拷問に近い鍛練をしいられる。錬成道場送りとなって殺されそうな思いをして帰ってきた工員は何人もいた。

水島は蒼白な顔で震えている。傍らで、なすすべもなく工員たちが茫然としている。信吉の倒れた先に鉄パイプが落ちていた。それを摑もうとする衝動を必死に抑えた。水島が殴られたら、飛び掛かっていったかもしれない。しばらく睨みつけたあとで、田尾は踵《きびす》を返した。

古いベルトを機械にとりつけて作業が再開した。遅れたぶんを取り戻すために休憩時間もなく信吉は汗をしたたらせながら機械を使った。

夜になって夜勤の者と交代してから、食堂に飛び込む。長い列が出来ている。自分の順番になって、食器を受け取った。盆の上に食べ物をもらい、テーブルに着く。壁際や四方の隅に、監視が立っている。皆黙々と食事をし、広い食堂に食器の触れ合う音が聞こえるだけだ。アルミの食器に麦飯と申し訳程度の漬物がついている。麦飯にしたって軽くしか盛られていない。信吉は空いている椅子に腰をおろし、黄色の剝《は》げた箸《はし》を二本とって、飯を食いはじめた。信吉たちのような産業兵士には労務加配米として毎月七升ほどの特配がある。一括して経営者に引き渡され、こうやって食堂で配給される。

八時過ぎに、信吉はぐったりした体で工場の門を出た。いっしょに足を引きずって出て来た水島が後ろを振り向いてから言った。

「きょうはひどい目に遭ったな」

水島が憮然《ぶぜん》として言う。同じ班であり、年齢が近いこともあって水島とは気が合った。妻帯者で、葛飾区青戸《あおと》に住んでいる。

「まだひりひりする」

信吉は唇に手をやった。

「あんな奴をのさばらしておくのは我慢ならないよ。それにしても、戦いは優勢だっていうのに材料は入って来ないわ、機械の取替えがないわだなんて、いったいどうなっているんだろう」

水島が声を落として言った。

「寂しいもんだな」

信吉は暗い町並みを見た。錦糸町の駅前に向かう途中にある家庭用品を製造する工場の門が釘《くぎ》打ちされていた。この町は飴《あめ》屋や羊羹《ようかん》、おこしなどの菓子製造業者が多く、路地に入ると、砂糖や飴を煮る匂いが漂ってきたものだが、今はどの店の前にもシャッターが下りていた。

足の悪い水島に調子を合わせ、ゆっくり市電の停留場に向かった。市電は軍需工場の帰りらしい男女でいっぱいだった。市電で押上《おしあげ》に出て、そこから京成電車に乗って曳舟まで帰った。水島はそのまま乗っていった。家に着くと、迎えに出た嫂がすぐ信吉の顔の青痣《あおあざ》を見つけて声を上げた。転んだだけだと安心させたが、鈍痛は引かなかった。

「待っていてね」

鈴子は奥から薬箱を持ってきて、赤チンを出してつけてくれた。額に絆創膏《ばんそうこう》を貼ってくれるとき、目の前に鈴子の胸の脹《ふく》らみが近づいて息苦しくなって、

「いいです。自分でやります」

と言ったが、鈴子は黙ってそのまま続けた。

「浩一はもう寝たのですか」

信吉は鈴子の体温を感じながらきいた。

「ええ。つい、さっき。おじちゃん、まだかなって言いながら寝ちゃったわ。さあ、これでだいじょうぶよ」

鈴子は確かめるように信吉の顔を見た。膝《ひざ》と膝がくっついていたのに気づいて、彼女はあわてて離れた。

久し振りの休日に、朝から近所の防空壕掘りを手伝い、午後になってから鈴子と浩一を連れて、亀戸天神に行った。太鼓橋を浩一はおっかなびっくりに渡った。信吉と鈴子が両脇から浩一の手をとって歩く姿は、傍《はた》から見れば親子に映るに違いない。

最初は浅草に行くつもりだったが、信吉は浅草を避けた。寄席《よせ》を見るのが辛かったからだ。破門されてから三遊亭円明師匠の家にも一度も顔を出していない。円助もどうしているだろうかと、ときたま気になっているものの、なかなか足を向けることが出来なかった。

去年の会社の演芸大会で桂笑之助の噺《はなし》を聞いて以来、信吉は高座《こうざ》のことを考えるようになっていた。もう一度噺がしたいと思った。あのとき、素直に師匠の言うことを聞いておけばよかったかもしれないという後悔にもなった。着物から菜っ葉服姿になって馴れない機械をいじっている自分が惨《みじ》めにさえなった。その一方で、桂笑之助への同情もある。彼も古典落語の人間であるのに新作の兵隊ものの噺を演じ、観客をそこそこに笑わせてはいるものの、それは落語の芸とは程遠いものに思えた。いくら笑之助が熱演しようが、新作専門の咄家の面白さには敵《かな》わないのだ。古典落語を封印してしまった落語界は俺のいる場所ではない。そう自分に言い聞かせながらも、割り切れなかった。

藤の季節には紫色の花で埋まる藤棚も今は竹だけだ。本殿に向かって合掌した。隣で手を合わせている浩一や鈴子を見て、俺は兄のためにもこのふたりを守らなければならないのだという義務感のようなものが生まれてきた。だが、どういう形でそれが出来るのか、具体的なこととなると考えられなかった。

「ちょっと、つきあっていただけますか」

鈴子が遠慮がちに言った。

「いいですよ」

信吉は気軽に答えた。

亀戸天神を出て、信吉は浩一を肩車した。キャッキャ言って、浩一ははしゃいだ。横十間川に沿って、鈴子が連れて行ったのは柳島《やなぎしま》の妙見《みょうけん》さまだった。

ここは信吉にも馴染みの場所だった。本所柳島妙見堂は源頼朝《みなもとのよりとも》が石橋山《いしばしやま》で敗退したあと、再起の陣を敷いて戦局を一変させた場所という謂《い》われがある。また落語に「中村仲蔵《なかむらなかぞう》」という噺がある。忠臣蔵五段目の定九郎《さだくろう》の役が摑めず、初代中村仲蔵がこの妙見さまに願掛けしたところ、その満願の日に、にわか雨の雨宿りに入ってきた浪人の風体《ふうてい》を見

て、役作りに閃《ひらめ》いた。それから、仲蔵の定九郎は大当たりをしたという噺だ。小唄に、

「どうぞ叶えて下さんせ。妙見さまに願掛けて……」というものがあった。

「ここは浩平さんとお見合いをする前にお願いしたところなの」

お参りを済ましたあと、鈴子が言った。自分にとつて験《げん》がいいというのだろうか。鈴子が何を願ったのかが気になったが、あえて考えないことにした。

「浩一。また肩車をしてやろう。さあ」

うんと頷《うなず》いた浩一を抱き上げ肩に乗せた。

押上まで歩き、そこから京成電車に乗って帰途についた。秋の日暮れは早く、家が見えて来た頃にはもう空が紺色に染まっていた。

玄関に入り、茶の間に行くと道子が青ざめた顔で立っていた。

「どうした。何かあったのか」

「さっき、ラジオで東条首相の重大発表があって、学生の徴兵猶予が停止されることになったのよ」

対象は法文科系の学生で、理工科系学生には入営《にゆうえい》延期制度が設けられるという。文科系の学生が戦場に駆り出されるというのだ。

大学や高等専門学校の学生に限って徴兵検査を満二十六歳まで延期されていたが、戦争

の進捗《しんちょく》にあわせて、卒業期の繰り上げがなされてきた。昭和十七年三月に卒業するはずの学生たちは卒業期を三ヵ月繰り上げられ、昭和十六年十二月に卒業した。昭和十八年三月の卒業見込みの者が六ヵ月繰り上げられて昭和十七年九月の卒業となった。こうして、繰り上げ卒業した卒業生はそのまま陸海軍へ送り込まれた。

ところが今回は卒業期の繰り上げではなく、学生の徴兵猶予そのものを取り消し、満二十歳以上の在学生全員を軍に徴集することになったのだ。

信吉はそこまで戦況が逼迫《ひっぱく》しているのかと思った反面、学生だけが優遇されてきたのだという冷めた思いもあった。兄の浩平も、家庭の事情さえ許せば大学に行きたかったはずだ。兄は大学受験を断念した。その思いがあるから、信吉は冷めた気持ちでいた。しかし、道子の動揺を見て、そんなことは言えなかった。

十月二十一日に明治神宮外苑陸上競技場で出陣学徒壮行会が行われた。朝から激しく雨が降っていた。勇壮な顔の七十七校の学生たちが雨中を行進して行く様子を、観客席から見ていた道子は帰ってきてから興奮して話した。びしょ濡れの小旗を振り、声を嗄《か》らして声援を送った。出陣する学徒の顔は使命感と正義感から高揚していた。学業半ばにしてペンを銃に持ち替えるという悲壮感はなく、皇国のために闘うという崇高な精神だけが彼らの心を支配していた。そこに感動したと、道子は涙を流した。

(でもな、あの学生たちと同い年の若者はとうに戦地に行き、死んで行った者もいるんだ)

信吉は内心で思った。信吉の小学校の同級生もほとんど応召し、ある者は戦死し、ある者は遠い異郷で生死をかけて砲弾の中にいる。学生たちは恵まれていたのだという思いがどうしても抜けない。

十一月下旬に、ふたりの青年が道子を訪ねてやってきた。冷たい風が吹きつけている日だった。夜勤明けで帰ってきたばかりの信吉が応対に出た。道子は母と鈴子といっしょに配給の品物を取りに出掛けていた。米も不足しだし、その代わりに雑穀《ざっこく》が配給されるようになったが、野菜や魚の不足も深刻になって、それらも家庭配給になっていた。

「道子は、ちょっと出掛けています。すぐ戻ってくると思いますから、中に入ってお待ちになってください」

信吉はすまなそうに言った。

「時間がありませんので、このまま失礼します。我々は明日入営することになりました。そのことだけをお伝えしたかったのです」

長身の青年が答えた。

「星ですか、錨《いかり》ですか」

星は陸軍、錨が海軍のマークだ。

「陸軍です。陸操に志願するつもりです」

「私は海軍の航空隊に入団します」

陸軍は昭和十八年に、積極的に高等専門学校、大学の在学生や卒業生を獲得しようとして特別操縦見習士官の制度を設けた。海軍も、海軍航空隊への志願を呼び掛けていた。

「ご武運をお祈りします」

信吉は言ったあとで、すぐ付け加えた。

「きっと無事に帰ってきてください」

はい、と若々しい声が重なった。

彼らと入れ違いに、リュックサックを背負った道子が帰ってきた。ふたりのことを言うと、道子はすぐ飛び出して行った。

道子が戻ってきたのは一時間後だった。ふたりは勇んで出掛けて行ったという。彼らの前途に何が待っているのか。あの青年のどちらかが道子の恋人なのだろうか。

「勇敢に闘ってくると言って、ふたりは誇らしげに行ったわ」

妙にはしゃいでいる道子だが、その顔は寂しそうに見えた。風はまだ強く吹いていた。

4

除夜の鐘が鳴ると、父と共に一陽来復《いちようらいふく》のお札を柱に貼ってから、信吉はひとりで飛木稲荷に行った。米国との戦争状態に入って三度目の正月、昭和十九年の元日の朝は静かにやって来た。世の中の騒然とした動きなどに関係なく、毅然としている銀杏《いちよう》の大樹を見ていると、信吉は勇気づけられる。冬になって葉を落としても、やがて緑に被われていく。そんな樹木を見ていると、兄に会っているように錯覚するのだ。

七年前、この樹の前で誓った兄との約束が蘇ってくる。自分はやはり落語がしたい。

去年の暮れに、兄弟子の円助が訪ねてくれた。いつでも待っているという師匠の言葉を伝えてくれた。師匠は足腰がだいぶ弱ったが、達者だということだった。

「師匠はおめえを待っているんだ。そのつもりでいろよ」

と、円助はやさしい言葉をかけて帰って行った。その言葉が今じわじわと滲み出てきた。

戦争が終わったら噺家に戻ろう。隣組《となりぐみ》に聞こえたら、非国民と非難されるので、口にこそ出さないものの、早く戦争が終わりますようにと、信吉は願わざるを得なかった。

町にはちらほら晴着姿の女性がいて、正月らしい気分が少しはあった。近所のひとは暮れから正月にかけて熱海《あたみ》の温泉に行った。また別のひとは明治座まで新春興行の芝居を観に行ったという。財力のあるひとはそれなりに楽しんでいた。信吉の家族も配給の餅で雑《ぞう》煮《に》を食べ、近くの神社に初詣に出掛けた。

元日と二日を休んだだけで、信吉は三日から仕事だった。工場はますます材料が入らなくなっていた。資源不足のために国民からストーブ、扇風機、焜炉《こんろ》などの金属類の強制的な回収が行われ、それらを運搬するトラックが走って行く。配給物資は少なくなり、食糧事情も逼迫してきた。

三月を過ぎると、何が何でもカボチャを作れ、という標語のもとに種子が無料で配布され、空き地を畑に変えた。都会でも自給自足を強《し》いられてきたのである。公園遊園地、工場敷地、河川敷、それから学校の敷地や神社境内の一部などいっさいの空地も農園になった。上野の不忍池は水田になり、日比谷公園も麦畑になっている。母や鈴子たちも近くの空き地に駆り出された。

高級料理店や待合《まちあい》、バーなどが閉鎖となったというニュースは、庶民には直接関係ないが、それでも戦局の厳しさを思い知らされるに十分だった。ビヤホール、百貨店などを利用した雑炊食堂には食べ物にありつこうと長蛇の列が出来た。

四月になったある日、夜勤明けで錦糸町駅前から乗った都電の窓から建物を壊している光景を目にした。

ロープを引っ張るたびに、瓦屋根の二階屋が大きな軋《きし》む音を立てる。ロープの末端は道路にはみだしていた。作業をしているのは若くても三十過ぎ、だいたい四十、五十代の男か婦人たちだ。国民服を着た男たちが、屋根の上に立っている組長の掛け声に合わせてロープを引くと、泣き声を上げるように家が軋んだ。大勢のかけ声と共に、何度も引っ張られ、柱をもぎとられた家は、屋根の形はそのままに轟音と共にゆっくり地上に落下した。

家財道具を運ぶのにトラックは使えなかった。燃料は配給制であり、運転手も不足し、トラックの量も少ないので、どうしてもリヤカーや大八車を使うしかなかった。持っていけるのは必要最小限の家財道具だけで、あとは都に売るか、学校や寺院などに保管してもらうことになる。そういった諸々の手続きは町会長が率先《そっせん》してやった。町会長は引っ越し先の家主との交渉やら諸々の手続きに奔走した。

建物の強制疎開《そかい》は防火区画を設けて火災の延焼を防ごうというもので、特に重要な軍需工場の周囲に密集している家屋を疎開《そかい》して空地を設けた。さらに、交通量が多く周辺に家屋が密集している駅付近や家屋密集地帯にも空き地を設けることになった。

重要工場付近や主要駅などの建物の取り壊しだけではなく、都会に住む必要のない人々にも建物強制疎開が実施されるようになった。空襲に対する防御と、そこに畑を作るためだ。

数日後の夜、近所の銭湯の脱衣場で開かれた隣組常会に出掛けていた父が疲れた顔で帰ってきた。

毎月末に全隣組員を集めて隣組常会が開かれている。国の決定は都常会、区常会、町常会へと順次伝わって末端の隣組常会まで行く。生活必需品などの支給は隣組を通して行われるので、どうしても隣組常会には参加しておかなくてはならない。

父はシャツを脱ぎ、それから台所に行って顔を乱暴に洗った。手拭いを使ってから、ちゃぶ台の前にしゃがみ込んだ。

母が茶の間にやって来た。ちゃぶ台のまわりに信吉と鈴子と道子がいた。末吉は夜勤でいなかった。灯火管制の乏しい明かりの下で父が切り出した。

「東京にいる必要のないものはなるたけ東京を離れるようにという通達があった。いつ空襲が来るかわからない状況になってきた。母さんや鈴子さんたちは一時、田舎にでも疎開したらどうだろうか」

足手まといがあるとどうしても活動も鈍るということらしい。

「みんなと一緒ならともかく、そうでないのなら私は残ります」

　母はしっかりした声で答えた。母は父も信吉も道子もみんなで疎開するなら、一も二もなく賛成しただろう。しかし、警防団員の父や軍需兵士の信吉や末吉は勝手に工場をやめることは出来ないし、道子もこの四月から浅草第一国民学校の教諭になっていた。

「私も残ります」

　鈴子も母に賛同した。

「私はみんなといっしょにこの家を守ります。万が一、空襲に遭ったらそのときはそのとき。死ぬときは家族皆でいっしょに死にましょう」

　母は強い意志を見せて言った。父は片方の耳をいじっていたが、救いを求めるように信吉を見た。母は見事な覚悟を見せたが、空襲があるとすれば狙われるのは軍需工場であり、自分たちの家は大丈夫だという思いもあったのかもしれない。

「母さんの言うとおりだ。死ぬときは皆いっしょです。皆で頑張りましょう」

「よし。じゃあ、そうしよう」

　父も腹を括ったように言って続けた。

「最悪の場合でも関東大震災のように、一度の空襲で東京が焼け野原になることは絶対にないそうだ。欧州の空襲の例だと、爆弾攻撃に地下室や防空壕に逃げ込むだけが精いっぱいで消火に飛び出す人間がいなくて大事に至ってしまったということらしい。だから、大事なことは爆弾攻撃が止んだらすぐに消火活動に入ることだと言っていた」

空襲に遭っても決して臆《おく》することなく消火活動に努めれば、被害は最小限度に食い止められる。逃げずに消火に努めることと指導されている。どの家の玄関脇にも用水桶と砂袋、バケツ、火たたき、梯子などが用意されているのだ。避難先と避難の道については、そのときどきの情勢に応じ、警察署長が責任を持って指揮することになっている。署長の命令は署から派出所、警防団に伝わり、警防団がメガフォンを持って隣組へ伝える。一億玉砕の精神で当たればなんとかなると、警防団員の父は言った。

しかし、空襲があるか、ないか。そんなことに脅えるより、食糧事情が悪くなるほうが深刻だった。

工員のひとりが出征することになり、仲間が食堂で壮行会を開いたのは五月半ばのことだった。徴兵検査で丙種合格であった彼に赤紙が届いたのである。徴兵年齢も十七歳に引き下げられ、三十四歳から満四十歳までの第二国民兵や、丙種合格の男子までも召集されるようになった。戦局の厳しさから、いつか自分にも召集令状が来るかもしれないと信吉は思った。

召集令状が届くと、それまで自分が築いてきた生活が中断を余儀なくされるのは兄の例一つをとってもよくわかる。兄も家業を放り出し、結婚したばかりの妻を残し、指定された部隊に入隊していったのだ。家業を犠牲にするということは徴用も同じだったが、召集には命がかかっている。

頰《そ》が削げ落ち、眼光の鋭い男が近づいてきた。同じ班の徴用工の大矢根幸彦だ。背が高いのでよけいに細身に見える。商売をしていたらしいが、細面の顔は学者ふうのインテリに思えた。信吉の横に立ち、

「なんであいつが召集されたか知っているか」

と、耳元で囁いた。その質問自体も奇異に思えた。召集される制限がだんだん広げられたからではないのか。信吉が答えようとする前に、大矢根が言い出した。

「あいつは会社を休んで買い出しに出ていたんだ。それがばれちまったってことだ」

「買い出し？」

「風邪をひいたことにして休んで茨城や千葉の農家に買い出しに行っていた。そうしなければ、家族が飢え死にするんだ。たびたびしていたようだ。運の悪いことに買い出しの帰りに巡査に見つかってしまったんだ」

大矢根は哀《あわ》れむように言った。自分のことは自分の手で守らねばならないのだと、大矢

根は言ってから、

「ようするに懲《こ》らしめだ」

と、吐き捨てた。

「ひどい」

「腹の立つ話ならまだたくさんある」

大矢根は声をひそめた。

「我々はいくら働いても賃金統制令によって上限は抑えられている。安い給料で我々をこき使い、軍需工場の工場主は大儲けしている。親会社はもっと儲けている。俺たち庶民ばかりがばかを見ているんだ。知っているか、うちの社長は加配米を我々に渡さず隠匿している」

「ほんとうか」

信吉は驚いてきき返した。

「徴用工の特配の労務加配米をくすねているんだぜ。それだけじゃない。産業報国会から特配される軍手、地下足袋、作業衣なども着服している」

大矢根は怒りを抑え、

「しかし、文句を言えば、非国民だ、アカだというレッテルを貼られて痛めつけられてしまうからな」

　と、口許を歪《ゆが》めた。

「それだけじゃすまない。赤紙が来て、奴のように注意人物の添書《そえがき》つきですぐに戦線に送られてしまうのだ。泣き寝入りするしかないんだ」

　非常物資は国民のためにあるものというのは建前に過ぎない。一部の地位ある人間は特配米だけでなく、産業報国会から特配されるものまでくすねているという。

「警察や憲兵に訴えたってだめさ。皆グルになってやっているんだ」

　大矢根は声の調子を変えた。

「だから、仕事なんか適当に手を抜いてやればいい。夜勤なんか、適当に交替で仮眠をとればいいんだよ」

　大矢根はさらに顔を近づけ、

「この前、陸軍大尉が来ていただろう。あれはうちの会社にアルミニウムが余っていないか確かめに来たらしい」

　軍服を着たいかめしい顔の男が、工場長に会いに来ていたのを思い出した。

「軍のほうではアルミニウムが不足しているようだ」

「不足？」

「誰かがアルミニウムを横流ししているんだ」

「なんですって。誰ですか」

「航空機を造る会社だ」

アルミニウムは航空機製造に必要なものだ。

「でも、そこは軍の依頼で航空機を造っているんでしょう。なんで、そこがそんな真似をしなければならないんでしょうか」

「航空機を造るより、アルミを他に流用したほうがはるかに儲かるからだ」

「だって、戦時下にそんな邪《よこしま》なことを考えるなんてあり得るのでしょうか」

挙国一致で戦っているはずなのだ、と信吉は不思議に思った。

「それがあるのさ。企業の経営者は大量に飛行機を造って、いざ戦争が終わって飛行機の処理に困るような事態は避けたい。それより、他に流用して儲けようと考えているのだ。その流れが、うちに来ていないか調べにきたってわけだ」

それが事実だとしたらひどいどころの話ではない。

「今、陸軍も海軍も飛行機が不足しているんだ。海軍と陸軍で航空機の分捕り合戦が行われている」

大矢根は軽蔑《けいべつ》するように、

「陸軍と海軍の対立はどうしようもないね。海軍の持っている零戦《ゼロせん》は敵機より優れた性能を持つ戦闘機なんだ。これを陸軍は面子《メンツ》から採用しようとしない。性能の劣る戦闘機を使っている」

大矢根はどこから情報を仕入れてくるのか不思議だった。大矢根の話をきいているうちに、旅芝居一座でいっしょだった古山のことを思い出した。彼は共産党員だった。大矢根もそうなのだろうか。

「大矢根さん。あなたはどうしていろんなことに通じているんですか」

信吉は不気味になってきいた。

「俺はアカじゃないぜ。アカじゃないが、我々庶民が飢えているというのに、特権階級はうまいものをたらふく食っている。国民ばかりを悲惨な目に遭わし、自分たちだけがいい思いをしていることに腹が立っている。だから、こんな戦争が早く終わらないかと願っているだけだ」

「そんなことを言っていいんですか。今聞いたことをぼくが密告したらたいへんなことになりますよ」

「君はそんな真似はしないさ。だって、君は三遊亭円若って咄家だったんだろう。お上にたてついて咄家をやめたっていうじゃないか」

「どうしてそのことを知っているんですか」

ずっと隠してきたことだったので、信吉は驚いた。

「これだけたくさんの工員がいれば寄席好きの人間だっている。円若を見たっていう男がいても不思議じゃないだろう」

大矢根は笑いながら去って行った。すぐ水島が近づいてきて耳打ちした。

「気をつけろよ。田尾がさっきから君たちを見ていたぜ」

さりげなく、壁際に目をやると、田尾のちんまりした顔がこっちを睨みつけていた。いきなり万歳三唱が始まった。懲らしめのために戦地に送られるのに、何が万歳だとしらけた気分になった。


七月十九日の朝、信吉は五体を引きちぎられるような思いで東日新聞を見た。

——大本営発表（昭和十九年七月十八日十七時）
一、『サイパン』島の我が部隊は七月七日早暁《そうぎょう》より全力を挙げて最後の攻撃を敢行《かんこう》、所在の敵を蹂躙《じゅうりん》し、その一部は『タッポーチョ』山付近まで突進し、勇戦力闘、敵に多大の損害を与え、十六日までに全員壮烈なる戦死を遂《と》げたるものと認む。同島の陸軍部隊指揮官は陸軍中将斎藤義次《さいとうよしつぐ》、海軍部隊指揮官は海軍少将辻村武久《つじむらたけひさ》にして同方面の最高指揮官海軍中将南雲忠一《なぐもちゅういち》また同島において戦死せり。
二、『サイパン』島の在留邦人は終始軍に協力し、凡《およ》そ戦い得るものは敢然《かんぜん》戦闘に参加し、概《おおむ》ね将兵と運命をともにせるもののようである。

在留邦人は将兵と運命を共にしたという。サイパンにいるはずの和子を思った。彼女をサイパンに追いやったのは自分なのだという自責の念にまたも襲われた。俺は和子を愛していたのだ、と今になって気づいた。

「おじちゃん」

いきなり浩一が背中からよじ上り、肩車の格好になった。信吉は涙をこらえ、

「よし、こうしてやる」

と言って立ち上がって、浩一の体を揺らした。信吉の頭を必死に摑みながら、浩一はきゃあきゃあと騒いだ。浩一の笑い声を聞くうちに、次第に波打った気持ちが鎮まってきた。これが現実なのだと、信吉は自分に言い聞かせた。

5

残暑の中に涼風が吹いてきた。大きく深呼吸をして見上げた空に、細い雲が浮かんでいた。ここに来て半年余り、伊吹は穏やかな日々を送っている。赤トンボの群れが頭上を舞っているのに気づいた。伊吹はその一匹を目で追っていたが、いつの間にか他のトンボに紛れ込んでしまった。向こうは多摩川《たまがわ》の土手だ。

自分を呼ぶ声で振り返ると、看護婦が手を振って、

「兄さんがいらっしゃっていますよ」

と、大きな声を出した。病棟に目をやると、面会室の窓に兄の姿が見えた。わざわざ知らせに来てくれた看護婦に礼を言い、伊吹は面会室に向かって歩きだした。

明るい場所から薄暗い部屋に入り、目が馴れてくると兄の姿が見えた。近づきながら、この数ヵ月間のことを思い出していた。

去年の九月のことだった。下宿のラジオで東条首相の重大演説を聞いた。学生徴兵猶予停止の発表で、いよいよ来るべきものが来たという感じだった。これで自分を苦しめてき

た過去へのこだわりから脱出出来るかもしれないとほっとするものがあった。

海軍予備学生か陸軍幹部候補生に志願すると言ったものの、兄の激しい説得にあって諦めたという苦い経験があったが、今度は兄も反対は出来なかった。学徒出陣は定例閣議で決まったことなのだ。

翌日大学に行くと、学内のあちこちで頭を突き合わせている学生の顔が見られた。構内に衝撃が走っているのがよくわかった。伊吹はその仲間に加わらなかった。特に仲のいい学友がいるわけではなく、他の者にしても変わり者で通っている伊吹に目をくれるものはいなかった。学生たちの反応はさまざまだった。学問を奪われたことに茫然としている者もいれば、万歳を叫んでいる者もいる。伊吹の思いは彼らの誰とも違っていた。

繰り上げの仮卒業式が終わり、十月二十一日に明治神宮外苑陸上競技場で、出陣学徒壮行会が開かれた。首都圏の大学、高専の学生たちに混じり、伊吹も角帽に制服、脚にゲートルを巻き、前日に渡された銃と帯剣を身につけて競技場に入った。昨夕からの雨で道はぬかるみ、帽子から雨の雫が垂れ、全身びしょ濡れで、スタンドを埋めた在校生や応援の女子専門学校や高等女学校の生徒などの声援を受けながら行進した。水たまりの泥水を踏み、冷たい秋雨が体に染みてきても、伊吹の心は昂《たかぶ》っていた。御国のために闘うという思いだったのか。死地を求め得た喜びだったのか。伊吹は足取り軽く行進の列を乱さずに堂々と行進したのだった。

十一月初めに本籍地のある下谷区の区役所で徴兵検査を受け、いよいよ十二月十日の海軍の入営まで一月余りとなった。学生たちは限られた僅《わず》かな時間を思い思いに過ごした。図書館に行き片っ端から本を読んだり、知り合いを訪ねて歩いたり、故郷に帰って過ごしたりと、それぞれの過ごし方があった。伊吹がその与えられた時間にしたことは父親捜しだった。

人生二十五年という覚悟はついていた。学生までも召集するのは戦争が尋常ではない状況にあることだ。再び生きて帰ることは考えられない。今しかなかった。その思いが炎のように燃え上がった。

京成の町屋《まちや》から隅田川方面に向かって歩いた。大震災の頃までは畑と雑木林の一帯だった所に汚水処理場や火葬場が出来た。川に沿って工場が並び、そこに働く工員たちの長屋が出来ている。町工場や小さな商店や民家が密集し、その隅に貧民街が出来ていた。貧民街にもうろついている男はもういない。日雇い労働者も、軍需産業に従事させられているのだ。

その周辺を歩いてみた。トタン屋根の長屋があり、朝鮮人たちの共同住居が近くにあったところだ。

前夜の雨で道はぬかるんでいた。足をとられないように用心深く長屋に入り、ボロをまとった老人と出会った。

「十年ほど前まで、こちらに小原という親子が住んでいたかどうか覚えていらっしゃいませんか」

大震災後、焼け出された貧民が流れ込み、さらに不況から町に失業者があふれていた時期だ。この長屋にも、遊芸人、日雇い人足、便所掃除屋、屑拾い、行商人などたくさんの人間が住んでいたと、歯のない老人は話した。

「ここでは本名を名乗っているとも限らんしな」

目をしょぼつかせた老人に礼を言って別れ、表通りに出た。

兄と父の痕跡を探して、伊吹はその周辺を当てのないまま何日も歩きまわった。三河島、日暮里などの当時の尋常小学校、今では国民学校と名を変えた小学校を訪れ、兄のことを訊ねた。いくつかの小学校を歩いたが、兄が在籍していた形跡はなかった。

十二月になり、残された時間は少なくなった。その日は三河島から尾久《おぐ》方面に向かった。木造の小さな喫茶店があったが、もちろん今は営業をしていない。熊ノ前のほうに行く途中に古本屋を見つけた。兄が小説本を出したことを思い出して、ふと立ち寄る気になった。間口の狭い店の奥にひとがいた。主人らしい老人に、伊吹は話し掛けた。

「本好きの男の子？」

老人は目を細め、

「そういえば、小説をよく立ち読みしていた少年がいた。紙芝居屋に出入りしていた」

当時、この付近には紙芝居屋がたくさんいたという。その紙芝居の台本と絵を描く人間が不足していた。その子どもは台本を作っていたという。

「この近所には左翼や労組の闘士などが隠れ住んでいたね。そんなんで活動家とは仲がよかったみたいだ」

胡麻塩頭の主人が往時を振り返って言う。プロレタリア小説なども書棚に並べていたようだ。

特徴は兄に似ているが、果たして兄であろうか。いや、兄であるはずはなかった。貧民街の人間の貧しい暮らしに憤慨《ふんがい》して社会と闘おうとするより、貧しい暮らしからの脱出を試みたのが兄なのだ。

試みに伊吹はきいた。

「探偵小説を書いた伊吹史郎という作家を知っていますか」

兄は伊吹史郎というペンネームで探偵小説を二冊出したことがあると言っていた。

「知っている。以前に、うちにも置いてあったが、二冊とも買っていった客がいたな」

「誰だか覚えていますか」

主人は訝しげな顔つきになったが、

「尾久の芸者だ」

「その芸者の名前はわかりますか」

しばらく伊吹の顔を見つめてから、主人は答えた。

「染吉《そめきち》だ」

「染吉さんの出身はどこか知っていますか」

「地元だよ」

主人は面倒臭げに言った。伊吹は兄の本を買って行った芸者に興味を持った。

翌日の昼間、改めて軍資金を持って尾久の花柳街《かりゅう》に出直した。都電の宮ノ前で下り、商店街の一本裏の道に入ると、両側に黒板塀の料亭が並んでいた。この尾久の待合で昭和十一年に猟奇殺人事件として世を騒がせた阿部定《あべさだ》事件が起きている。母が芸者だったこともあり、座敷に上がることに臆する気持ちもあったが、思い切って目についた料亭に飛び込んだ。

一見《いちげん》の客に、女将《おかみ》は胡乱《うろん》げだった。伊吹は金を見せ、

「今度学徒出陣で入営することになりました。思い出に、ここで遊ばせていただきたいの

です」

と言うと、女将は急に笑顔を作って上げてくれた。染吉を呼んでもらうように頼んで、しばらく待っていると、色白で細身の芸者が入ってきた。

襖を閉めてから、軽く目を伏せて挨拶《あいさつ》し、にじり寄るように卓の近くまで来た。二十五、六歳だ。結い上げた髪のうなじの線が美しく、涼しい瞳が印象的だった。

「学生さん？」

横に来て、酌をしながらきいた。

「そうです。今月海軍に入ります」

伊吹はすぐには用件を切り出しかねた。杯を乾して、染吉に渡す。

仲居が襖の外で声をかけた。すると、染吉は、

「お風呂をいただきますか」

と、きいた。耳を疑った。染吉の名を告げたとき、女将の言葉にわからないままに相槌《あいづち》を打ったが、こういう方面の交渉をしたことになるらしいと気づいた。伊吹は腰を上げた。風呂から出て、昼間でも暗く、行灯《あんどん》の灯が淡く赤い柄をふとんに浮かび上がらせている別部屋に案内された。

長襦袢《ながじゅばん》になって、女がふとんにもぐりこんできた。子どもの頃の兄を知っているかもし

れない女との行為に、伊吹は萎縮《いしゅく》してしまった。女を騙《だま》しているような後ろめたさもあった。

「どうかしたの」

女の訝しげな声に、伊吹は意を決してふとんの上に畏《かしこ》まった。

「すいません。ぼくは伊吹耕二と言います」

突然に告白をはじめた伊吹に驚きと戸惑いの色を見せていた女だが、兄のことを話すうちに目が輝き出してきた。

「弟さんなの？」

「そうです。ああ、やっぱりあなたは兄のことをご存じだったのですね」

伊吹は胸が弾んできた。伊吹の顔を見つめてから軽く頷き、染吉は壁を透かしてさらに遠くを見る目つきになった。その目が心なしか潤んで見えた。やっと顔を戻し、彼女は兄とはよく遊んだと言った。本を出したのを知り、会いたいと思ったが、相手の迷惑を考えて会いに行かなかったのだと、声を詰まらせながら話した。

「兄は学校には行っていなかったのでしょうか」

「行きたくても行けなかったのよ。だって、おとなといっしょになって屑拾いをしたり、便所掃除をしていたもの。そのうちにときたま紙芝居の台本を書いて小遣いをもらうようになって来たけど」

兄が自分で話したことよりも、実際はもっと悲惨な暮らしをしていたらしい。

「仮に学校へ行ってもいじめられたんじゃないかしら。そういう子もいたもの。汚いとか言われて」

兄はどんな思いでそんな蔑視《べっし》に耐えてきたのだろうか。

「ひとりでよく勉強していたわ。頭がとってもよかったから。いらなくなった教科書を上げたわ。夜、お父さんが街灯の下でよく教えていたのを覚えている」

「父はどんなひとだったのでしょうか」

伊吹は緊張した。

「暗い感じだったわ」

この女は兄のことが好きだったのだろう。懐かしさだけで、兄の本を買い求めていたわけではないはずだと思う。兄はどうだったのだろうか。伊吹がそのことを尋ねると、

「さあ、どうかしら」

と曖昧に答えたが、その目が濡れているのに気づいた。

「兄はどうしてここから出て行ったのかわかりますか」

「私はその前にここの置屋の仕込みっ子に売られたの。十四歳のときよ。兄さんが姿を消

したと聞いたのはそれからすぐだったわ」

「じゃあ、事情はわからないわけですね」

「ごめんなさい」

「伊吹史郎が兄だとどうしてわかったのですか」

「お客に雑誌社のひとがきたの。お座敷でそのひとが持っていた雑誌をなにげなく見たら、写真が出ていたの」

「会いに行かなかったんですか」

「行けないわ。それに行ったら迷惑よ」

「どうしてですか」

「だって、あたしはこんな稼業の女だもの。それに、彼の経歴は全然違うことが書かれていたでしょう」

　惨めな生い立ちの過去を消そうとした兄の気持ちも理解出来ないではないが、そのために大事なものまで消してもいいのか。そういう状況に追い込んだのは母なのか。他の男の子を身籠もった母の罪だろうか。自分が生まれたことが不幸のはじまりだったのか。自分さえ生まれなければ、父と母はうまくやっていったのかもしれない。母は犯されて自分を産んだのか。それとも合意の上だったのか。そのことがまたも自分を苦しめる。

「どうかしたの?」

女の声には母のように包み込んでくれるやさしさがあった。自分の胸にあるものをすべて吐き出したい衝動にかられた。伊吹は何かにつき動かされたように、女に向かって告白していた。

自分の父が誰であるかわからないことを話すと、彼女は伊吹の手をとり、自分の胸にもっていった。兄のことを思い出し、手を引っ込めた。だが、意に反して柔らかな脹らみに触れた手はそのまま動かなかった。

「ねえ、きて」

女が目を閉じた。心とは逆に、体が求めているのを抑えようもなかった。兄の恋人をいたぶるような自虐的な思いが異様な興奮をもたらした。

腰紐を抜き、長襦袢を広げると豊かな胸が露《あらわ》になった。伊吹は片手を女の秘部に当て、もう一方の手で胸をもみしだきながら、視線を顔に向けた。歯を食いしばり、眉を寄せた細面の顔が官能的だった。

この女は自分を兄の代用にしているのかもしれないと思いながら、伊吹は女の体の上で果てた。乾いた川底にダムの水が流れ始めたように、兄に対する後ろめたさが徐々に膨らんできた。苦しい思いを振り切ろうとしたとき、染吉が天井に目をやりながら言った。

「あなたのほんとうのお父さんを私は見ているかもしれないわ」

伊吹は跳ね起き、彼女の顔を上から覗き込んだ。

「どういうことですか」

「彼といっしょのとき、若い男が通り掛かったの。日雇《ひやと》い人足のようだったわ。そしたら、いきなり私に帰れといい、彼はその男のあとを尾けていったの」

伊吹は息を凝《こ》らして女の口許を見つめた。

「しばらくして会ったとき、彼にきいたの。あのひと、誰って。そしたら、俺の家庭を壊した奴だって。それだけ言って、あとは口をつぐんでしまったけど」

耳鳴りのような音が不快に響いている。心臓から激しく吐き出す血液の音か。喘《あえ》ぐように口を開けると、吸い込んだ空気が乾いた喉に痛みをもたらした。

「どんな男でしたか」

やっとの思いできいた。その男こそ、自分のほんとうの父親なのかもしれないのだ。

「どんな男って言われても、よく覚えていないわ」

「そのときの印象でいいです。第一印象がよかったか悪かったか」

彼女は黙っていた。覚えていないのではない。言いづらいのだと思った。

「ごめんなさい。正直に言うと、いやだなと思ったわ。でも、そのときの印象かどうかわからないの。あとで、彼から俺の家庭を壊した奴だと聞いたでしょう。それを聞いて作り出した印象かもしれないの」

いずれにしろ、まともな男ではないという想像がついた。母はそんな男とつるんで父を裏切るわけはないと思った。そのことに少しばかりの救いを覚えたものの、実の父がろくでなしの男だということのショックは隠せなかった。

「その男はその後、どうしましたか」

そうきいたが、いつまでたっても彼女は答えようとしなかった。ただ、天井を睨みつけている。

「教えてください」

彼女は顔を向けた。伊吹はその唇の動きを待った。やがて、その口から出た言葉に伊吹は打ちのめされた。男のあとを追っていく兄の姿が目に浮かんだ。

尾久に行ってから十日後に、伊吹は海軍に入営した。実の父のことやその他もろもろの束縛から解放されるという清々《すがすが》しさがあった。これからは飛行機乗りの訓練に励み、いずれ戦地に旅立つ。それはこの世からの旅立ちをも意味している。死こそ、自分の救いなのだ。故国を守るために死んで行くのだという大義名分が心をはるかに軽くしていた。

しかし、伊吹の思いとは違う方向に事態は向かったのだ。入営と同時に、伊吹の挙動に不審を覚えた軍医が精神科医の診断を受けさせた。うつ病と診断され、軍役を解除され、この病院に入院させられたのだ。ここには統合失調症、そううつ病、癲癇《てんかん》、アルコール依存症、神経症などの患者がいた。伊吹は自分の病名をはっきり知らされていない。統合失調症なのか、そううつ病なのか、神経症なのか。静脈に注射を打たれて眠らされ、電気ショック療法が行われたりしてきたのだ。

伊吹は面会室で兄と向かい合った。久し振りに会う兄は頬がこけて、表情に険しさが増していた。

「顔色もいいようだな」

「はい。毎日、穏やかな気持ちで暮らしています」

「無理をするんじゃないぜ。せいぜい養生することだ」

「ただ、戦局を考えると、じっとしていられないんです。ぼくの仲間は学徒出陣して行きました。皆、死ぬか生きるかの戦いに明け暮れているというのに、自分だけのんびりしていていいのかと……」

この七月にサイパン島が玉砕した。それから間もなく、新聞は東条内閣の崩壊を報じた。その後の新聞にはまだまだ勇ましい記事が躍っているが、戦争を指導してきた東条首相の退陣で戦局が容易ならざるものだと思い知らされた。

「どうだ、庭に出るか」

兄が誘ったのはひとの耳を気にしたからだと思い、伊吹はあとに従った。廊下の突き当たりの出入口から庭に出た。

「すっかり秋だな」

兄は伸びをして言った。赤トンボを探したが、どこかに移動してしまったらしい。伊吹は兄のこけた頰が気になっていた。表情にも屈託《くったく》を見た。

「さっき先生に聞いたが、もうだいぶよいそうだ。あとは受入れ先さえちゃんとしていれば、退院してもいいと言っていた。どうだ、静養のために宮城県の玉造《たまつくり》に行かないか」

「宮城県?」

唐突《とうとつ》な話に戸惑い、真意を窺うように兄の目を見つめた。

「玉造に俺の知り合いがいる。彼の実家の離れが空いていて、そこを貸してくれるという。半年ほど、そこで暮らさないか」

「正直言って、自分ひとりが国家の危急のときにのんびりしていることに抵抗があります。もし退院出来るのなら、たとえ力足らずでも、少しでも御国のために働きたいというのが正直な気持ちです」

本土決戦があれば、敵わぬまでも竹槍を手にして敵に向かって行く。そのように気持ちは昂《たかぶ》っていた。またも空を見上げ思案げだった兄は、やっと顔を戻した。

「完全な体調に戻してからでも遅くない。行くんだ。もう退院の手続きもしてある。向こうの手配もすんでいる」

「ずいぶん、手回しがいいんですね」

伊吹は皮肉をこめた。なぜ、兄はそこまで先走りしているのか。

「兄さんは、またぼくがよけいな真似をすると思っているんじゃないですか」

退院しこのまま東京にいれば、また父親捜しをはじめるのではないかと恐れているのかもしれない。しかし、その心配が杞憂《きゆう》だということを兄は知らない。まだ尾久の芸者染吉に会ったことを話していないのだ。

それならば喋ってしまおうと思い、伊吹は自虐的な気持ちになって打ち明けた。

「兄さんには隠していましたが、ぼくは妙子《たえこ》という女性に会いましたよ」

兄が不審そうな顔を向けた。

「今尾久で芸者をやっています。以前、町屋に住んでいました」

兄の顔色が変わった。染吉の本名が妙子であることは別れ際に本人から聞いたのだ。

「彼女から昔のことをいろいろ聞きました。兄さんが作家になったことを喜んでいました。本を持っていましたよ」

兄は憮然《ぶぜん》としている。

「とても会いたがっていました。でも、迷惑がかかるのを恐れて会いに行けないと言っていました。兄さんが過去を捨てたがっているとわかったからです」

もっと狼狽《ろうばい》するかと思ったが、案外と兄はさっぱりしており、

「元気だったか」

と、きき返した。ちょっと意外な気がして、ええ、と答えた。

「ぼくは実の父親についても何となく想像しています。でも、もうぼくには関係ないんです。だから安心してください。東京にいても、もう兄さんの気に障るような真似はしませんよ」

そう言ったものの、自分でも何か肝心な点が欠けているような気がしている。それが何かわからない。入院当初の電気ショック療法により記憶の喪失部分はほとんど取り戻せたと思っているが、何かが欠けていることを自覚していた。

「耕二。俺はそんなことを心配しているわけじゃないよ」

周囲を見回してから兄は低い声で、

「空襲だ。東京にいては危険なのだ」

兄は畳み掛けるように続けた。

「サイパンが陥落した。絶対に死守しなければならない最後の防波堤だったのだ。そこを奪われたら敗戦は決定的だ。新聞は勇ましいことを書いているが、その新聞社の幹部だってもうだめだと思っているんだ。東条内閣から代わった小磯《こいそ》内閣に和平に向かう動きがある」

「和平に？」

「皇室を残す条件のみを固守して無条件降伏してもいいという意見まで出ているそうだ」

「無条件降伏……」

信じられない話だった。本土決戦とか、一億玉砕だとかいう勇ましい悲壮感に満ちた新聞の言葉の裏に厳しい状況を窺い知ることが出来るが、まさかそこまでとは思っていない。第一、神国日本が負けるはずはないという信仰に近い思いがある。

「和平を表立って主張出来ないのは、軍部が徹底抗戦を主張しているからだ。本土決戦まで行きかねない陸軍をどう納得させるか。強引に和平に突き進んだら、国内で革命が起きかねない。国民だって、今さら敗戦だなんて知ったら、どんな反応を示すかわからない」

大本営発表を信じてきた者にとって、兄の話は理解出来ない内容だった。

「そんな状態になっているというのに国民は何も知らされていないというわけですか。なぜ、兄さんたちは知らせないんですか」

伊吹は撫然とした口調できいた。

「そんな記事を発表出来るわけはない。へたに動いたら憲兵に引っ張られる。だが、国民だってばかじゃないさ。中には現状をちゃんと見つめている人間だっているのだ」

兄は不快そうに顔をしかめた。

「皆食糧難の悲惨な生活を余儀なくされて、表面では米英打倒を叫んでいても、心の中では厭戦《えんせん》気分になっているんだ。毎日腹を空かしていては戦争どころではないというのが、大方の庶民の気持ちだよ。このまま戦争が長引けば、国民は皆栄養失調で病気になって、敵に負けるより自滅してしまう。そう思っている者だってたくさんいる。上層階級は食糧を闇で手に入れ、不自由なく暮らしているという憤《いきどお》りが蔓延《まんえん》している。通信検閲や、投書の内容を見れば、庶民の気持ちがよくわかる」

この三月に警視庁は高級料亭・待合・芸妓屋などをはじめとして、カフェー、酒場、喫茶店などを閉鎖したが、それは表向きで一部の人間のために営業している料亭もあるのだと、兄は言った。

兄は新聞社にいるのだから戦況に詳しいのはわかるが、それにしても詳し過ぎるような気がする。記者という立場とは別の戦争指導者の誰かと何らかの繋がりを持っているのではないか。

「問題はどうやって和平に持って行くかだ。小磯首相は、フィリピンのレイテ沖決戦で最後の一大決戦をし、そこで勝利をした上で和平にこぎつけようとしているのだ」

「レイテ沖決戦で、万が一勝てなかったらどうなるのですか」

兄は顔を横に向けただけで何も言わなかった。

6

雲一つない秋晴れだった。昼食が終わり、午後の作業が開始したとき、警戒警報が鳴り響いた。水島が不思議そうな顔を向けた。信吉も小首を傾《かし》げた。次に空襲警報が鳴ったとき、「作業を止め」と、田尾が厳しい顔で怒鳴った。

サイパンが陥落してから、いつか米機が日本にやって来るという予測があった。いよいよかと思いながら、外に飛び出し、防空壕へと急いだ。いっしょになった大矢根が屋上に行ってみようと誘った。闇雲に大矢根の後について事務所の非常階段を上がった。

「あっちだ」

屋上に出て、大矢根が東を指差して叫んだ。青空に白いものが光った。だんだん大きくなってくる。銀の翼が神々《こうごう》しく陽光に輝いていた。鳥肌が立った。敵機だという恐怖感を忘れ、常識を超えた巨大な怪鳥を見た驚愕と感動のようなものがあった。

「あれがＢ29か」

信吉は呟きながら、その雄姿《ゆうし》を見送った。隅田川の上空で轟音と共に煙りが散った。隅田公園に設置された高射砲からＢ29に向かって発射された砲煙だ。だが、その遥か上を悠々とＢ29は飛んで行った。

「サイパンから飛んで来たんだ」

大矢根が興奮して言った。二年半前の初空襲は空母から発進した飛行機で、今年の八月に九州を襲ったＢ29は中国の成都から飛来した。今回はサイパンやグアムのマリアナ基地から飛んで来たのに違いない。

「偵察だ。これからどんどんやって来るぜ」

大矢根の予想どおり、その後頻繁にＢ29がやって来るようになった。最初の数回は偵察だけだったが、ついに十一月二十四日に爆撃を開始した。武蔵野《むさしの》の中島《なかじま》飛行場が空襲にあったのだ。

二十九日の夜、雨が降り出し、物干しを濡らしていた。十一時にふとんに入ったとき、警戒警報が鳴り響いた。信吉は飛び起きて、すぐ防空服に着替えて鈴子の部屋に行った。

声を掛けて襖を開けると、すでに鈴子は防空頭巾をかぶっていた。眠っている浩一を抱き上げ、信吉は茶の間に行った。

「あとは頼んだ」

警防団の父は任務のために出掛けて行った。末吉は夜勤で、道子は集団疎開《そかい》で宮城県玉造郡川渡村《かわたびむら》というところに行っている。今年の三月に東京府女子師範学校を卒業し、四月から浅草第一国民学校に奉職《ほうしょく》した道子は最初二年生を担当していたが、六年の担任が急に辞めたので、そのあとを引き継ぐことになった。そのために、子どもたちといっしょに疎開先に行ったのだ。

それから二十分後、空襲警報が鳴った。急いで裏庭に掘った防空壕に避難した。氷雨が降り注いでいる中、防空壕に避難するひとの声がざわついていた。

爆音が遠いとわかったのか、物干しから眺めている男たちの声が聞こえた。信吉も腕の中の浩一を鈴子に預け、外に出た。

「あっちのほうが赤い。神田か日本橋のほうだ」

その声に、信吉は自分の家の物干しに上がった。防空頭巾に雨が当たる。彼方《かなた》に、赤く染まった炎を見た。あちこちの物干しに人影が見えた。皆、炎のほうを見ているのだ。

午前三時前にやっと警報が解除され、家の中に戻った。浩一は目が覚めてしまったが、鈴子が添い寝をしてすぐ眠ったようだった。

ようやく、父が帰って来た。雨で体が濡れている。

「神田がやられたらしい」

父は疲れた顔で言った。

ふとんに入ったが、なかなか寝つかれなかった。サイレンの音が耳に残り、B29の巨影が目に浮かんで来る。ようやく寝入りかけたとき、またも空襲警報で起こされた。浩一が泣き出した。

防空壕に避難したが、今度はさっきより遠いようだった。

その後は、夜間にもB29が飛来することが増えた。爆撃がなくても、警戒警報や空襲警報が鳴り、そのたびに防空壕に避難しなければならなかった。最近ではゲートルを巻いたまま寝るようになった。

空襲は大晦日にもあり、神田や浅草などが被害に遭った。高射砲の轟音と空を真っ赤に焦がす炎。明るくなった空にB29の機影。近所のひとたちは口々に何かを叫ぶ。それは悲鳴のようでもあり、感嘆《かんたん》の声のようでもあった。空襲の恐怖とは違った興奮のようなものを感じているのだ。だんだん馴れてくると、我が身に及ばない限り、空襲の恐怖感は薄らいでいるようだった。

昭和二十年の正月は松飾りのないひっそりとしたものだったが、暮れにお餅と煮干し、数の子の家庭配給があり、いくらかの正月気分に浸ることは出来た。それでも、浅草の初詣客は浅草観音付近の被害の様子を見て、暗い気持ちにならざるを得なかったようだ。

「神田が空襲にあったとき、警防団員や隣組防空団の活躍は目ざましいものがあったらしい。学生報国隊員も、学生服で警察や消防に協力していたといいます。我が町もかくありたいものです」

新年の挨拶にやってきた隣組の班長が声を高めて言うと、もうひとりが、

「敵の暴虐な空襲なんかに決して負けるものではありませんよ」

と、胸を張って言った。

「敵がいくらやって来たって、せいぜい数百軒ほどの家を焼くぐらい。東京には百万以上の家があるんです。とうてい全部を焼き尽くすことなど出来やしませんよ」

「そうです。正月にこうやってささやかでも酒を呑め、雑煮が食べられるのも皇御国《すめらみくに》のおかげです」

ふたりは家を一軒一軒まわって、同じことを言っているようだった。

信吉は相変わらず、江東二丁目まで通勤した。何度か防衛召集を受けて訓練に参加した

が、幸いにも応召することはなかった。

日勤が終わって帰宅すると、浩一が飛び出して来た。先日作ってやった割箸鉄砲が壊れてしまったらしい。

「よし。今直してやる」

浩一から壊れた鉄砲を受け取ったとき、手が熱いように感じた。抱き締めると、体が異様に熱い。熱があるようだった。

「嫂さん。浩一に熱がありますよ」

鈴子が飛んできて、自分の額を浩一の額につけた。母も薬を探したが、医者に来てもらったほうがいいと信吉は言い、曳舟医院まで医者を呼びに行った。

ひげの医者が自転車でやってきた。

「肺炎を起こしかけていますな」

聴診器を耳に当てたまま顔をしかめ、医者は絶対安静と栄養をとるように言って引き上げて行った。満足な食べ物がない。一ヵ月分の配給の食糧は工夫して食べても半月しかもたない。米なしで、野菜とジャガイモだけという日もある。それに木炭の配給も滞っており、満足な暖もとれない。闇で買うと通常の十倍以上の金をとられる。鈴子と信吉は夜通し起きて額の手拭いを替えた。

翌日、菊弥を思い出して、工場の帰りに都電を乗り継いで駒形に出た。軍需産業の会社社長の妾《めかけ》になった菊弥の家には、闇で手に入れた贅沢《ぜいたく》な品物がたくさんあった。食べ物と炭をわけてもらうつもりだった。四年振りのことで気が引けたが、信吉は土下座《どげざ》をしてでも菊弥に頼むつもりだった。

見覚えのある家の前に立った。玄関に鍵がかかっている。出かけているのか、あるいは引っ越した可能性があった。隣家に行き、出て来た主婦に菊弥のことを訊ねた。すると、主婦はとたんに眉をひそめ、

「あのお妾さん、死にました」

と、言った。意外な返事に唖然《あぜん》とした。

「死んだんですよ」

口を開けたまま、言葉を失っている信吉に彼女は肩をすぼめて言った。

「旦那に捨てられたらしいんですよ。それで首を吊ったんです」

「いつのことですか」

「半年前」

その場を離れ、いったん大通りに出てから信吉は再び菊弥の家に戻った。裏口にまわった。灯火管制で辺りは真っ暗だ。裏の戸の横に塵箱《ちりばこ》があり、そこから物干しに攀《よ》じ登れる

はずだ。

信吉は二階の窓から忍び込んだ。暗い部屋から階段を手探りで下りた。家財道具はなかった。旦那が運び去ったのか、それとも隣組のひとたちが処分をしたのか。葬儀は隣組で出したと、さっきの主婦は言っていた。

茶の間に出た。窓からの微かな明かりで浮かび上がった部屋の壁に三味線《しゃみせん》などもなかった。台所に行き、信吉は床板を外した。

そこに隠してあった米や干物などがそのまま置いてあった。誰もここを調べなかったようだ。

用意してきた風呂敷で食糧を包み、信吉は心の中で菊弥の冥福《めいふく》を祈って勝手口からそっと逃げた。


二月に入って、空襲はさらに頻繁になった。通勤者は誰もが国民服に戦闘帽をかぶり、脚にはゲートル、そして背中には鉄かぶとを背負っている。女はモンペ服である。連夜の空襲で皆寝不足で目は窪み、めったに風呂にも入れず、蒼白い顔をしていた。

工場に行くと、水島が悄然《しょうぜん》としていた。

「どうした？」

「家内の母親と妹が有楽町《ゆうらくちょう》で死んだ」

先日の空襲で新橋から銀座、京橋にかけてが被害に遭った。

「有楽町はひどかったらしい。手足をもがれた死体が転がっていたそうだ。義妹も右手を飛ばされていた。素直な可愛い娘だったんだ」

「いくつだったの？」

「二十一歳だ。この秋に結婚することになっていたんだ」

水島が涙ながらに言った。

「可哀そうに。奥さんもさぞかし辛《つら》いだろうな」

「母親とふたりで銀座まで買物に行ったんだ。敵が憎い」

鬼畜ルメーと、水島は呻くように言った。新聞にも、敵機の司令官がルメー将軍だと報じられている。ルメーのおかげで、空襲の被害が身近なものになってきた。朝元気に出掛けて行った者がそのまま空襲の犠牲になって帰らないひとになる。そういうことが現実になってきた。

昼食が終わって、水島といっしょに食堂を出たとき、

「ちょっとつきあわないか」

と、大矢根から声をかけられた。傍らに、迫田《さこた》もいっしょだった。迫田は三十歳、才槌《さいづち》

頭《あたま》でいかつい顔をしている。分厚いレンズの眼鏡をかけている。近眼のために徴兵を免《まぬが》れたのだ。信吉と水島は顔を見合せ、ふたりについて庭の隅に行き、日向《ひなた》ぼっこのように、四人ともばらばらに顔を陽光に向けて座った。

「塩崎《しおざき》にある倉庫に、米がたんまりと保管されているのを知っているか。木炭だってある。着るものもな」

周囲にひとがいないのを確かめてから大矢根が言った。

「俺たちのぶんからかすめ取ったものだよ」

と、怒りを吐き出すように言った。

「俺たちに飢えと寒さの苦しみを味わわせて、自分たちだけはいい思いをしているんだぜ。そんなの許しておいていいのか」

大矢根が顔を近づけた。

「どうだ。仲間に入らないか」

「仲間?」

信吉が問い返すと、大矢根は声をひそめた。

「俺たちからくすねたものを返してもらうんだ」

「どういうことです?」

水島が体を起こした。

「会社の倉庫を襲うんだ」

信吉は生唾を呑み込んだ。冗談じゃないと思った。それは犯罪である。信吉がそう言おうとしたとき、水島が脇から言った。

「そいつは面白い。もちろん、入るさ、仲間に」

「水島」

信吉はたしなめた。

「空襲がはじまって、どんどんひどくなるぜ。このままじゃ空襲でやられる前に、飢え死にしてしまうかもしれない。自分たちの生活は自分たちで守らなきゃならないんだ。俺はやるぜ」

水島の積極さは義母と義妹の死が影響しているのかもしれない。それに工場を休んでは近郊の農家まで食糧の買い出しに行っているようだ。家族のある水島は追い詰められているのだろう。

「やろうぜ」

水島が信吉の腕を摑んだ。信吉は菊弥の家から食糧を持って来たことを思い出した。主人のいない空き家同然の家からであっても、盗みには変わりないのだ。あの食糧もそろそろ尽きてきている。浩一に空腹の苦しみを味あわせたくはない。それに、菊弥を見殺しにした社長への復讐の意味もある。

「空襲のどさくさに紛れれば絶対にうまく行く」

大矢根が自信に満ちた声で言う。

「わかった」

水島に引っ張られた格好で頷いたが、信吉も浩一や家族を守って生き抜くためには何でもしなければならないのだと思うようになっていた。

7

厳冬の中、太陽の陽射しが暖かい。荒雄川《あらおがわ》の河原から声が聞こえる。その声に誘われるように伊吹は土手に上がった。一面の雪原である。川も凍っているように思えた。川の向こうに山が連なっている。白い河原に子どもたちが大勢いた。雪合戦をしたり、斜面で竹のスキーをしたりしている。伊吹は河原で遊んでいる子どもたちを見ていた。東京からの疎開の子どもたちに違いない。

伊吹がここに来て半年になる。毎日のように温泉に浸《つ》かり、二週間に一度、町の病院の神経科に通っている。今では、あれほどやっきになって出生の秘密を探っていた自分がおかしく思えるほどだった。

子どもたちを引率している若い女性が顔を向けた。伊吹はどぎまぎし、ぎこちなく頭を下げると、彼女も軽く会釈した。爽やかな笑顔だった。ひと月ほど前から何度か顔を合わせている。この近くの旅館に集団疎開している小学校の教師だ。なんとなく弾んだ気持ちになった。

しばらくして、悲鳴が上がった。坊主頭の男の子がしゃがみこんで泣きじゃくっている。伊吹は雪を踏んで河原に下りて行った。

「どうしましたか」

伊吹は声をかけた。

「足を挫《くじ》いてしまったようなんです」

女性教師が答えた。伊吹は男の子の足に触ったが、骨折はしていないようだった。雪を集めて足に押しつけた。冷たいと男の子は泣き声を上げたが、そのまましばらく押しつけ、そして伊吹は男の子を背負った。

「医者まで連れて行きましょう」

「すみません」

伊吹に言ったあと、

「じゃあ、あとはお願いします」

と残った教師に声をかけて、女性教師もいっしょについて来た。

「遠藤《えんどう》くん。だいじょうぶ」

土手を下り、雪道を歩きながら伊吹は妙に緊張した。いつも遠くから眺めていた女性教師と並んで歩いていることが不思議だった。この男の子がいなければこういうことにはならなかったと思うと、背中の重みは感じられず、それより宿舎になっている旅館に着いたとき、こんなに近かったかとがっかりしたくらいだった。明星館《みようじようかん》という旅館の、トタン屋根に雪の積もった細長い建物が見えてきて、

「お医者さんに診てもらったほうがいいでしょう」

と、伊吹は言った。伊吹はこのまま医者まで行くつもりだった。

「でも、そこまでしていただいたら、申し訳ありません。今、代わりの者を呼んできますから」

旅館の玄関に向かいかけた彼女を呼び止め、

「私ならだいじょうぶです」

と、言った。だが、肩と腕がきつく、背中も汗でびっしょりとぬれていた。

「じゃあ、そうしていただいてよろしいでしょうか」

女性教師がすまなそうに言ったとき、背中で突然声がした。

「おろして。もう治った。だいじょうぶだ」

「だめよ。ちゃんと診てもらわなきゃ」

「ほんとうにだいじょうぶだってば。だって、途中で痛みもなくなったんだ。だけど、楽だったから」

背中から下りると、「ほらね」と男の子はぴょんぴょん跳ねた。どんぐり眼《まなこ》の男の子で、手足は細かった。

「遠藤くんたらずるいんだから。もう、心配したのよ」

女性教師は若々しい声を出し、あわてて伊吹に、

「申し訳ありません。いたずらで」

と、小さくなって言った。おかげでいっしょに過ごすことが出来たと思ったが、そんなことは言えるはずがなかった。奥から年配の婦人が出て来て、

「あら、高森先生。どうしたんですか」

と、声をかけた。高森というのかと伊吹は新鮮な思いで女性教師を見た。高森先生の説明を聞くと、その婦人が伊吹の前に来て、

「ちょっと休んでいきませんか」

と、言った。この旅館の女将らしかった。遠慮したが、熱心に勧められ、伊吹は玄関に入った。ストーブの傍らのソファーに座った。温かい茶を出され、それを飲みながら、高森先生にきいた。

「皆さん、どちらからですか」

「東京台東《たいとう》区の浅草第一国民学校です。申し遅れました。高森道子と申します」

伊吹耕二です、と伊吹も生真面目《きまじめ》に答えた。

建物疎開、一般都民の疎開に引き続いて、学童疎開が閣議で決定したのは去年の六月だ。縁故先のない子どもたちを集団疎開させるというもので、「学童疎開は、足手まといを取り去って帝都の防空態勢を飛躍的に前進させると共に、若い生命を空襲の惨禍《さんか》より護り、次代の戦力を培養することになる」という趣旨だった。ただ、一年生と二年生は世話がかかり、少人数の教職員では手がまわりかねるということで除かれた。学童の集団疎開にしたがい、教職員も疎開先に派遣されることになったのである。そのようなことを、彼女は話した。

「伊吹さんも東京のお方ですか」

高森道子がきく。

「ええ。体を壊して、養生のために、知り合いの農家に厄介になっているんです」

「お体を？」

心の病気だとは言えず、伊吹は曖昧に俯《うつむ》いた。彼女はそれ以上は触れずに、

「きょうは休日で、河原まで遊びに行ったんです」

と、疎開生活のことを話しはじめた。朝六時に起床し、乾布《かんぷ》摩擦し、体操して、遥拝《ようはい》し、それから部屋や廊下、そして庭の掃除をする。それが済んでから朝食を取り、午前中は勉強。午後、昼寝のあと、再び三時まで勉強。そのあと、全員で外に出る。ときには、勤労作業にも出る。夏は蟬とりをしたり、地元の子どもたちと仲良く勉強に、遊びに励んだ。子どもたちには毎月一回、家庭通信を書かせ、家に送らせた。

そんな話を聞いているうちに、表のほうでがやがやしだした。他の生徒も帰ってきたらしい。一時間ちかく話し込んでいたのだ。伊吹はあわてて立ち上がった。

伊吹が世話になっている農家まで十五分ほどだった。農家の息子が兄と親しいらしい。その息子というのは大学教授で、東京で家庭を持っている。ここには六十過ぎの両親が広い家に住んでいるだけだった。食事は母屋でいっしょに食べ、あとは離れで過ごす。

その夜、瞼《まぶた》を閉じると高森道子の顔が浮かんできてなかなか寝つけなかった。色白で目鼻だちのはっきりした美しい顔だちだった。

翌朝の目覚めはいつになく爽やかだった。空はどんよりしているのに、気持ちが晴々している。道子との出会いの余韻《よいん》がまだ残っていた。十時になっていつものように散歩に出掛けようとしたとき、向こうから雪を踏んで歩いて来る女性を見つけた。とたんに雲間から射し込んだ光を受けたように目の前が明るくなった。高森道子だった。

彼女も伊吹に気づいて足を止め、それからすぐに小走りで近づいてきた。

「伊吹さんをお訪ねするところでした。きのうのことを話したら、教頭先生に改めてお礼しなくてはだめだと叱《しか》られてしまいました」

彼女は言ってから舌をぺろりと出した。その若々しい仕種を見て、伊吹は妙にどぎまぎした。

「わざわざ、そのことで来ていただいたのですか。申し訳ありません」

ふたりは落葉樹の林を抜けた。景色が開け、山が見える。伊吹は刺すように冷たい冬の空気が好きだった。身が引き締まる。この感覚がたまらぬほど好きだった。

「あの子は遠藤五郎《ごろう》くんと言い、こっちに来るまではちょっとした困難があったんですよ」

高森道子が当時を思い出すように目を細めて喋り出した。

疎開が決まってから、教師はあわただしかった。受け入れ地方の旅館、集会所、寺院、教会、錬成所など、すでにある建物のうち余裕のある場所の手配、食糧、寝具、その他の必需品の手配と輸送の準備などで忙しく動きまわった。

やっと準備が出来上がったときに、思わぬ障害が持ち上がった。

遠藤五郎の親がどうしても子どもを手放すのがいやだと言い出したのだ。道子は遠藤の家を訪問し、両親を説得した。

「空襲が激しくなることが予想されます。子どもたちをぜひ安心な場所で過ごさせてやりたいのです」

子どもと離ればなれになるのは、親としては不安なのだ。子どもだって、親といっしょにいたい。それを強引に引き離される。都会で育った子どもが田舎で暮らしていけるのか。集団生活についていけるのか。食糧は足りているのか。親の不安は尽きない。その親の心配を理解出来ないわけではなかったが、決まりは守らなければならなかった。

子どもが病弱体質であるか心身障害であるか、あるいは親が病気などでその家族にとってその児童がいなければ家庭生活に支障があるとか、集団疎開に当たり親が負担しなければならない十円の金が支払えないなど、そういった理由以外は原則として集団疎開に参加しなければならなかった。しかし、遠藤の親は単に子どもを手放したくないという気持ちから拒《こば》んだのである。

道子は空襲の危険性について口を酸っぱくして説明し、

「疎開先では授業や畑仕事などをしてたくましく育てたいと思っています。食糧だって十分とはいえなくとも栄養についても心配ありません」

と、疎開先での不安のないことを諭《さと》した。

「先生。わかりますよ。でも、この子はおとなしいので集団生活には向かないんです」

頭髪の薄い父親は小さな体を丸めて言う。

「でも、このまま残っていては危険なんです」

道子も必死だった。

「もし、空襲で私たちが死ぬならこの子もいっしょに死なせます。私たちだけが死んでしまってこの子だけが助かってもかえって苦労を背負うだけじゃないですか」

父親は子どもの肩を抱いて反論した。

「空襲で全員が死ぬとは限りません。子どもの安全が保証されていれば、おとなたちだけなら空襲でも生き延びることが出来ます。そのための疎開なのですから」

しかし、道子の説得も効なく、父親は断固拒否した。道子は悄然と引き上げ、学校に戻って教頭に報告した。教頭は渋い顔で、

「私が行ってみましょう」

と言い、道子の案内でその児童の家に向かった。それでもだめだった。教頭の説得にも両親は耳を貸そうとしなかったので、仕方なく、教頭は今度は校長まで呼び出して、親の説得に当たらせた。校長は隣組組長まで動員した。

「国の決めたことに背くのは非国民だ」

隣組組長は語気荒く迫った。非国民という威《おど》しに、とうとう両親も折れた。隣組組長に歯向かえば、その家は近所から村八分にされかねない。校長と隣組組長が引き上げたあと、道子は両親に声を掛けた。

「お子さんのことは心配なさらなくてもだいじょうぶです。私がきっとお守りしますから」

「先生、お願いします。どうぞ、この通り」

父親は畳に額をつけて土下座した。母親もいっしょになって頭を下げた。

「子どもが疎開に参加出来てよかったと思う反面、周囲が半ば脅迫的に父親の意思を捩《ね》じ曲げたことに、なんとなく割り切れない思いもしましたけど」

道子が戸惑いぎみに言った。

「しかし、遠藤くんも楽しく集団生活を送っているようじゃないですか」

「ええ。でも、最初のころは夜中に起き出して庭から空を見ていることが何度もありました」

もっと話していたかったが、授業があるという道子を途中まで見送った。陸羽東線を通る汽車の警笛《けいてき》が聞こえた。旅館の間近に来てから、伊吹は思い切って口に出した。

「今度、ゆっくり会っていただけませんか」

一瞬、目を見開いたが、彼女は会釈して引き上げて行った。踵《きびす》を返す前に、微かに頷いたような気がした。

彼女の後ろ姿を見送ってから、町のほうまで行き、ぐるりとまわって引き返した。離れの入口に靴があった。障子を開けると、兄だった。

「兄さん。来ていらしたんですか」

「さっきの女性は誰なんだね」

「えっ。ああ、学童疎開で東京からやって来ている小学校の先生です」

どこかで擦れ違ったらしい。

「好きなのか」

兄がいきなりきいた。

「そんなんじゃありませんよ。だって、知り合ったばかりですから」

伊吹はむきになった。しかし、兄はもうそのことには関心がないように窓の外に目をやった。雑木林は雪に被われており、その風景は凍りついているようだった。

「東京も空襲が激しくなっているようですね」

東京にB29が飛来しているというニュースは伝わってくる。被害がどの程度のものか、新聞記事からはわからない。新聞が信用出来ないものらしいことは最近になってよくわかってきた。それより、東京からの疎開者の話のほうが信憑《しんぴょう》性はあった。この地方にも疎開者が増えてきた。

「新聞報道だと、台湾沖海戦に続いて、フィリピン沖海戦は華々しい戦果だそうですね」

サイパン島守備隊の華々しい玉砕を受けて、我が軍は絶対国防圏の防衛線を比島《ひとう》、台湾、南西諸島、本土、千島列島のラインに後退させた。その決戦のフィリピン沖海戦は大勝利を報じていた。しかし、伊吹は新聞記事を疑っていた。

「兄さん。この記事はどこまでがほんとうなんでしょうか。この通りに勝利をしていたら、特攻隊員を神として讃《たた》え、国民もあとに続け、などという論調にならないはずだ」

伊吹が感動と恐懼《きょうく》を味わったのは、昨年十月二十五日、マニラのマバラカット基地から特攻隊が出撃していったというニュースだった。関行男《せきゆきお》大尉を隊長とした第一神風特攻隊「敷島《しきしま》隊」の五人が敵艦隊に向けて出撃し、空母一隻を撃沈、三隻の空母に損害を与えたという。

「どうなんですか」

「フィリピン沖は勝ち戦じゃない」

兄の声に焦燥感があった。

「敵に打撃を与え、その上で中国の重慶かモスクワを通じて和平に入ろうとした。だが、比島沖海戦で敗北した。もう陸海軍に闘う余力はない。レイテ沖での特攻隊は末期的症状の表れだよ」

兄は悲壮な顔を見せ、しかし、と続けたが、すぐ言葉を止めた。何を言いたかったのか。兄は急に声の調子を変えた。

「今夜はここに泊めてもらおう」

夕方になって、兄といっしょに町の共同浴場の温泉に浸かり、夜は離れで兄の持参した酒を呑んだ。これは地元の農家で造った自家製の白酒だった。つまみは乾し魚の煮付けと白菜の漬物、たくあん。なぜ、兄はここまでやって来たのか。何か話があってやって来たのではないかと思ったのは温泉に浸かっているときだった。しかし、なかなかそのことを言いださなかった。伊吹もあえてききだそうとしなかった。はじめてといっていいほどに、兄とふたりでゆったりとした気分になった。

酒を酌み交わしながら、ここでの生活ぶりなどの当たり障りのない話を続けたあとで、兄は言葉を改めた。

「耕二。戦争が終わったら大学に戻るんだ。いいな」

兄は戦争がこの先、それほど長くは続かないと思っているようだ。敗北という言葉が頭を過ったが、あえて逆らわず、そうする、と伊吹は答えた。それから、兄は再び言い淀《よど》んでから、

「耕二。父親のことを知りたいか」

と、いきなりその話題を持ち出した。しかし、伊吹には、兄がなぜ今になってその話をする気になったのか、そのことのほうが気になった。

「どうして今になってそんな話をしてくれる気になったのですか」

「久し振りにこうして酒を酌み交わしていて、そのことを思い出したのだ」

「いいです。聞きたくありません」

兄はちょっと驚いたような顔をした。が、すぐ元のような表情になって、

「さあ、まだある。呑め。今夜は酔い潰れよう」

兄は徳利《とっくり》を差し出した。

しかし、兄が意外と早く酔い、伊吹がふとんを敷くのを待って横になった。しばらくし

て鼾《いびき》が聞こえてきた。伊吹はなかなか寝つかれなかった。天井を見つめながら、父のことを言いたいがためにわざわざここまでやって来た兄の様子が不安だった。

明け方また雪が降ったらしく、ゆうべの庭の足跡を消していた。

「もう一泊していけないのですか」

東京に帰る兄にきいた。

「残念だが、仕事が待っているんだ」

伊吹は駅まで兄を送って行った。雪道を三十分以上かかって、やっと川渡駅に着いた。駅舎で少し待ち、時間になってから他の乗客について改札を入る。伊吹は兄といっしょにホームに立った。小牛田《こごた》行の汽車の煙りが近づいてきたとき、

「きのうの女性は何という名だね」

と、兄がきいた。伊吹はふいを衝かれてあわてて、

「高森道子さんです」

と、答えた。

「東京だそうだね。どこ？」

「向島です」

「下町か」

兄は表情を曇らせ、

「可愛い女性だ。どうなんだ、好ましく思っているんだろう」

またも、そのことをきいたが、兄の真剣な目つきに、伊吹はいい加減な返事が出来なかった。好きになったのかもしれないと自分でも思っている。心を読んだように、兄は顔をしかめ、

「これから東京の空襲は烈《はげ》しくなる。彼女を東京に帰さないほうがいい。もし、彼女に家族がいるのなら、疎開させるように言うことだ」

「わかりました」

兄の言う通りだ。今度彼女に会ったら、家族のこともきいてみようと思った。

目の前に列車が停まった。

「じゃあ、俺は行く。達者でな」

何かもっと話がありそうな気がしたが、言葉が浮かばなかった。兄が座席について、窓から顔を出した。

「兄さん。あまり、無理をしないで、くれぐれもおいといください」

兄は白い歯を見せて片手を上げた。汽車はゆっくり動き出した。白い雪原に黒い煙りを上げながら去って行く汽車を、伊吹はいつまでも見送っていた。

8

三月四日、みぞれが降っている。夜勤の作業もそろそろ終了する頃になって、警戒警報が発令された。すぐ作業を中断して、防空壕に避難した。しばらく経ってから、雷よりすさまじい轟音がした。信吉は制止を振り切り、夢中で防空壕から飛び出した。

屋上に駆け上がって、向島のほうを見た。炎が上がっていて息を呑んだが、向島より遠く、足立区のほうだ。砂町のほうにも赤い炎が上がっていた。さらに反対側のほうも燃えていた。焼夷弾が落とされたのだ。自分の家のほうではなかったことに幾分安堵《あんど》はしたものの、被災地での地獄絵図を想像した。

「危ないぜ。いったいどうしたって言うのだ」

水島が片足を引きずりながらやって来た。高射砲の音はまだ鳴っている。遠くに、B29の爆音が聞こえる。

「うちのほうじゃないかと気になってね」

信吉は正直に言った。

「この先、どうなるのかな」

水島も気弱そうに言う。しばらく赤く燃える炎を見ていると、背後に足音がした。大矢根と迫田だった。まだ警報解除にはならず、爆音が聞こえて来る。

「いい按配《あんばい》じゃないか。こんなどさくさに紛れればきっとうまくいくぜ。きのう、道具を運んでおいた」

大矢根が小声で言った。城東区塩崎《じようとう》にある倉庫のことだ。大矢根の隠れ家が三好町《みよしちよう》にあり、そこに倉庫の鍵を砕くためのハンマーやバールなどを持ち込んだという。

「リヤカーも用意した」

「リヤカーに積んで怪しまれないですか」

信吉がきき返す。

「灯火管制で道は真っ暗なんだぜ。見つかりっこないさ。決行は三月十日前後の予定だ」

大矢根が低い声で言った。三月十日は陸軍記念日で、この日に合わせて米軍が空襲を仕掛けてくるという噂が立っていた。

引き上げようとしたとき、みぞれの中に男が立っていた。田尾だと思った瞬間、信吉は息を呑んだ。

「こんなところで、何をしているんだ」

田尾の抑えた声が聞こえた。

「何もしちゃいませんよ」

大矢根は落ち着いた声で答え、信吉たちに目顔で言って、そこから去ろうとした。田尾の脇をすり抜け、階段に向かいかけたとき、

「待てよ。おめえたち、よからぬことを考えているんじゃねえのか」

と、低い声で言った。

「隠したってだめだ」

「何も隠しちゃいませんよ」

大矢根が振り返って答えた。ふんと田尾は嘲笑し、

「おめえたちのやることぐらい、こっちはお見通しだ。どうせ、木場か塩崎の倉庫を狙おうっていうんだろう」

奇妙な声の悲鳴を上げた水島を大矢根が睨みつけた。田尾はおかしそうに笑った。田尾の笑い声を聞いて、信吉は唇を嚙んだ。水島の顔にも衝撃と同時に落胆の色が滲み出た。

大矢根は憤然として、

「何を言っているのかわかりませんねえ」

と、まだとぼけた。

「そうかい。おい、水島。おめえは震えているじゃねえか。どうした?」

またいたぶる田尾の癖がはじまったようだ。このままでは水島は持たないと思ったので、信吉は前に出た。

「我々は自分の家が心配だからここから様子を見ていただけですよ。へんなことを言わないでください。さあ、行きましょう」

仲間に言い、田尾から離れようとしたとき、

「木場や塩崎の倉庫はがらくたばかりだぜ。食糧なんてたいしてない」

と、言い切った。大矢根が目を剝いた。

「宝は平野町のほうだ」

田尾は声をひそめた。

「平野町の倉庫にアルミニウムが隠してある。会社幹部がグルになって集めたものだ」

信吉は大矢根と顔を見合わせた。白状させようとする誘導ではないかと、大矢根の目は警戒の色を見せている。

「アルミニウムを再生して弁当箱や鍋、薬罐《やかん》などに流用して儲けているんだ」

田尾が笑いながら、

「どうせなら、アルミニウムを奪って闇に流したほうが金になる。流し先なら俺が知っている。それを売って食糧を手に入れたほうが得だぜ」

「何か誤解をしているんじゃありませんか」

信吉の声を遮り、田尾は言った。

「俺を仲間に入れろ」

「えっ？」

同時に声が起きた。

「まさか、会社側は俺が仲間だとは思わないはずだ」

「ちょっと待ってください。いったい何の話かわからない」

大矢根がしらを切り通そうとした。

「信用しろ。俺だってこきつかわれているだけだ。上のほうだけがいい思いをしているのは癪《しゃく》でならないんだ」

水島が信吉に顔を向けた。どうするかと、目が問うていた。田尾の心底がわからない。田尾はスパイかもしれない。一網打尽《いちもうだじん》になって、田尾ひとりに手柄を立てさせることになる。

しかし、ここで田尾を突っぱねればどうなるか。警察か憲兵に密告するかもしれない。いずれにしろ、計画は頓挫《とんざ》するのだ。

「どうする？」

迫田は大矢根の耳元に口をよせた。

「仲間に入れましょう」

信吉は言った。

「冗談じゃない。あいつはスパイだ。信用出来るか」

大矢根が反対した。

「しかし、スパイだったら今密告するんじゃないですか、あるいは証拠を摑んだ上でということだったら、実行まで目を瞑っていると思います」

信吉は田尾を信じるしかないと大矢根を説得した。その間、田尾は四人を睨みつけるように立っていた。

そのとき、突然、田尾が怒鳴った。

「たるんだ精神を叩きなおしてやる。ひとりずつ歯を食いしばって並べ」

田尾の急変の意味がすぐにわかった。後方に巡査の姿が見えたのだ。しばらく、こっちの様子を見ていたが、やがて巡査は何も言わずにその場を離れて行った。

信吉は田尾を仲間に入れるしかないと、大矢根を説得した。大矢根は不満そうだった。

夜勤明けで、家に帰った。曳舟駅を下りて行くと、杖《つえ》をついた白髪の老婆がぶつぶつ言いながら駅前をうろついている。以前は新興宗教の信者で、自宅に数十人の男女が集まっては大きな鏡を祀った祭壇の前で奇妙なお祈りをしていたこともあった。こうした新興宗教は不景気な時代になると流行《はや》るのだろうか、特に昭和になっていろいろな宗教が生まれている。不安な世相の中で庶民は新興宗教に頼るのか、多くの教団が出来たが、皆宗教弾圧に遭って反戦思想の宗教家たちは獄中においやられ、教団は壊滅していった。

その老婆はその後、宗教活動をしていないが、自宅には何かが祀ってあるという噂だった。隣組の活動にはちゃんと参加しているので、非国民扱いするものはいないが、神がかり的な老婆は少し不気味だった。子どもの頃、兄といっしょにその家の窓から覗いて、その不気味さにあわてて逃げ出した記憶がある。

その老婆の言葉が耳に飛び込んだ。

「近々、大きな空襲がある。下町が全滅だ」

右目が悪いらしくほとんどまばたきもしない。それがかえって神の啓示を受けたという神秘性をもっともらしくしている。通りがかりの人間も狂人の戯言と思っていても、ときがときだけにいい気持ちではなかった。

誰かが告げたのか、巡査がやって来て、老婆を連れて行った。

「下町は全滅だ。すぐ東京から逃げるんじゃ」

老婆の声が耳に残り、逃げるようにして信吉は家に戻った。すると、鈴子が出掛けるところだった。

「どうしたんですか」

「梅田《うめだ》がやられたらしいんです。実家が心配なので見に行ってみます」

梅田というのは足立区梅田町で、鈴子の実家がある。

「ぼくもいっしょします」

明日から日勤に替わるので、今夜は工場に出掛けなくてもいいのだ。時間はある。母に浩一を預けて鈴子といっしょに東武曳舟駅に急いだ。

窓の外に、鐘淵紡績の建物が見える。やがて、荒川を越えた。電車の中からも空襲の被害に遭ったらしい燃えた家が見えてきた。北千住を過ぎ、梅島《うめじま》駅で下りてから、気が焦りながら歩いた。鈴子の実家は梅島第二国民学校の近くだった。近づくにしたがい、電柱が倒れ、電線や家屋の破片が道路を塞いで歩きづらかった。

学校の脇を通ると、校舎の屋根が落ち、残った教室の窓ガラスは割れて、水道管が破裂したらしく水浸しだった。警防団員や学校の職員らしい男が後片付けをしている。

学校の裏の農家がやられていた。ちょうど担架で運ばれてくる死体を見た。鈴子の肩を支えて、実家に急いだ。

幸いなことに、鈴子の実家は無事だった。勝手口のほうが壊れており、鈴子の兄たちが

後片付けをしていた。鈴子の兄が振り向いて、

「来てくれたのか。爆風でやられたんだ。なんとかこれだけで済んだが、叔父さんの所がやられた」

と、血走った目で答えた。

「叔父さんたちは？」

「全滅だ。皆手足をもぎとられて死んでいた。父さんと母さんはそっちに行っている」

鈴子の崩れそうになる体を支えた。もう、兄は作業のほうに向かっていた。

「物凄い音がして、もう生きた心地はしなかったわ」

鈴子の嫂《あによめ》が青ざめた顔で話した。

「空襲が収まって外に出てみたら、たくさんの死体が転がっていたわ。あっちにある工場が酷くやられたみたい」

「鈴子、もう心配はいらない」

兄が言った。

叔父の家から帰って来た、鈴子の父と母に挨拶をして、向島に引き上げたのは夕方だった。

家に帰ると、母はさっそく鈴子から話を聞いていた。それから、母が思い出したように

言った。

「道子から手紙が来て、卒業式に出席するために六年生を引率していったん帰ってくる」

「いつですか」

「卒業式が三月十日だから、その前の日にでも帰ってくるのかしら」

そう言って母は台所に行った。倉庫を狙う日は三月十日になるかもしれないと思った。

夕食が済んでから、二階の部屋に行きかけた信吉を鈴子が呼び止めた。

「信吉さん。きょうはありがとう」

「いえ。じゃあ、もう休みます」

信吉は二階の部屋に行き、いつものようにゲートルを巻いたままふとんに入った。疲れからやがて信吉はすっと眠りに入った。いくらも経たないうちに、警戒警報のサイレンで起こされた。

階下に行くと、父がラジオのスイッチを入れた。敵機は京浜地区侵入を報じていた。

突然、轟音が聞こえ、高射砲の音がした。警防団員の父は出掛けて行ったが、残った家族で、庭に掘った防空壕に避難した。午前一時過ぎだ。

しばらく爆弾の落下する音が遠くに響いていた。狭い穴の中で、鈴子が浩一を抱え込んで縮こまっていた。その鈴子にくっつくように母がいる。信吉はときたま外に出て様子を窺った。城東区の方角の空が照空灯で明るい。烈しい音が聞こえるが、幸いなことにここから離れているようだ。

午前四時頃に警報が解除された。警防団の父がやっと帰ってきた。再び寝床に入ったが、なかなか寝つかれなかった。起き出して、物干しに出た。

いつの間にか、鈴子がやって来て横に立った。

「眠れないんですよ」

鈴子が虚《うつ》ろな目を向けた。

「私たち、どうなるんでしょうか」

鈴子がしんみり言った。これから空襲はますます激しくなると思わなければならない。

「だいじょうぶですよ。嫂《ねえ》さんや浩一くんのことはきっと兄さんが守ってくれます」

鈴子は何も言わなかった。しばらくしてすすり泣きが聞こえてきた。叔父たちが空襲でやられて、死というものが身近になったことを感じたのかもしれない。あるいは、実家に行き、改めて自分の居場所のないことを思い知らされて寂しさに襲われたのか。

「嫂さん。しっかりしてください。ぼくだってついています」

兄のためにも、このひとを自分が守ってやらなければならないのだと、信吉は思った。と、同時に和子の顔が浮かんできた。兄の初恋の金麗華も、自分の愛した和子ももういないのだと思うと、たまらなく切なくなった。

「信吉さん。お願い。私たちを守って」

鈴子が信吉の腕に泣き顔を押しつけてきた。無意識のうちに、信吉は彼女の肩に手をまわしていた。

9

三月六日の夜。ときたま雲の切れ間から星が見えた。果てしない宇宙が広がっている。星を見ていると不思議だった。明るく輝いているのは北極星か。

落ち着かずそわそわしていたのを、道子に不審がられるのではないかと思い、伊吹は夜空を見上げていた。北風が強かったが、寒さを感じなかった。

子どもたちが寝たあとに、道子は旅館を出てくる。伊吹も離れをこっそり抜けて、雪道を物置小屋にやってくるのだ。ふたりで逢うようになって一ヵ月近くなった。最初は、遠藤五郎の手を借りなければならなかった。背負った縁からか、遠藤はふたりの仲を囃《はや》しながらも秘密を守ってくれた。最近はその助っ人も必要としなくなった。

道子も空を見上げている。いつの間にか月が顔を出し、銀色の光が道子の横顔の美しい線を浮かび上がらせていた。

伊吹は愛を告白しようとしながら、なかなか切り出せなかった。彼女は自分に好意を持ってくれていることはわかる。それが愛情というものかどうかわからず、思い悩んでいたのだ。

子どもたちを引率している道子をはじめて見たときから、楚々《そそ》としながらも活動的で明るい彼女にひかれるものがあった。富士額《ふじびたい》が理知的であり、鼻筋が通っていて唇の形もい。どこか凛《りん》とした感じだった。黒髪の艶《つや》の眩しさがなにより心を轟《とどろ》かせた。

これまで、伊吹は心底女性を好きになったことはなかった。学生時代に、吉原に遊びに行き、馴染《なじ》みの花魁《おいらん》もいたが、あくまでも遊女と客との関係でしかなかったし、何人かの女性が伊吹の前に現れたが、愛を育むまでには到らなかった。伊吹のほうが腰を引いてしまうのである。何かが違う。伊吹には理想像というものがあった。性格面ではなく、姿形である。中学生の頃だったか、登山に行って道に迷ったとき、若い女性が現れて麓《ふもと》まで案内してくれた。当時の伊吹からみれば年上で、二十歳は過ぎていたはずだ。それからというもの、伊吹の胸裏深くにその女性が理想像として植えつけられたのだ。顔は靄《もや》がかかってぼやけているのに、自分の近くにいる女性とは違うことだけはわかった。不思議なことに、道子はそのあやふやな理想像にそっくりなのだ。伊吹は道子こそ自分の恋人だと思った。しかし、もっと妙なことがある。伊吹は登山していないはずなのだ。道に迷って女性に助けられたという鮮烈な記憶があるにも拘わらず、登山に関する記憶は何一つない。夢だったかと思うこともある。

そうだったとしても構わない。道子は自分にとっての理想の女に違いなかった。道子こそ自分が求めていた女性だとはっきり確信出来たのは、あの一言だった。

何度目かの逢瀬《おうせ》のときに、彼女がきいた。

「ご病気のほうはいかがですか」

「ええ。だいぶよくなったようです」

「失礼ですけど、どこが悪いのですか」

病人らしく見えないので不思議だったのだろう。伊吹は一瞬返答に迷った。心の病という暗い病気を口に出すことがためらわれたのだ。彼女に悪い印象を与えるかもしれない。この種の病気に偏見がある。そのことの怯《おび》えだったが、嘘をつくのもいやだった。逡《しゅん》巡《じゅん》の末、谷底に飛び下りるような思いで正直に打ち明けた。

「心の病気なんです。半年ばかり、精神病院に入院していたんです」

目をつぶって彼女の返事を待った。

「そうですか。でも、安心したわ。もっとたいへんな病気だったらどうしようと思っていたんです」

肺病などの病気を想像していたというわけではないだろう。その言い方には彼女特有のやさしさが滲んでいた。いや、彼女は病気に対する偏見を持っていなかったのだとわかった。その瞬間、自分の中での彼女の存在がとてつもなく大きくなったのだ。

北風が梢《こずえ》を揺るがして、葉音を立てている。それ以外、何一つ物音とてない。ふたりだけの世界だった。

「寒くないですか」

伊吹がきくと、いえと彼女は小さく答えた。

そういえば今夜は会話らしい会話がないことに気づいた。今まではお互いの知らないことを埋めるように何でも話した。彼女の家族のことだって聞いた。長兄は戦死し、次兄の信吉は三遊亭円若という二つ目の噺家だったという。伊吹も父親を知らない複雑な家庭で育ったのだと打ち明けた。家族のことだけでなく、食べ物が何が好きで、どんな映画が好きか、彼女のことは何でも知りたかったし、自分のことは何でも知って欲しかった。そういう話をしていると、ふたりの間に温かいものが漂っているようだった。

彼女の息遣いがすぐ耳元で聞こえる。伊吹は喉《のど》が渇いた。雪が風に舞い、彼女の髪にかかった。伊吹は手を伸ばし、雪を払ってやった。その手が彼女の頬に触れた。ぴくっとしたような感触が手に伝わってきたが、彼女は逃げなかった。おそるおそる伊吹は彼女の耳元に口を寄せた。

「好きだ」

言ったあとで、耳鳴りのような音を聞いた。自分の心臓の鼓動だった。彼女が微かに頷いたのがわかった。髪の毛に唇を押しつけ、彼女の顔をこちらに向けさせた。彼女は俯《うつむ》いて震えていた。

その唇は冷たくて蕩《とろ》けるように柔らかかった。温かい肌の温もりが体に伝わってくる。力が抜けたように、彼女は体ごと伊吹に預けていた。唇から微かに甘い吐息が洩れた。

道子と結ばれたのは翌夜のことだった。伊吹は離れに彼女を招じたのだ。おずおずと彼女は部屋に入ってきた。母屋の明かりが乏しく見える。はじめの抵抗は形だけで、部屋にやってくるときには彼女は覚悟をしていたようだった。

彼女の恥じらいは伊吹を昂らせた。抑えた声を上げながら、必死に腕にしがみついてくる彼女の表情は美しかった。これほど女性というのがいとおしいと思ったのははじめてだった。

雪の落ちる音がした。

やがて、静かな時がやって来た。

「子どもたちを守ってやらなければならないのに、こんなことになってしまって……」

伊吹の腕の中で、彼女は泣きそうな声を出した。

「あなたはちゃんと面倒みている。愛し合うことは聖職者として何ら恥ずべきことではないじゃないか」

と、ふたりの愛の正当性を訴えた。

「でも……」

未婚の女がこんな真似をして、と自分を責めている。伊吹は彼女の体を離して起き上がった。何事かと、彼女も半身を起こした。

「ぼくと結婚すればいいんだ」

もっと気のきいた言葉はなかったのかと自分を叱る声が聞こえたが、伊吹は誠意で訴えようとした。道子は魂の抜けたような顔で伊吹を見ていた。いや、実際には目に入っていないのかもしれない。

「妻になってください」

度胸を据えて、伊吹はもう一度言った。

「今のぼくには生活能力はありません。でも、苦難の道をあなたといっしょに生きていきたいんです。この戦争も長続きしないはずです」

兄の話の様子では、和平工作が進められている。いずれ敗戦という日が来るだろう。そこにどんな状況が待っているのか、想像もつかない。鬼畜の米兵が乗り込んで来て、日本を蹂躪《じゅうりん》するだろう。そういうとき、自分が道子を守ってやりたい。そういう思いが伊吹の声を熱っぽくさせた。

「あなたをはじめて見たときから、ぼくはこう決めていた」

伊吹は胸の奥からの激しい思いに突き上げられていた。

「私で、いいんですか」

彼女は掠れた声を出した。

「もちろんです。結婚してくれますか」

はい、と道子が小さく答えた。伊吹は感動で声が出なかった。

自分が裸のままであることに気づいた。道子も毛布をかぶっているだけだ。結婚のプロポーズにしては妙な格好だった。

伊吹は運命を感じないわけにはいかなかった。ある意味では、この地に療養を勧めた兄こそ結びの神かもしれなかった。

道子が静かに、そしてはっきりと言った。

「私、東京にいったん帰ります。そのとき、父と母にあなたのことを話します」

伊吹は頬を張られたような衝撃を受け、

「東京に帰るとはどういうことですか」

と、問い詰めるようにきいた。

「卒業式のため、六年生を連れて東京に帰らなくてはならないんです」

「だめだ」

伊吹は思わず強い声で言った。

「行ってはだめだ。東京に空襲がある」

「一週間もいません。すぐ戻ってきます」

道子は伊吹の心配を吹き飛ばすように明るく言った。

「東京は危険だ」

もう一度言った。東京に帰すなと言っていた兄の言葉が伊吹の頭にある。空襲はますます烈しくなるはずだ。行かないで欲しいと何度も頼んだが、卒業式のためという理由では彼女を引き止めるわけにはいかなかった。子どもたちもいっしょなのだ。

「両親も兄も弟もいるんです。警報が鳴ればすぐ防空壕に避難します」

かえって慰めるように道子が言った。

「どうしても行くのですね」

伊吹は口の中で呟いただけだった。その代わり、伊吹は押入れから行李《こうり》を引っ張り出し、その中からパイロットの万年筆を取り出した。

「これ、ぼくの誕生日に母が贈ってくれたものなんだ。これを持っていってください」

「だって、とても大事なものじゃないですか」

「だから、あなたに預かってもらいたいのです」

好きな女と何らかの形ででもつながっていたいという思いの表れだった。

「わかりました。預かっておきます」

道子は明け方になって宿舎の旅館に戻った。

三月八日の夕方、道子は学童たちと共に川渡駅から小牛田行の列車に乗り込んだ。伊吹はホームまで見送った。汽車の窓から顔を出している道子と目を合わせた。少し離れた窓から遠藤五郎がホームに首を出していた。残る子どもたちが手を振っている。発車のベルが鳴り響いて、伊吹は一歩前に出た。道子が伊吹に手を振った。

ゆっくり汽車が動きだした。歓声が上がった。伊吹は汽車が見えなくなってから急に寂しさに襲われた。夕闇はすでに伊吹の足もとまで迫っていた。

第三章　三月九日

1

スッペの邦人収容所のスチーブン少佐の宿舎の窓から、和子はバスタオルを巻いただけの体で空を見上げた。ここから東京までの飛行時間は約六時間だという。アメリカが新たに開発した戦略爆撃機Ｂ29は翼幅四三メートル、全長三〇メートル、最高速度は六〇〇キロ、高度一万二〇〇〇メートルを飛び、航続距離は五二〇〇キロ。日本の零戦《ゼロせん》が全幅一一メートル、全長九メートル、最高時速は五七〇キロだというから、その巨大ぶりに和子は肝を潰す思いだった。

「いよいよ本格的な空襲が始まるのね」

四日前に飛び立って以来、Ｂ29は動きを見せない。その不気味な沈黙が和子に絶望感をもたらした。

「和子さん。あなたの家族は東京のどちらにいるのですか」

「深川です」

和子が振り返って答えると、スチーブン少佐は顔を歪《ゆが》めて肩をすぼめた。その表情を見た瞬間、和子は心臓を抉《えぐ》られたような衝撃を受けた。

「まさか、今度も深川が標的なんですか。教えてください」

「和子さん。落ち着いてください」

彼は首を横に振るばかりだ。サイパン島のアスリート飛行場にB29が並び、グアム、テニアンにもたくさんのB29が集まっているらしいという情報はすでに基地建設に駆り出された日本人捕虜《ほりよ》の話や、山に竹を取りに行った仲間からの報告で知っていた。

「いつ、東京を襲うのですか」

新司令官のルメー少将はドイツのハンブルクや中国の漢口《かんこう》に焼夷弾《しょうい》による無差別爆撃をして、大量殺戮《さつりく》を行った実績があるという。スチーブン少佐は悲しげな表情で首を横に振るばかりだ。

「いつですか。深川を襲うのは」

和子は執拗《しつよう》にきいた。

「あなたはそんなことを考えなくてもいいのです」

和子の頭の中に、山奥を逃げ回っている敗残兵のことが過《よぎ》った。サイパン島は敵の手に陥《お》ちたが、まだ一部抵抗している日本兵がいて、山奥に隠れている。彼らはときたま収容所の近くまで食糧を探しに忍んで来る。彼らに報せ、東京に連絡してもらおう。無線を持っているはずだ。逆上した頭がそう考えたが、彼らもB29の集結を当然知っているはずだ。それに、無線が正常に作動している可能性は少ないと思い直した。

「さあ、和子さん。もう一度」

スチーブン少佐の毛深い腕が和子の白い体を引き寄せた。瞬間、なぜか信吉の顔が過った。

「もうちょっと待って」

和子はそう言い、信吉への思いを消すためにしばし窓辺に佇《たたず》み、ここに来てからのことを走馬灯のように思い出した。

和子がサイパンに渡ったのは昭和十四年七月だった。南洋の楽園にふさわしく、空は青く、海は紺碧《こんぺき》に染まり、美しい島だった。製糖工場があり、サトウキビ畑が広がっている。野菜、果物などが多く栽培され、酒とコーヒーもふんだんに飲めた。

リトル東京と呼ばれたガラパンの街は日本の商家が軒《のき》を並べ、内地と変わらなかった。

和子は北ガラパンにある日本人専用の娼家「海陽楼《かいようろう》」で働いた。北ガラパンは上流階級相手の娼家が多く、南は大衆向けだった。「海陽楼」の客は「南興《なんこう》」の社員が多かった。大正十年にサトウキビを育成し、製糖業を営んで興《おこ》った「南洋興発株式会社《なんようこうはつ》」は巨大企業に成長し、従業員とその家族は五万人を超えていたほどだった。

病に罹《かか》った体も食べ物と空気のせいでどんどん回復し、もとのようにふっくらとしてきた。客の中に沖縄出身者が何人かいた。不況の波に見舞われた沖縄から大勢の移民がやって来ていた。なかでも、赤峰幸安《あかみねゆきやす》という青年が和子のもとに足しげく通ってきていた。

赤峰は先客がいれば何時間でも待っていた。純情な青年で、いつしか和子も赤峰がやって来るのを心待ちにするようになった。和子は赤峰から沖縄の話をよく聞かされた。

「こっちで稼いだ金を沖縄に送金しているひともたくさんいるんだ。沖縄は不況をもろにかぶって悲惨な生活だった。だから、南洋に渡るひとが多いんですよ」

沖縄の石川《いしかわ》という町の出身で、親の代から来てキビを育てる仕事をしていた。同じ石川からの移民がかなりいた。漁船に乗っている者も多いという。サイパンで泡盛《あわもり》を作って売っており、沖縄の人間はよく集まっては泡盛を呑み、蛇皮線《じゃびせん》に合わせて歌い踊っていた。赤峰もそんなひとりだった。

和子がサイパンに渡る決心をしたのはもちろん金のためだった。上海の慰安所で働いているときに体を壊した。上海では朝店を開けると、もう客の兵隊が長蛇の列を作っていた。金にはなったが、毎日休みなく何人もの男を相手にしては体がもたなかった。病気になってせっかく稼いだ金も失い、日本に帰ってみると、病気の妹の病状は思わしくなかった。窶《やつ》れた身で信吉に会うことに躊躇《ちゆうちよ》したが、会いたさが募って思い切ってハガキを出した。一年半振りで会った信吉の態度は和子の期待したものから程遠かった。それは予想のついたことで、決して信吉をうらんだりはしていない。もしあのとき信吉に自分を強く求めてくれる気持ちがあったとしても、サイパンに渡るしかなかったであろう。上海で体を壊さなければ、もっと早く帰国出来て、そうなれば信吉ともっと違う形で再会出来たかもしれない。すべて病気になったことが不運だったのだ。

こちらに来ても体を売る稼業は変わらなかったが、皆おおらかな性格で、過ごしよかった。特に沖縄の男はやさしく、自分をひとりの人間として見てくれた。その代表が赤峰だった。

赤峰は、和子が疲れているとわかると、決して体を求めようとせず、話だけして時間が来ると帰って行った。ちゃんと金を支払ってくれる。そういう思いやりのある男だった。ときおり起こる郷愁や、ずっと心に燻《くすぶ》っている信吉への思いを、赤峰のおかげで癒すことが出来た。

米国との戦争がはじまると、徐々にサイパンの様相も変わってきた。それでも初期の頃はまだ生活に余裕があった。

そんなときに「海陽楼」に朝鮮人の女がやって来た。最初は日本人だと思った。日本語はうまいし、楼主からも日本人だと聞いていたからだ。朝鮮人経営の店よりも、「海陽楼」のほうが高級だったし、その女は美しく清純そうであり、「海陽楼」の楼主が自分の店に日本人として入れたのだろう。

はじめて客をとるとき、彼女は泣きわめいた。あまりの激しさに、楼主が平手打ちをし、暴力で黙らせた。客をとるようになって数ヵ月が過ぎても、その女は山の端に昇る月を見ては泣いていた。和子は妹を見る思いで、彼女に何かと声をかけてやった。そんなある日、彼女が打ち明けた。

「私は日本人じゃありません。金麗華という朝鮮人です。騙《だま》されて、連れてこられたのです」

トラック島には二万人近い朝鮮人が働いており、女たちが何人も連れて来られていた。女子愛国奉仕隊という名目で、売春婦にさせられたのである。連れて来られる船から身を投げた女もいたと、彼女は答えた。

金麗華は故国を思い、父と母を懐かしんでは涙を流し続けた。彼女の体が痩せ細っていくのに気づいた。思い詰めた気持ちが食欲を奪っていたのかと思ったが、彼女は血を吐いた。客をとることも苦しそうな状態になった。

和子は赤峰に頼んだ。

「あの妓《こ》を指名してやって。それで、何もしないで体を休ませてあげて欲しいの」

無理な注文を赤峰は承知してくれた。赤峰は和子の言うとおりにしてくれたが、彼女の体の衰えを止めることは出来ず、ついに床についた。

和子は時間を見つけては彼女を看病してやった。金麗華は北向きの陽の射さない部屋をあてがわれて寝ていた。その頃、和子は「海陽楼」の楼主に見初《みそ》められ、懇願されて妾《めかけ》になった。「海陽楼」で働く女たちを仕切る立場になり、金麗華の看病もしやすくなった。

「日本語がとても達者ね。日本のどこにいたの?」

和子は病床に佇み、彼女にきいた。

「向島です」

「向島……」

意外な地名を聞いて、胸が締めつけられたようになった。信吉の顔が浮かんだのだ。

「父は足袋《たび》の仕立ての職人でした」

まさかと思い、和子はきいてみた。

「何という仕立て屋さんだったの」

「高森さんです」

「高森さん？　ひょっとして、そこに信吉さんという男性がいなかった？」

「えっ、信吉さんをご存じなのですか」

　南洋の島で、まさか信吉を知っている人間と会うとは思いもしなかった。和子は痛いほどの胸の疼《うず》きを覚えたが、金麗華はうれしそうに、

「私と信吉さんと信吉さんの兄さんは幼友達です。でも、私は十四歳のとき、朝鮮に行くことになったのです」

　信吉の兄のことを好いているらしいことが窺《うかが》えた。

「信吉さんは咄家《はなしか》になって三遊亭円若という名で高座《こうざ》に出ていたのよ」

　玉ノ井の娼婦と客の関係だとは言えず、曖昧《あいまい》な言い方をした。その後、和子は金麗華のことをますます親身になって看病した。医者にも診《み》せた。医者は厳しい顔をしていた。

　ときおりスコールのような雨が降ったかと思うと、太陽が照りつけ、また雨が降るという妙な天気の日だった。見舞いに顔を出すと、金麗華が窓辺に立っていた。

「起きていて大丈夫なの」

「きょうは何だか気分がいいんです。ちょっと外の空気をかぎたくて」

金麗華は笑みを見せたが、顔はどす黒かった。もう死の淵に足を入れていることがわかって、ふいに込み上げてくるものがあった。

「さあ、もう横になりなさい」

身体を気づかって言うが、もう二度と外の空気を吸うことが出来ないかもしれないと思うと不憫《ふびん》になって、それ以上は強く言えなかった。

立っているのが辛《つら》いのか、彼女はじきにふとんに戻った。

「本土に帰るひとがいるけど、信吉さんや兄さんに手紙を持って行ってもらったらどうかしら」

和子は顔を覗《のぞ》き込みながら言った。「海陽楼」の慰安婦で借金を返せる見込みが立って本土に引き揚げることになった女がいた。

「こんな姿を知られたくないんです」

彼女は悲しそうに言った。こんな姿とは、病気で窶れたことではなく、娼婦になったことを指しているのだろう。

金麗華の容体《ようだい》が変化したのは、その翌朝だった。便所に起きたとき、気になって部屋を覗いてみると、金麗華の呼吸が荒くなっていたのだ。驚いて、和子は駆け寄り、

「麗華さん。頑張るのよ」

と、彼女の手を握って声をかけて励ました。彼女は微かに頷いた。目尻に涙が流れていた。すぐ医者を呼びにやったが、医者も手の施しようもなく、何もせずに引き上げて行った。

和子は楼主に頼み、赤峰を呼んでもらった。昼近くになって、金麗華は昏睡《こんすい》状態に入った。呼び掛けに、微《かす》かに瞼《まぶた》が反応するだけだった。そして、和子の手を力いっぱい握り返して、そのまま息を引き取った。

最期を看取ったのは和子と赤峰のふたりだった。

寂しい葬式を出したあと、和子は東京に引き揚げる女にこっそり手紙を託した。このままでは金麗華が憐《あわ》れすぎた。せめて、信吉兄弟に遠い日本からでも供養してもらおうと思ったのだ。信吉への思いを抑え、ただ金麗華のことを報告するだけの内容だった。

戦争の影響が出始めたのは昭和十九年二月二十三日のことだった。サイパンに初空襲があったのだ。学校も工場も閉鎖され、住民も防空壕作りに奔走した。婦女子や六十歳以上のひとなどが本土に引き揚げて行った。その輸送船が米潜水艦に撃沈されたことをあとで知った。

やがて、赤峰が沖縄に引き揚げることになった。別れに来た赤峰は、

「和子さんも沖縄に来ませんか。いっしょに暮らしましょう」

と熱心に誘ってくれたが、和子は首を横に振った。楼主の妾という自由のきかない身だった。戦争が終わったら来てくださいと何度もいい、赤峰は引き揚げて行った。

徐々に日本の兵隊が敵の潜水艦の攻撃に悩まされながらもサイパンにやって来た。第三十一軍の第四十三師団の第一陣がサイパンに到着すると、ガラパンの町は熱狂した。これで防衛は安心だという思いからだった。

市民の歓迎で迎えられた彼らも、和子には失望でしかなかった。盛りのついた犬のように、幹部連中は慰安所にやって来ては女たちを抱いていった。もちろん、兵士たちも他の慰安所で同じように女たちを貪《むさぼ》っていた。彼らの所業は中国大陸でのことをいやが上にも思い出させた。生と死の境目にいる男たちは性欲を満たすことでしか、目の前の恐怖から逃れられないのか。日本男児は情けないと思った。そんな男たちが兵隊として前線に出ているのだ。特に将校クラスの人間ほどひどかった。慰安婦を虫けら同然に扱っている。中にはやさしい兵隊もいたが、日本の軍隊の士気は乱れているとしか言いようがなかった。こんな男たちを慰めるために、慰安婦になったのかと思うと、情けなかった。

激しい空襲がはじまったのは六月十一日だった。和子は自分の部屋からアスリート飛行場やタナバク港などの方角に黒い煙りが上がっているのを見た。敵機の襲来だった。日本軍の飛行機が飛び立ったが、たちまち撃墜された。この敵機は艦載機だった。

翌日も敵機は爆撃を繰り返し、さらにその次の日は海から艦砲射撃を始めた。山にある日本軍の陣地が狙われ、ヤシ林は吹き飛ばされ、山は赤茶けた地肌が露出した。ガラパンの町は炎上し、チャランカノアの町も廃墟と化した。

米軍がサイパンに上陸すると、和子たちのジャングルの中の逃亡生活がはじまった。激しい攻撃は止む間もなく続けられ、和子たち民間人も兵隊といっしょに北へ向かって追い立てられるように逃げた。タッポーチョ山には自然の洞穴がいくつもある。米軍はその洞穴を火焔放射器や手榴弾で攻撃してきた。戦闘司令所は敵機にまたたく間に発見され、超低空から機銃掃射を浴びせられ、何度も逃げなければならなかった。夜になっての移動も、敵は照明弾を打ち上げてくるのだった。洞穴の中で休んでいると、喊声《かんせい》が聞こえ、飛び起きた。やがて轟音が夜空に鳴りひびいた。様子を見に行った兵隊から、どこかの部隊が夜襲をかけて全滅したのだと聞いた。その後も、日本兵はときたま夜襲をかけては失敗を繰り返していた。

夜が明けると、敵の攻撃がはじまる。ジャングルに逃げて、二十日余り経つと、ほとんど飲まず食わずで、さらに不眠のままだったので、誰もが頬《ほお》は痩せこけ目だけが異様に光っている状態になった。生きる屍《しかばね》としか形容がない。これまで、首を吊って死んだ朋輩《ほうばい》が何人もいる。和子は水を求めて彷徨《さまよ》っているとき、ある部隊の指揮官の怒鳴《どな》り声を耳にした。「無傷の者、軽傷者はこれより敵に向かって攻撃を開始する。重傷者は自決せよ」と言っている。重傷者は家族のものと思われる写真を見て涙を流していたが、次々と手榴弾を爆発させ、ばたばたと倒れて行った。それから、生き残っている兵隊たちは敵に向かって突撃すべく山を下りて行った。もちろん、彼らも二度と戻ってくることはなかった。

逃げまどう人々の中には幼い子どももたくさんいた。海の上は敵艦で埋めつくされ、新たな敵が上陸したという報告に、玉砕だ、玉砕だと狂ったように叫んで走りまわる兵隊。七月七日未明、ワアーという大喊声と共に銃撃音が轟《とどろ》き、和子は目を覚ました。照明弾が上がって夜空は明るかった。バンザイ、バンザイという声が聞こえてきた。砲弾の音。日本兵の突撃だとわかった。それは二日間続いて、静かになった。

様子を見に行った兵隊の報告は壮絶な内容だった。六日の朝、南雲中将、斎藤師団長、井桁《いげた》参謀長の順に日本に向かって並び、それぞれその後ろに介錯《かいしゃく》用の拳銃を持った副官が三人立ち、彼らは拳銃を頭に向けて自決した。それから残った兵隊が最後の突撃を開始したのだという。

和子は最期のときが近づいたことを覚悟した。

避難民たちはとうとう北のマッピ岬まで追い立てられてきた。もう先は泡立つ海だった。米軍の投降を勧めるスピーカーの声がだんだん迫ってきた。和子はもう逃げる気力もなかった。出て行こうとする人間に、兵隊が怒鳴った。

「出るな。恥を知れ。絶対に捕虜になるな。舌を嚙《か》んでも自決しろ」

別の兵隊は自決用の手榴弾を配った。和子は受け取らなかった。爆弾で肉片が飛び散るのはいやだった。青い海に身を投じるつもりだった。

海岸では、父親らしい男が逃げまどうわが子を殺し、それから海に向かって飛び下りた。母親が幼子を胸に抱いたまま崖《がけ》っ縁《ぷち》に向かって駆けだした。和子も何かにとりつかれたように崖に向かった。海からの強い風を受けた。その瞬間、赤峰の声が聞こえた。

（きっと帰ってくるんだ）

はっと我に返った。とたんに眼下の海の恐怖を覚え、あとずさりした。

和子は捕虜になり、ススッペキャンプ収容所に入れられた。そこでの生活も悲惨《ひさん》だった。捕虜だからといって、働かなければ食べてはいけないのだ。男はキャンプの外に働きに行くと、賃金の他に米兵からバターや缶詰、菓子、衣類などをもらった。仕事はきつい。炎天下での死体処理が主だった。腐臭の中、死体を引きずって穴に落とし込むのだ。

やがて、農場が作られ、捕虜たちは農作業をするようになった。女たちは厳しい労働についていけない。女たちの中には男に体を売って食べ物を得る者も出た。和子もそれをしなければ生きていけなかったが、日本人に肌を許すのがいやだった。特に、捕虜になった兵隊の男たちを許せなかった。皆自決していった中で、死ぬことさえ出来なかった男たちだという思いが嫌悪感となっていた。だから、米軍の将校に近づいたのだ。そのなかでスチーブン少佐は三十前の鼻の高い男で、日本語が片言話せた。和子はスチーブン少佐の現地妻のような格好になった。

ある日、その彼に和子は訴えた。

「私たち女はここではどうやって生きていけばいいんですか」

スチーブン少佐は眉根を寄せ、深い同情の眼差しを向けて、

「考えてみましょう」

スチーブンは日本に一度も行ったことがないが、彼の友人が日本に留学していたことがあるという。その友人がいまグアムに来ている。彼に相談してみようと言った。それから数日後、スチーブンがやって来た。

「彼が言うには、日本へ刺繡《ししゅう》入り枕カバーを土産に持って帰ったら、皆に喜ばれた。あれを作って、アメリカ兵の土産物として売ったらどうか、と言いました」

そう伝えてくれたのだ。捕虜の中で指導的役割をしていた男性とスチーブン少佐や他の米軍の兵士の協力で、捕虜の女たちは刺繡を覚え、枕カバーを作った。さらに、ミシン加

工や竹細工などと手を広げていった。

何とか女たちの自活の道を広げることが出来たが、和子はそれらの作業を手伝いながら、スチーブンに呼ばれるたびに彼の宿舎に出掛けて行った。そんな和子に、他の女たちは蔑《さげす》むような目をくれた。


サイパンにやって来てからもう六年になる。父や母はどうしているだろうか。妹や弟も元気だろうか。沖縄に帰った赤峰はどうしているだろうか。さまざまな思いが頭を過る。マップ岬で風の唸《うな》りに混じって赤峰の声を聞いた。あのときは赤峰だと思ったが、信吉の声だったのかもしれないと今になって思った。

「さあ、もういいでしょう」

スチーブンが裸の肩を抱いた。

「戦争も長く続きません。戦争さえ終われば、早く日本に帰れます。でも、私は寂しい。和子さんと別れたくありません。さあ、こっちへ」

和子はベッドに誘われた。スチーブンはやさしかった。だが、和子はグアム、サイパン、テニアン三島のマリアナ基地の七飛行場に集結しているというB29の大群に気が行っていた。

「東京は燃える。それが定めなのです」

スチーブンの手が和子の胸にかかった。

「いや」

和子は抵抗した。

2

信吉は六時に起床し、厠《かわや》で用を足してから冷え冷えとした洗面所で顔を洗った。袖口を濡らしたのはやはり気持ちの昂《たかぶ》りのせいだろうか。水を口に含んで吐き出しただけで顔を拭いた。歯を磨くのを忘れたのも、あのことに気をとられているせいかもしれない。仏壇の水を取り替えて手を合わせ、兄浩平の位牌《いはい》にきょうの無事を頼んでから居間に行った。

父が神棚に手を合わせたあと、天皇・皇后両陛下の写真に深々と一礼した。台所では母と鈴子が朝食の支度をしており、きのう帰ってきた道子が茶碗をちゃぶ台に並べていた。

ゆうべは久し振りに道子を交えて食事をした。母が近所から借りてきたお米で炊いたご飯を食べた。父は食事の間、ほとんど口をきかず黙々と箸《はし》を動かしていた。

「他じゃ、子どもたちは虱《しらみ》や蚤《のみ》との戦いだそうだけど、私たちは温泉でしょう。そこで助かったわ」

道子が疎開先の話をする。

「へえ。毎日温泉暮らしか。うらやましいな」

「親が恋しくて泣く子がいるかと思ったけど、皆なんとか頑張っているのよ」

末吉と道子の会話を母が笑顔で聞いている。鈴子もにこやかな顔だった。信吉の傍らに浩一が座っている。兄が仏壇から微笑んでいるような気がする。

「信吉は今夜はどこかに泊まってくると言っていたわね」

母が茶碗を置いて、顔を向けた。

「そうです。今夜は友人の壮行会があるので、そのまま友人の家に泊まってくるつもりです。明日はそこから工場に行くので、帰りは明日の夜になります」

大矢根から、明日の夜決行だと聞いたのはきのうのことだった。

「あら、兄さん。今夜いないの。そんな日に限って空襲があるんじゃないかしら」

道子が不安そうな表情で言った。明日の陸軍記念日に照準を合わせて、米軍は報復を兼ねて大きな空襲を仕掛けてくるのではないかという噂が流れていた。日露戦争で陸軍が奉《ほう》天《てん》を陥落させた三月十日を、のちに陸軍記念日と定めたのである。

前回の空襲が三月五日未明で、この数日間空襲のないところをみると、噂も無下《むげ》に否定出来なかった。

「末吉さんがいるからだいじょうぶですよ」

浩一がこぼした汁を拭きながら鈴子が言った。

「そうだよ、ぼくがついている。空襲だからって怖がることはないさ。必勝の信念があればまず大丈夫。沈着冷静に行動する」

まるで、隣組《となりぐみ》組長のような言い方だった。

「明日の帰りは何時頃になるんだい」

母が信吉にきいた。八時には帰れますと信吉は答えた。

柱時計はもう六時半に近かった。信吉は急いで部屋に戻り、帽子をかぶって玄関に行った。

「浩一、いい子で待っているんだぞ」

手足も細く、頬のこけている浩一の頭を撫でた。今に真っ白いおまんまをたらふく食べさせてやるからな。心でそう言い、信吉は浩一から離れた。

「行ってらっしゃい」

鈴子に見送られて、信吉は曳舟川通りに向かった。掘割に出ると、飛木稲荷の大銀杏《おおいちょう》の枝が目に入った。朝から上天気だったが、風が強かった。寒々とした川に朽《く》ちかけた小舟がもやってある。駅に向かう通勤客は誰も無言だった。背後から追ってくる足音が聞こえた。

「兄さん。待って」

道子が追ってきた。

「どうした？」

「途中までいっしょしましょう」

「学校か。早いじゃないか」

「久し振りだから、早く行きたいのよ」

道子は白い歯を見せた。妹とはいえ男女が並んで歩くことが憚《はばか》られたが、道子はそんなことを意に介さないようだった。

「おはようございます」

道子が挨拶《あいさつ》した男は隣組の班長だった。

「おや、帰っていたの？」

「はい。卒業式のために帰ってきたんです」

「ごくろうさまです」

そう言って、班長は去って行った。

道子の様子が以前と違うような気がしていた。具体的にどことというわけではない。おそらく内面から滲《にじ》み出て来ているのだろう。清々しい表情に、つい呟《つぶや》くように言った。

「なんだかずいぶんおとなっぽくなったな。それに、きれいになった」

「えっ。いやだわ。へんなこと言わないで。いやな、兄さん」

道子が妙にあわてたので、信吉は不思議に思った。道子の顔はおとなの女の表情だった。恋をしている女のそれでもあった。

「向こうで、いいひとが出来たんだろう」

頬を染めた道子を見て、信吉の心に温かいものが流れた。

「道子が好きになったひとならきっと素晴らしい男性に違いないな。いつか会わせてくれよ」

妙にしんみりした口調になった。

「兄さん。いやねえ、ひとりで勝手に決めちゃって」

道子は急に真顔になって、

「きょうの兄さん、少し変だわ。食事のときも妙に黙り込んでいたし……」

「俺が変？」

信吉はあわてた。冷静だと思っていても、今夜のことで神経が昂っているのかもしれな

「そうよ。へんなことばっかり言うんだもの」

最後は妙に嚙み合わない会話になった。道子は腑に落ちないような顔つきで、駅までやって来た。

「じゃあ、気をつけて」

信吉が手を上げた。道子は東武電車で浅草まで行くのだ。信吉はこの先の京成電車に乗る。

「見送るわ、時間が早いから」

道子は京成曳舟駅までついてきた。そしてホームに入った。信吉はそんな道子を不審に思ったが、俺の態度にいつもと違うものを感じて心配になったのかもしれないと思った。押上行の電車がやって来た。乗客が下りきってから、

「道子、気をつけてな」

と言い、電車に乗り込んだ。信吉はとば口に立った。たちまち車内は満員になった。道子は電車が出るまで見送るつもりのようだった。

「兄さん」

道子が扉の傍まで近づいてきた。

「私、結婚を申し込まれたの。相手は……」

閉まる扉に道子の声が消えた。信吉は大きく頷《うなず》きながら手を振った。口を大きく開き、おめでとう、と口の形を作った。電車が走り出し、またたく間に道子の姿が視界から消えた。

電車に揺られながら、道子に恋人が出来たことを喜んだ。相手はどんな男なのだろうか。道子をしあわせにしてくれる男だろうか。

押上から少し歩いて大通りに出て満員の都電に乗った。東の空に黒い染みのようなものを見て、胸が騒いだ。目を凝《こ》らしたが、ただ雲が流れているだけの、いつもと何の変わりのない空だ。気のせいだ。やはり神経が昂っているのか。

明日三月十日の陸軍記念日に報復空襲があるとすると、以前にも増して凄《すさ》まじい攻撃がなされるかもしれない。これまでの空襲で実際にどのくらいの犠牲者が出たのかは新聞にも詳細が出ないのでわからなかったが、被害が甚大だったことはひとの噂で伝わっている。鈴子の実家のある足立区梅田町でも数十人の死者が出たのだ。

耳にした話がある。東京都防衛本部では帝都空襲を予期して、その準備をしていた。関東大震災やベルリン空襲の被害などから、空襲における犠牲者を一万人と予測し、一万個の柩《ひつぎ》を用意していたというのだ。その犠牲者の収容手段や、火葬場、埋葬場所などの手当

ても ちゃんとしている。火葬のための燃料の薪《まき》も一万人分の用意をしているという。

こういった類《たぐい》の話はどこからともなく耳に入ってくる。柩の話は町会長が葬祭商業組合の理事から聞いたものらしいが、別のところからは浅草寺の裏手で山と積まれた柩を見たとか、区役所の土木課の倉庫には柩がたくさん用意されているという話も聞いた。真偽のほどはわからないが、先の話と合わせて、背筋の寒くなるような話だった。一万人の死者というのは多く見積もっているのかもしれないが、たいへんな数字に思え、またそれだけの犠牲者が出るまで空襲に対してなすすべがないのかという戦慄を覚えた。

B29は焼夷弾を使って来る。高熱を発して激しく燃え上がる焼夷弾は、日本軍が中国の都市攻撃ではじめて使ったもので、米軍がそれをさらに研究・開発して、油脂《ゆし》焼夷弾（ナパーム弾）としたものだという。木造家屋の密集した日本の都市に、この油脂焼夷弾は効果的に違いない。そう考えれば、一万人もの死者が想定されるのも無理はないのかもしれないと思った。

バスを下りてから江東橋二丁目の工場まで歩く途中で、足を引きずりながら歩いている水島に追いついた。信吉の顔をみて笑いかけた口許が強張《こわば》った。彼も緊張しているのだ。

彼の右の耳下に黒子《ほくろ》があることに初めて気が付いた。言葉をかわさずに門を入った。

工場がなんとなく騒然としているような気がした。兵隊や警察官の姿もあって、ものものしい。どうやら、今夜にあるかもしれない空襲に備えてのことだろうか。もちろん、工員の安全を図るためではない。

「ふざけてやがるぜ。人間より、工場が大事だってわけだ」

迫田が腹立たしげに言った。それも、幹部が私腹を肥やすための工場であって、必ずしも戦地にいる同胞のためのものではないのだ。

平野町にある材料倉庫には、アルミニウムが隠してある。それを奪い、禁制品密造の闇工場に高値で売り、食糧を手に入れるのだ。

失敗した場合は戦時刑事特別法により普通の窃盗よりさらに重い懲役刑が待っているが、大矢根は意に介さなかった。不正な隠匿物資の件を持ち出されて困るのは工場側だ。それを取引にして、警察への訴えを抑えることが出来ると自信に満ちて答えた。

信吉にとって微かな不安がないわけではなかった。大矢根は共産主義者ではないかということだ。信吉はアカでもないし、彼らの考えに共鳴しても、思想的には何もない。ただの怒りからである。この窃盗事件を、彼らに政治的、あるいは思想的に何らかの形で利用されるのではないかという不安もあった。

もっとも大矢根の言うことは間違っているわけではなく、躊躇《ちゆうちよ》する必要もないことだった。

持ち場に向かったが、材料がいつもよりずっと少なく作業の手を休めている工員たちを、田尾も憮然《ぶぜん》とした顔で見ていた。機械につける潤滑油もその他の消耗品もますます不足が顕著《けんちょ》になり、なかなか生産が捗《はかど》らなくなっていたのだ。

昼休みになって食堂に行った。食べ物の量がまた少なくなっているようだ。お湯のような雑炊を食べ、満足感のないまま、食器を片付け、庭に出た。水島と迫田がついてきた。晴れているが、春はまだ先のことで、北風が強かった。信吉は声をひそめて大矢根の子分のような迫田にきいた。

「大矢根さんは何をやっていたひとなんだ」

「知らないな」

分厚いレンズのメガネの奥から丸い目をのぞかせて、迫田は答えた。

「知らない？　だって、君たちは以前から親しかったんだろう」

「いや。俺が怪我をしたあと、何かと声をかけて来たので親しくしているが、あのひとのことは何も知らない」

信吉は意外に思った。てっきり、大矢根の子分のような存在だと思っていたのだ。迫田は徴用で今の工場に移ってきたが、もともと他の会社の従業員だった。機械いじりになじまず、つい腕を機械にはさんでしまい大怪我を負った。ところが、工場側は本人の不注意だとして何らの補償もしてもらっていなかった。その不満に大矢根がつけいったのかもしれない。

「大学を中退したと聞いたこともあるし、ジャーナリスト志望だったと聞いたこともある。でも、あのひとはあまり自分のことは言わないんだ」

隠しているわけでもなく、ほんとうに知らないようだ。迫田が訝《いぶか》しげに、

「でも、どうしてそんなことが気になるんだ？」

と、きき返した。

「今度の件が成功するかどうかはあのひとにかかっているからな。どういうひとか知っておきたいと思っただけだ。特に、深い意味はない。気にしないでくれ」

信吉は話題を変え、水島に向かい、

「家のほうは大丈夫なのか」

と、きいた。

「俺のところは大丈夫だ。妻と子は板橋の親戚に遊びに行くことになっている」

水島は余裕を持って答えた。迫田は弟がいるから心配ないと答えた。そういう自分はどうか。父は警防団の班長という立場上、自分の家のことにかまけていられないが、末吉がいるし、道子もしっかりしている。ふたりで、母と鈴子と浩一を守ってくれるだろう。

おい、と水島が目配せした。向こうから田尾が近づいてきた。

「大事の前だ。いっしょにいないほうがいい」

そう言い残し、田尾もそのまま去って行った。

午後の作業が始まっても、作業はしばしば材料不足から停滞を余儀なくされた。あちらこちらで手持ち無沙汰《ぶさた》を持て余しぎみな工員の姿が目につく。部品を倉庫から籠《かご》に入れて運び、一つずつ機械にかけていくのだが、潤滑油も少なく、機械の作動が思うようにいかない。信吉の扱っている機械も動きが鈍《にぶ》いようだった。

今夜だ。そう思うと、昂ってくる。俺たちだって自分の力で生き延びなきゃならないんだ、と自分に言い聞かせた。兄の顔を思い浮かべ、(兄さん、守ってくれ)と心で叫んでいた。


第二〇爆撃兵団司令官ルメー少将の指揮のもと、グアム島北飛行場から第三一四爆撃飛行団の誘導機が東京空襲に向けて飛び立ったのは日本時間九日午後五時過ぎだった。飛行時間は約六時間。十日午前零時前には東京に到着する。

続々とB29が飛び立って行くのを、サイパンにいる和子はなすすべもなく見送った。B29の編隊が一路東京に向かっているのを知る由《よし》もなく、信吉が工場を出たのは夜の八時だった。

北風が強く、肌を刺すように冷たい。駅前の暗い通りに、月明かりが射している。電車は勤め帰りのひとでいっぱいで、買物帰りのひとも多い。都電がガタゴト音を立てながら走って行く。いつもと違い、信吉は都電で東両国緑町《みどりちょう》まで行き、月島《つきしま》行きに乗り換え、区役所前の停留所で下りた。

清澄庭園の傍らにある大矢根の隠れ家は暗がりの中でわかりづらく、見つけるのにちょっと手間取ったが、やっと木造の家を見つけた。元の住人は空襲から逃れるために地方に引っ越したらしい。玄関を叩くと、すぐ中から扉が開いた。水島と迫田が先に着いていた。用心のために、皆ばらばらに工場を出たのだ。

「だいじょうぶだったか」

大矢根がきいた。

「だいじょうぶです。田尾さんはまだ？」

「まだだ」

信吉が板の間に腰を下ろしたとき、窓から外を見ていた水島が言った。

「来た」

田尾が汗を拭きながら入ってきた。肩から布袋を下げていた。

「何か飲ませてくれないか」

着くなり、田尾が言った。

「よし。揃ったから景気づけしよう」

大矢根は床下から一升瓶を出した。底に僅《わず》かしか残っていない。湯呑みを出して、それぞれに注いだ。真っ先に、田尾が湯呑みを口に持っていった。

「うめえ」

「あまり呑まないほうがいい」

お代わりを要求した水島の茶碗に少しだけ注ぎ足して、大矢根は言った。茶碗を持つ水島の手が震えているのは寒さのせいではない。緊張しているのだ。相変わらず、風の音が聞こえる。灯火管制下で、光が窓から見えないように裸電球に黒く塗ったボール紙がまかれて室内は暗い。

「まるで赤穂浪士だな」

吉良《きら》邸討ち入り前の赤穂浪士の気分だと、迫田が冗談めかして言ったが、誰も応じる者はなかった。

田尾が大矢根に顔を向けた。

「荷車の用意は出来ているんだろうな」

「ああ、裏に隠してある」

田尾が勝手口に向かった。信吉もいっしょに立って台所の窓から見ると、リヤカーの傍で若い男がたばこをすっていた。暗闇に赤い火がぽっと浮かんだ。

「あいつか、大矢根の知り合いってのは。何か気にくわねえな」

田尾はぶつぶつ言ってから、大矢根に向かって、

「なぜ、あいつは中に入ってこねえんだ」

と、きいた。

「人嫌いなんですよ。でも、力は強いから、荷車を引っ張るにはいい」

「名前は？」

「木元《きもと》です」

信吉は妙に思った。田尾が大矢根に探りを入れているように思えたのだ。ひょっとして、田尾は大矢根に不可解な部分を見ているのかもしれないと思った。そのことで、田尾と話し合ってみたいと思ったが、その時間はなかった。

風が不気味な唸りを上げている。妙な沈黙が流れ、息苦しくなった。

十時半頃に突如、警戒警報のサイレンが鳴った。大矢根がすぐラジオのスイッチをいれ、緊張した顔で耳を傾けた。

――東部軍管区情報、南方海上より、敵らしき数目標、本土に接近しつつあり。

信吉は耳を傾けた。東部軍司令部は勝浦《かつうら》南方に少数の国籍不明機を発見し、関東地方に警戒警報を発令したのだ。

――房総《ぼうそう》南部海岸付近にありし敵第一目標は南方洋上に退去しつつあり。

北風が雨戸を叩いているだけで、再び静かな時が流れた。

「なんだ敵機は何もせずに行ってしまったのか」

迫田が半分がっかりしたように言った。空襲のどさくさに紛れ込めば、犯行は絶対にうまくいくという計算があったからだ。

「どうするんだ?」

田尾が大矢根にきいた。

「もちろん予定通りさ」

大矢根は自信に満ちた声で答えた。警報解除の知らせもないまま十一時近くになった。

大矢根が台所の窓から木元を呼びつけ、何事か囁《ささや》いた。木元がどこかへ走って行った。田尾が大矢根にきいた。

「どうしたんだ？」

「町の様子を見に行かせた」

さっきの警報で、警防団の人間が町に飛び出しているのではないかと心配したらしい。木元が戻ってきた。警防団の連中がうろうろしていたが、他は特に変わった様子はないという。

「よし。行こう」

大矢根が落ち着いた声で言って立ち上がった。十一時だった。大きく深呼吸してから、信吉も立ち上がった。外は寒かった。大矢根について、信吉たちは暗い町を警防団の目を逃れながら目的の場所に向かった。

3

深川区役所を過ぎ、三好町二丁目にやって来た。町は死んだように眠っているが、家の中で人々は空襲の恐怖に息をひそめているのに違いない。三丁目から平野町に入った。仙台堀川の暗がりの手前に原っぱがあり、その奥に倉庫が見えた。

「あそこだ」

大矢根の声がした。横手に事務所がある。警備をしている人間がいるはずだ。倉庫の裏側にまわった。コンクリート塀の上にバラ線が張り巡らしてある。倉庫の裏からハシゴを持ってきて塀に立てかけると、木元が上ってペンチでバラ線を切り、それから飛び下り裏の鉄扉を開けた。

小柄な木元が先頭を切って倉庫に向かった。大きな錠を見て木元が木のハンマーを振り下ろす。激しい音が響いた。

「よせ」

田尾が制止した。しかし、木元は構わずハンマーを振った。そのたびに、激しい音がした。信吉は事務所のほうを気にした。

大きな音と共に錠が壊れた。水島と迫田が扉を開いた。田尾が真っ先に飛び込んだ。信吉も続く。それは目の眩むような光景だった。アルミニウム以外にも米や砂糖などが山積みされていた。誰からともなく感嘆《かんたん》の声が上がり、獲物に向かって飛びついて行った。信吉もリュックの中に缶詰や砂糖などを詰めた。それから、リヤカーにアルミニウムの入った箱を積み込もうとした。

そのときだった。数人の駆け寄る足音がし、いきなり明かりに照らされた。目が眩《くら》んだのと狼狽《ろうばい》で、信吉は段ボール箱を落とした。大きな音がした。

「どうした?」

声をかけた田尾も、外からの明かりに気づいて、あっと声を上げた。

「おまえたち、何をしている」

見張りの男が一喝した。

「どうする」

信吉は声を震わせた。ところが、予想外のことが起きた。

「事務所だ」

と叫び、見張りの男があわただしく倉庫の前から消えた。

「どうしたんだ?」

何が起きたかわからず倉庫の入口まで行ってみると、辺りが明るい。それにきな臭かった。

「火事だ」

迫田が叫んだとき、大矢根の声が聞こえた。

「逃げろ」

大矢根が事務所に火を放ったらしい。

「行くぞ」

田尾の声で、皆一斉に駆けだした。来た道を戻りかけたが、前方からひとが駆けつけて来るのを見て、右に折れて東に向かって無我夢中で駆けた。リヤカーは捨てざるを得なかったが、リュックだけは背中にある。

背後が明るくなった。事務所が燃え上がった。三ツ目《みつめ》通りに突き当たり、左に曲がり、北上した。

小名木川《おなぎがわ》の大富橋《おおとみばし》を渡ったところで、田尾が走る速度を緩めた。追手はなかった。この辺りは高橋《たかばし》四丁目だ。

「なんとか逃げおおせたな」

田尾の声に、信吉も荒い息の下で言った。

「大矢根さんが火をつけてくれたから助かった」

「ふたりはどうした」

田尾が険しい顔で言ったとき、不気味な唸り声を聞いた。田尾が空を見上げた。信吉も耳を澄ました。やがて、低い音が頭上を走り去って行った。敵機ではないのか。冷たいものが顔に当たった。匂いをかいで驚いた。

「ガソリンだ」

「なんだって」

田尾も手の匂いをかいで叫んだ。今の飛行機がガソリンを撒《ま》いて行ったのだろう。いや、焼夷弾だ。あわてて手拭いで拭き取ったが、リュックが濡れていた。突然、炸裂音と共に近くが明るく光った。夜空がさっきより赤く染まり、そこに炎を映して胴体を染めたB29が低く飛んで行くのがはっきり見えた。

「空襲だ」

B29の飛来する音が聞こえた。しばらく経って、ヒュルヒュルという音がして、爆発音と共に夜空が明るくなった。上空低く飛んで行くB29を茫然《ぼうぜん》と見送る。

「この一帯を標的にしているようだ」

田尾が叫んだ。たちまち周辺が炎で不気味なほど明るくなった。近くで焼夷弾の破裂する音がした。

音はあちこちから聞こえた。鼓膜《こまく》がおかしくなりそうだった。間断なく空から焼夷弾が降ってくる。そのうちに地上から空に向かって光が走った。高射砲が発射されたのだ。まるで豪華な花火を見ているようだ。一瞬、幻想の世界に入り込んだが、ふと我に返ったとたん、恐怖が襲った。

家々から防空頭巾をかぶったひとたちが飛び出してきて、バケツで水をかけだした。箒《ほうき》を持っているひともいる。火を消し止めなければならないからだ。

「火を叩き消せ。逃げるな」

鉄兜の警防団長らしき男が絶叫していた。消火活動をせずに逃げた場合には処分されるのだ。道路上にひとがあふれた。後方に見える木場の材木置場辺りから火が出た。前方に、大火災が渦《うず》を巻いていた。

「こっちは無理だ。あっちだ」

田尾が叫ぶ。火の粉が信吉たちを襲った。

「リュックを捨てろ」

田尾の絶叫で、信吉がリュックを放り投げた。リュックに炎が移っていた。田尾もあわててリュックを捨てた。水島と迫田は離そうとしなかった。

消防車のサイレンが悲鳴のように夜空に鳴りひびく。隣町に向かうと、そこの警防団の人間も逃げ出していた。箒を持って火の粉を叩いている防空頭巾の婦人に、田尾が怒鳴った。

「そんなことをしてもだめだ。逃げるんだ」

夢から覚めたようにはっとし、婦人は急いで奥に引っ込んだ。荷物を取りに行ったのだろう。白河町《しらかわちょう》、三好町、高橋など火の帯が出来ていた。爆弾の音に悲鳴が重なった。

電車通りから一歩入ったところに公園があり、大きな防空壕があった。混乱して、正確な場所がわからなかった。

防空壕は、ひとでいっぱいだった。

「よその町の人間はだめだ」

とば口に立っていた鉄兜《てつかぶと》の男が手を振りながら怒鳴った。

「なぜだ？」

「一杯だ。別のところへ行け」

問答している余裕はなかった。

「あっちだ」

田尾が信吉の体を押した。火の手の少ないほうに向かって駆けた。森下町《もりしたちょう》方面に向かおうとしたとき、迫田が大声で押し止めた。

「そっちは風上だ。大横川《おおよこがわ》に行ったほうがいい」

そうだと水島が応じた。

「風がまわっているのだ」

田尾の声はふたりに届かなかった。

通りは大混乱になっている。逃げてくる人間と、彼らのいた方へ逃げようとする人間がぶつかり合い悲鳴が幾重にも重なった。空き地にある防空壕に逃げたり、子どもの手を引いて学校や公園に避難するひとでおしあいへしあいだった。信吉たちは行き場を失って立ち止まった。

西から東に風が吹き、火の粉が飛んで来て、人々の上に舞っている。荷物の上に落ちれば、瞬《また》く間に火がつく。

「荷物を捨てろ」

田尾がやって来る罹災者《りさいしゃ》に怒鳴ったが、泣き叫ぶ声に消される。赤ん坊をおぶった女が両手に幼い子の手を引いて防空壕の前で泣き崩れていた。入れてもらえないらしい。いっぱいなのだ。なんとかならないのかと思ったとき、防空壕の中から男が飛び出してきて、母親と子どもたちを中に入れた。

「どうしたらいいんだ」

中年の男が目をこすりながら泣き声を出した。信吉も目が痛かった。炎の輪が広い範囲にわたっている。Ｂ29の巨大な胴体が大きく迫って来た。

「あっちだ」

田尾が叫んだ。彼のあとに従いながら、信吉は自分の家に心が向かったが、それも一瞬で、自分の身を守ることだけで精一杯だった。

「ここはどこですか」

信吉はきいた。

「さっきの電信柱に猿江《さるえ》とあった」

田尾が大声で答えた。そんなはずはないと思った。猿江町は大横川の向こうだ。橋を渡った記憶はない。方向がわからなくなった。リヤカーに荷物を積んで逃げる家族で道路はごった返した。眼前に巨大な炎が立って凄まじい勢いで走った。

「だめだ。進めない」

方向を変えた。炎の少ない場所に足を向けると、強制疎開地跡の広場に出た。避難民がたくさんいた。ここでも防空壕はいっぱいで入れなかった。

信吉と田尾はそこを出て、闇雲に走った。炎で明るくなった電信柱に森下町とあった。やはり、さっきの猿江というのは田尾の勘違いだったようだ。ふたりは隅田川を目指したが、火の手が激しく先に進めなかった。ついて来ていたはずの水島と迫田の姿がなかった。いつの間にか、ふたりと離ればなれになっていた。

寺を見つけ、逃げ込んだ。境内や墓地にはすでに何人かのひとが避難していた。横にいたひとに場所をきいて、ここが千歳町だとわかった。

落ち着く間もなく、本堂が炎に包まれた。あわてて山門に向かったとき、女性の絶叫を聞いた。

「助けて、子どもが」

焼け落ちた柱の下敷きになって子どもがうめいていた。炎が襲いかかってくる。信吉の一瞬の迷いを吹き飛ばしたのは田尾の声だった。

「おい。端を持つんだ」

無意識のうちに体が反応し、田尾とふたりで柱をどかした。背中に炎が襲いかかっても、子どもの救出に当たった。田尾が柱の下に体をもぐりこませた。信吉はその隙間から子どもを引っ張りだした。六歳ぐらいの女の子で、髪は燃え、顔も煤《すす》だらけだった。柱が崩れ、今度は田尾の脚がはさまった。

母親が子どもを抱き締めているのを境目に、信吉は他の木を差し込んで梃子《てこ》にして、やっとの思いで田尾を助け出した。

「さあ、早く逃げよう」

田尾が大きな声で言った。旋風が炎を運んでくる。寺の大屋根から火が音を立てて吹き下ろしてきた。すさまじい火勢に追われ、信吉と田尾は転げ出た。

「今の母娘《おやこ》は？」

田尾がきいた。あわててまわりを見たが、姿はなかった。信吉が境内に引き返そうとするのを田尾が止めた。

「無駄だ」

今の炎の襲撃にやられたのかもしれなかった。せっかく子どもを抱いて喜び合っていたのにと、信吉はやりきれなかった。そんな感傷に浸《ひた》っている場合ではなかった。横手から炎が吹きつけてきた。

炎に包まれた男が助けを求めていたがどうすることも出来なかった。何かの物体が旋風に空中に舞い上げられた。赤ん坊だった。母親の絶叫もすぐ途絶えた。

前方にひらひらと赤い紙のようなものが舞っている。それも一枚や二枚ではなかった。足が竦《すく》んだ。真っ赤に燃えたトタン屋根だ。それが一転急降下し、凄まじい勢いで逃げまどう人々の真っ直中を襲った。男のひとの首が切断され、宙に舞った。別のひとの腕が飛んだ。トタンはまだ風に飛ばされている。

目をそむけ、ひた走る。何かを踏んづけた。死体だった。道路にいくつもの死体が横たわっているのを目の端にとらえて駆けた。

火焔放射器から吹き出る炎のようだ。逃げまどう一団に炎が襲いかかり、一瞬にして彼らの生命を奪った。

川に出た。また小名木川に出たのだ。愕然《がくぜん》とした。千歳町から反対に駆けて来てしまったのだ。川に筏《いかだ》で逃れた人々の絶叫が響いた。両岸の家に燃え上がった火の粉が川面《かわも》に押し寄せ、筏の丸太を組んでいた縄を燃やし、ばらばらになった筏からひとが川に落ちた。その上に、火の粉が舞い降りている。

無事な筏に大勢のひとが乗り、その縁を水の中から摑んでいる者が何人もいる。水中から手が伸びるたびに筏が大きく揺れた。

「お母さん」

筏に摑まっていた若い女が叫んだ。母親が力つきて、ついに筏から手を離してしまったのだ。娘の絶叫が轟音に消された。

川端に何人もひとが倒れていた。B29は手を伸ばせば届きそうな位置から焼夷弾を落とした。体が熱くて仕方無い。洋服から煙りが出ていた。

どこをどう逃げ回ったのかわからない。気がついたとき、空き地に逃れていた。会社の敷地のようで、建物は燃えて崩れていたが、電信柱が焼け残っていた。周囲には逃げ延びてきた数十名の人々が警防団員の指図にしたがって丸く固まっていた。その輪の中に、ふたりは入った。信吉も田尾も衣服は半分ほど燃えてなくなっていた。他のひとも、ほとんど肌を露出していた。

喉が渇いてならなかった。近くの民家が燃えて、熱風が襲いかかる。熱くてたまらなかった。温度がだんだん上昇して行くようだ。いきなり泣き声が聞こえた。だめだったか、という声が聞こえた。そのほうに目をやると、母親らしい女は放心した表情のまま赤ん坊を抱き締めていた。赤ん坊の息が絶えたらしい。鈴子の顔が浮かび、浩一を思った。

「もう最後かもしれねえな」

誰かが呟いた。空は真っ赤に染まっている。息も荒くなった。兄の顔が浮かんだ。子どもの頃の兄だ。父や母も若い。道子が末吉をお守りしている。急に兄の顔がおとなのものになり、代わって鈴子の顔が浮かんだ。浩一がしがみついてきた。片手で浩一を抱き締め、もう一方の手で鈴子の手を握ったとき、鈴子の顔が別の女になった。和子だった。いつの間にか、玉ノ井の店の部屋にいた。捨てないで、と和子が泣き喚《わめ》いているのを聞こえぬふりをしている。そんな自分をもう一つの覚めた自分が冷たい目で見ていた。

がくっとして目が覚めた。一瞬寝入った瞬間に夢を見たらしい。あちこちから呻《うめ》き声が聞こえた。熱さで肌がやけるように痛かった。

田尾が立ち上がった。信吉は霞《かす》んだ目で田尾の姿を追った。ついていく気力はなかった。しばらくして、田尾が戻ってきた。鍋のような器を持っていた。それを順次皆の頭の上からかけた。水だ。また、空の鍋を持って姿を消し、水を汲んできた。田尾の行為の意味がわかって、信吉は気力を振り絞って立ち上がった。焼け跡から鉄兜を見つけ、田尾のあとについて水の出ている場所に行った。風呂屋の天水桶《てんすいおけ》の水だった。そこから水を汲んでは皆にかけてやった。

「誰か、動けるひとはついて来てください」

信吉は怒鳴った。すぐに立ち上がるものはなかったが、やがてひとりふたりと男たちは立ち上がって来た。ある者は帽子を、ある者は鍋を持ち、同じように水を汲んでは皆の所に戻った。また新たな炎が上がった。蒸風呂のようだった。信吉たちはせっせと天水桶から水を汲んではうずくまっている人々にかけてやった。水に浸した手拭いをまわし、口や鼻に当てるように言った。

八歳と六歳くらいの男の子がふたり、いっしょに水を汲んで、母親らしき女性にかけてやり、それから他のひとにも水を与えた。信吉たちは何度も往復した。

どのくらい時間が経ったのだろうか。敵機の姿はなく、熱風は衰えていた。疲れ果て、体の感覚がなくなり、信吉はその場に崩れるように横になった。手さえ動かすことが出来ないのに神経は冴えていた。霞んだ目に壁によりかかっている田尾の姿が見えた。信吉は田尾を不思議に思った。血も涙もない鬼のような男だと思っていた彼が他人のために尽くしたのだ。さっきは子どもを助け、今はここにいるひとたちを救った。

「あなたたちのおかげで助かりました」

煤だらけの顔を向け、警防団の男が田尾と信吉の手をとった。

「俺は何もしちゃいませんよ」

田尾は疲れた声で言う。

「田尾さんのおかげでみんな助かったんです」

横たわったまま信吉は素直な気持ちで言った。田尾は何も答えなかった。暗くて表情はわからなかったが、口許に笑みを作ったように思えた。

「水島や迫田たちはどうしているでしょう」

信吉は離ればなれになった仲間を心配した。

「大矢根はどうしたかな」

その言い方は、大矢根を心配しているようには思えなかった。何か他に真意があるのだと思った。

「大矢根さんがどうかしましたか」

「なぜ、あいつは倉庫に入って来なかったんだ」

そう言えば、木元がハンマーで鍵を壊しているとき、大矢根の姿はなかった。事務所の様子を窺っていたのだろうか。そんなことを考えていたが、だんだん体が地の底に沈んで行くように重たくなっていた。いつしか寝入っていた。

　目が覚めた。隣で田尾が横になっている。空が白みはじめてきた。起きているひとも何人かいた。そのひとたちの表情に安堵感が生まれたようだ。どの顔も真っ黒にくすぶり、眉《まゆ》や髪の毛は焼けていた。衣服はぼろぼろで、手足に火傷を負っている者も多かった。信吉も目が痛くてならなかった。

「どうやら、生き延びたらしいな」

　田尾が半身を起こして言った。

「夜が明けました」

「俺は行く」

　田尾が声をかけた。信吉も立ち上がった。鉛《なまり》を埋められたように足が重かった。ひとの間を縫い、大通りに出たとたん、棒立ちになった。一面の焼け野原で、所々に建物の残骸が見える。バスも都電も焼けたままの形で残っている。信吉は瓦礫の中を隅田川に向かって歩いた。道路には飛んできたトタン板や瓦が散乱し、電柱が倒れ、垂れた電線が道路を塞いでいた。それらをよけながら歩くうちに、朝日が赤く燃えながら昇ってきた。

　知らず知らずのうちに脚を引いていた。痛みに気づいて脚を見ると、血が流れていた。太股《ふともも》がぱっくり割れていたのだ。手にも傷があった。田尾も腕を押さえている。

途中、リヤカーを引いていく親子連れに会った。焼け出され、親戚の家を頼って行くのだろうか。罹災者がもくもくと歩いて行く。斜めに傾いた電信柱からまだ白い煙りが出ていた。

国民学校の脇を通った。校舎は残っている。鉄筋コンクリート造りで、火災には強かったようだ。しかし、講堂が焼け落ちており、その周囲に夥《おびただ》しい焼死体が転がっていた。

大横川にも死体がたくさん浮かんでいた。さらに、黒く炭のようになった死体が道端に転がっている。その中に、赤ん坊を背負ったまま真っ黒焦げになっている母親の焼死体があった。省線のガードの下にも黒い物体が幾つも転がっていた。皆衣服は焼かれ、全裸だ。死体を見ても無感動になっていた。ただ、母親が赤ん坊を胸でおおった格好で死んでいる炭化死体を見たとき、必死に子どもをかばった親の心情が伝わってきて胸が締めつけられた。

遠くに浅草の松屋が見えた。ビルの残骸が朝日を受けて光っている。両国国技館のドームだ。水道管が破裂しているのだろう、至る所で水が弱々しく噴いている。

亀沢町《かめざわちょう》二丁目にやって来て、小さな公園の脇を通ってからいきなり田尾が駆け出した。立ち止まり、辺りを見回してからまた駆けだした。少し先に国民学校の校舎が見えた。田尾が瓦礫を片付けはじめた。

「田尾さん。ひょっとして、ここは田尾さんの家……」

途中で言葉を呑んだ。田尾は瓦礫を持ったまま虚《うつ》ろな目をした。

「どこかに避難したんですよ」

家族のことを信吉は言った。

「そうだな」

田尾はぽつりと言った。ここで待っていれば帰ってくるだろうと言い、田尾は信吉に家に早く行くように言った。

信吉は田尾と別れ、ひとりで歩きだした。痛みが周期的に押し寄せてくる。焼け残っているのは鉄筋コンクリートの建物ぐらいで、あとはほとんど全滅だった。本所区役所が破壊されずに残り、同愛記念病院の建物が見えた。途中で行き交うひとも皆口をきく気力さえないようだった。道路には死体が点々と続いている。父や母の生存の見込みはないかもしれない。鈴子と浩一の顔が過《よぎ》り、涙が込み上げてきた。

トラックが死体や残骸などの障害物を避けながらのろのろ走っている。白衣の女性が乗っているのを見て、救護の車だと思った。脚の痛みは激しくなっていたが、それより目が痛くて仕方がなかった。炎と煙りの中で逃げまどい、目をやられたようだ。気がつくとそのトラックを追って足を引きずっていた。

本所国民学校に救護所が出来ていた。信吉は校庭に入ったが、教室や講堂は避難者であふれていた。治療を待つ人々の列に並んだ。肉親を捜して叫ぶ声や、傷の痛みからの悲鳴などが聞こえてくるが、大勢のひとがいるわりには静かだった。皆口をきく気力もないのだろう。突然、「おかあちゃん、おかあちゃん」と泣き叫び出した女の子の声が胸を抉った。母親がたった今息を引き取ったところなのに違いない。

頭部をやられたらしい十歳ぐらいの男の子が運ばれてきた。手がぐったりと垂れている。軍医や看護婦が急遽《きゆうきよ》その子どもの治療にかかった。重傷だということは一目でわかった。頭部に破片が突き刺さっているようだ。信吉の場所からは治療の様子はわからない。三十分ほどして、前のほうから小さな拍手が起こった。手術が成功したらしい。

やっと順番になった。看護婦に食塩水で目を洗ってもらい、目薬を差すと痛みは消えた。塵埃《じんあい》や煤が目に入り、急性の結膜炎を起こしたのだと言われた。脚の傷をオキシフルで消毒し、破傷風の血清を注射してもらった。腕の火傷はたいしたことはなかったので消毒だけで済んだ。

外に出て、講堂の横にたくさんの死体が横たわっているのに気づいた。信吉は先を急いだ。

瓦礫の山を踏み越え、死体を避けて、ようよう歩いてきた。途中、喉が渇き、瓦礫の中の水道管から噴き出している水を飲んだ。空腹は感じなかった。

業平《なりひら》の都電通りに出た。押上に向かう道は死体と瓦礫で埋まっていた。業平から曳舟川通りに入り、言問警察署の前を通った。巡査が呆然として立っている。掘割沿いを急ぎ、東武のガードをくぐったとたんに目に飛び込んだのは途中から折れた銀杏の樹だった。半分焼けてしまっている。飛木稲荷の大銀杏。兄との絆《きずな》を断ち切られてしまったような衝撃だった。

気を取り直し、家のほうに急いだ。家は焼け落ちていた。道端に倒れている焼死体をおそるおそる覗き込む。もしかしたら鈴子ではないか、浩一ではないか。いや、父か母かもしれない。まさか、道子が、末吉が、という胸の塞ぐような思いで死体を調べたが、どれも違っていた。

焼けた柱や瓦礫を片づけはじめたとき、四十年配の巡査が通りかかり、

「このへんのひとは皆、一寺《いちてら》に避難している」

と、教えてくれた。巡査の顔も煤けていた。たちまち、冷えきった体に体温が戻るのを感じた。礼を言ってから、さっそく第一寺島国民学校へ向かった。途中、知り合いの畳屋の同級生の家の前を通った。焼け跡を片づけていた若い男がこっちを向いた。

「無事だったのか」

同級生の彼が声をかけた。

「君も無事でよかった。家のひとは？」

「助かった。それにしてもひどい目に遭った」

「深川、本所は全滅だ」

信吉が言うと、彼はもう感情など喪失してしまったらしく、

「たぶん、東京中がこんなだろう」

と、虚ろな目を向けた。

建物疎開で防火地帯となっていた場所に炭化した死体が転がっていた。防空壕の中も死体が埋まっていた。焼け跡を後片付けしているひとの姿が目につく。第一寺島国民学校に着いた。講堂や教室は罹災者であふれていたが、身内はいなかった。道子も末吉の姿もない。吾嬬《あづま》西公園にも避難しているひとがいるというので、そっちに足を向けた。

瓦礫の下に死体が横たわっている。その傍らに、幼い子がふたり、茫然としゃがんでいた。声をかけようとすると、母親らしき女がやって来たので、そこから離れた。

向こうから自転車に乗ってくる男のひとがいた。名を呼ばれた。近所の床屋の主人だった。

「無事だったか」

「はい。おじさんもご無事でしたか。皆さんはいかがですか」

「かみさんの兄さんがやられた」

「そうですか。父や母を知りませんか」

「荒川土手のほうに逃げたはずだ」

京成の線路を伝って荒川放水路に向かって行ったという。信吉はすぐに曳舟川通りの掘割に沿って荒川放水路に向かった。辺りは焼け野原であり、工場の赤レンガ造りの建物だけが残っている。掘割の中にも死体が浮かんでいた。もしやと思い、顔を覗くと近所のおじさんだった。土手に近づくにしたがい、焼け残った家が多く、電信柱もちゃんとしていた。更正橋《こうせいばし》を過ぎ、突き当たった土手に上がったが、閑散としていた。通り掛かったひとに尋ねると、四ツ木《よつぎ》橋を渡って行ったひとも多いが、その向島更正国民学校にもだいぶ避難者がいるという。

土手を下り、向島更正国民学校に向かった。

「高森信蔵はおりますか。高森みつ、鈴子、道子、浩一」

信吉が叫びながら教室を覗いていると、三階の奥の教室に、写真屋の奥さんがいた。そこに、見知った顔のひとたちが固まっていた。

「皆さん、ご無事だったんですね」

信吉の声が高まった。

「風が北から吹いているから、荒川土手に向かって逃げたんだ」

八百屋の隠居が言う。

「父や母を知りませんか」

「お母さんならさっき家に向かったわ」

写真屋の奥さんが教えてくれた。

「あとは」

「鈴子さん浩一くんの三人」

父と道子と末吉の名前は出なかった。ともかく母たち三人の無事を確認して、安堵の胸を撫でおろし、休む間もなく引き返した。途中で擦れ違ったのかもしれない。

再びわが家に戻ると、後片付けをしているモンペ姿のふたりがいた。足音に気づいてふたりが同時に振り返った。母と鈴子だった。

「信吉さん、無事だったのね」

鈴子が駆け寄ってきた。鈴子の肩を抱きながら、母を見た。母もほっとしたようで、煤けた顔に笑みが浮かんだ。

「浩一は？」

その声が聞こえたのか、瓦礫の中からもそもそと小さな体を出してきた。

「おじちゃん」

「浩一、怖かっただろう」

信吉はしがみついて泣きじゃくる浩一を抱き上げた。

「父さんは？」

「わからないの」

父は警防団員として町内の避難誘導に当たり、末吉は京成電鉄の線路まで皆を引き連れ、荒川土手方面に逃げるように言ったあと、工場に行ったという。

「道子はどうしたんですか？」

「わからないの」

母は暗い表情になった。鈴子が不安顔で、

「家をいっしょに出たんだけど、途中で忘れものをしたって言って戻ったの」

「忘れもの？」

「万年筆だって言っていたわ」

京成の線路は避難するひとの群れで、はぐれないようにするのがたいへんだったという。土手もひとの山だった。しかし、あとから逃げて来たとしてもどこかで会っているはずだ。たかが万年筆を忘れたくらいでなぜ引き返したのだと腹立たしくなった。

その後、焼け跡を掘り返し、まだ使えそうなものを探し出した。鍋や薬罐、それから乾《かん》パンや味噌《みそ》や餅などが見つかった。陽が傾いてきて、寒くなった。

「きょうは学校で休みましょう。ここには立て札を立てておけばいい」

と信吉は言い、焼け跡から見つかった浩一のクレヨンで、板切れに第一寺島国民学校にいると書き、母、鈴子、浩一、そして自分の名前を書いて土に差し込んだ。

途中で浩一を背負い、第一寺島国民学校に行った。避難者でいっぱいだったが、講堂の片隅に場所を見つけた。

毛布が配られ、握り飯や乾パンも渡された。夢中でほおばった。やっと一息ついたとき、突然、痛い、痛いよう、という悲鳴を聞いた。皆知らん顔をしている。近くのひとが、無表情で教えてくれた。

「中学生の子どもが火傷を負っている。どうしようもないんだ」

信吉はひとをかきわけてそのほうに行ってみた。女の子が呻いていた。息が荒い。傍らに、母親らしい女が茫然としている。田尾だったら、何かをしてあげるはずだ。信吉は大声で怒鳴った。

「お医者さんに連れて行きましょう」

「医者だって焼け出されているんだ」

「救護班が本所国民学校に来ている」

「無駄だ」

「諦めるのは早いですよ」

「無駄なんだよ」

もう一度押し殺した声が聞こえた。父親だという。背筋が冷たくなった。しばらくして、女の子は母親の腕の中で静かになっていた。

誰も放心状態で、ひとの死にも感情は湧かないようだった。死はすぐ傍《そば》にあった。

信吉は無性に眠かった。膝を折り曲げて横になった。疲労が極に達しているが、目を閉じると炎が迫ってくる。道子と末吉の安否が気になって寝つかれなかった。早く捜さねばならないと気ばかり焦った。

夜中に目が覚めた。睡眠不足と疲労から頭痛がした。母は肩を落として座っている。浩一が鈴子の腕の中で寝息をたてていた。そっと立ち上がり、信吉は外に出た。三月十日の夜が終わり、十一日に変わっていた。

晴れた夜空に星が輝いていた。すべてのものを凍《い》てつかせてしまうかのように、風は冷たかった。

咽《むせ》び泣きが聞こえてきた。その声に誘われて、講堂の裏手にまわってみた。石の上に腰を下ろしている影が見えた。三十ぐらいの男がつっぷして声を抑えて泣いていた。信吉は脇に近づいた。

男がゆっくり顔を上げた。手に何か持っている。布製の人形だった。半分焦げている。

「どうしたんですか。こんなところにいたんじゃ寒いですよ」

男は嗚咽《おえつ》を堪えている。

「それ、娘さんのものですか」

手の人形を見て想像がつき、信吉にとっても辛い質問だったが、男の心を打ち解けさせるためには仕方ないと思った。

「子どもの手を離したんだ。あのとき、そうしなければ、俺もやられていた」

子どもといっしょに川に飛び込んだものの、そこにも炎が迫り、子どもの手を離さなければこっちもやられると思い、わが子の手を振りほどいて岸に逃れたと言う。岸から川を見たが娘の姿はなかった。この男は娘の手を離したことを気に病んでいるのだ。

「娘さん、お幾つだったのですか」

「六歳だ」

六歳……。もっと年齢が上なら助かっている可能性も考えられたが、六歳では無事ではいまい。男を慰める言葉を見出せなかった。寒くなって中に戻ろうとしたが、男は動こうとしなかった。

「早く、中に入ったほうがいいですよ」

「もう少ししたら入ります」

男が言った。もうしばらくひとりにしておいてやろうと思い、心を残しながら信吉は講堂に戻った。鈴子が目を開けていた。その手を握ると、彼女が握り返してきた。生き延びなくてはいけないのだという思いが激しく湧き起こってきた。

夜が明けて、ゆうべの所に行ってみると、男がそこで寝ていた。一晩中そこにいたらしい。信吉は声をかけた。だが、目を覚まさない。そっと体を揺さぶってみた。体は冷たくなっていた。信吉は合掌してから毛布をとってきてかけてやった。

信吉は父たちを捜しに出掛けた。父は警防団員として住民を避難させようとしたのだ。あっちこっちの避難場所に行き、誰彼構わず尋ねた。曳舟川の水を汲んでいたはずだと言うひともあれば、押上のほうに駆けて行ったという者もいた。情報は錯綜《さくそう》し、何が事実かわからなかった。あの大混乱の中で、皆自分の命を守るだけで精一杯だったのだ。

焼け残った病院ではたくさんの怪我人が治療を受けていた。そのひとたちの顔を順番に見てまわり、さらに別の病院へと移った。

誰かの、末吉と道子を見たという話に隅田堤に行ってみた。三囲神社の石の鳥居を過ぎると、臭気がだんだん強くなってきた。土手から下を見て目を見張った。隅田川に死体がたくさん浮かび、水を隠している。あの中にふたりがいるかもしれないと思い、目が飛び出しそうになるほど凝視した。

目の前の葦《あし》の中に倒れている坊主頭の男が末吉のように思えた。死体を踏みつけて、傍によって体を起こした。そのとたん、信吉は声を上げた。皮と肉が剝がれて腐汁が顔にかかったのだ。末吉ではなかった。

言問橋に向かった。橋の上には焼死体が折り重なるように倒れていた。ぼろぼろの布をまとっただけの初老の男が近づいて来て、無感動な声を出した。

「浅草の人間は言問橋を渡って、隅田公園に逃げようとし、隅田、寺島の人間は浅草の観音様の境内に向かったんだ。両方から逃げてきたひとがぶつかった。あとからあとからひとがつめかけもみあった。橋は大混乱になった。そこに、火の粉が飛んできて、橋の上は火の海になったんだ」

その中からやっと逃れて助かったのだと男は言った。信吉は諦めて引き返した。すると、前方で三人の男がさっと遺体に駆け寄って腰をかがめた。身内の遺体の確認をしているのかと思ったが、様子がおかしいことに気づいた。遺体から何かを取り出し、ポケットに入れた。カッと頭に血が上り、信吉は夢中で駆け出した。

「おい、何をしているんだ」

煤けた顔の目つきの鋭い男たちだった。

「知り合いを捜しているんだよ」

「ポケットに仕舞ったのは何だ？　遺品を奪うなんて、なんて卑劣なんだ」

信吉は怒りがこみ上げて来た。

「こいつらにはもう不要のものだ。生きているものの役に立てば、死んだ者も浮かばれるってもんだ。そうじゃねえか」

「死者をとむらおうって気持ちはないのか」

怒りが爆発して、信吉は男に飛びかかった。他のふたりが加勢に入った。信吉が足を摑まれ、体勢を崩した。そのとき、棒を振り回しながら若い男が飛んできた。三人はあわてて逃げ出した。

「あいつら。まだ遺品漁《あさ》りをやっていやがったんだ」

その男の声に、信吉は顔を見た。包帯から覗く頭髪は焼け縮れ、顔も煤けており、衣服も半分以上焼けていた。信吉は夢を見ているように思った。

「末吉、末吉じゃないのか」

信吉が驚いて声を上げた。

「兄さん。助かったのか」

末吉が白い歯を見せた。

「末吉、無事だったのか。よかった、よかった」

信吉は駆け寄って手をとり、いっときの喜びに浸ったあと、

「父さんと道子は？」

と、きいた。

「姉さんはいないんだ」

「えっ」

「母さんたちと京成の線路のところにやって来たときは、姉さんもいっしょだった」

万年筆を取りに戻ったあと、風向きが変わり、押上に逃げたのだという。電車通りも架線は垂れ落ち、イチジク浣腸の焼けたビルが建っているだけで、あとは一面の焼け野原だった。三菱銀行の前にも死体がたくさんあった。

末吉が、うっと呻いた。改めて、末吉の痛ましい姿に気づいた。

「どうした、どこかやられたのか」

「柱が倒れてきたんだ」

工場に向かう途中、倒れてきた柱が体を襲った。気がついたとき、救護班になっている国民学校の講堂にいた。治療を受けてからずっと眠っていた。やっと、起き上がって家に向かうところだったという。

「歩けるか。早く、母さんの所に行って安心させてやろう」

信吉は末吉に肩を貸して家に戻った。

人形町の祖父が心配になって、末吉を送り届けて、信吉はすぐ出発した。再び隅田川に足を向けた。今度は白鬚橋に向かった。住友ベークライトの工場も焼け落ちていた。

白鬚橋を渡ると、上野の杜《もり》が間近に見えた。川を見ると死体がたくさん浮かんでいる。人間の体とは思えない。人間の形をした物体だ。言問橋では寺島側より、さらに夥しい数の死体が横たわっていた。

浅草も焼け野原だった。電信柱から電線が垂れて、瓦礫の山が広がり、焼け残った松屋デパート、東本願寺《ひがしほんがんじ》、国際劇場などの廃墟と化した建物が墓石のように残骸を見せている。

江戸通りを行き、浅草橋から久松町《ひさまつちょう》に向かった。人形町の祖父の家に行ったが、焼けて跡形もなかった。焼け跡を片づけているひとにきいても祖父のことを誰も知らなかった。この辺りのひとは猛火に追われて隅田川方面に逃げたらしい。明治座に逃げ込んだひとが大勢焼死したと、通りがかりのひとの話し声が耳に入った。祖父や祖母たちもそこに逃げたのではないかと思った。

信吉は浜町公園に向かった。遺体を片づけている警防団の男に尋ねた。

近づいて行くと、明治座が望める。近づいて行くと、明治座の脇に白木の柩が積まれていた。遺体を片づけている警防団の男に尋ねた。

「千人近い避難者が明治座に逃げ込んだんだ。ところが、中の人間が類焼を恐れて鉄の扉を閉めてしまった。あとから逃げ込もうとしたひとはそのために入れなかった。明治座の前にたくさんある防空壕も一杯だった。そんな状態のところに明治座の楽屋口に火がついて、明治座に逃げ込んだひとはたくさんの犠牲者を出したんだ」

浜町《はまちょう》国民学校でも多くのひとが死んだ。校庭は焼死体の山だった。信吉はその光景から目をそらすように引き上げた。

請地町の焼け跡に戻ったのは夕方だった。残骸の下を掘り、焼けた木を柱にして焼けトタンを斜めに掛けて、飛ばないように石を置いた。隙間風を防ぐために内側から紙を貼ってある。母と鈴子と末吉で作ったという。どうにか五人が横になれそうな広さだった。信吉がさらに石を見つけてきて補強をしていると、近づいて来る人影があった。荒物屋の主人だった。

「これが、電車通りに落ちていた。高森さんのじゃないかな」

「あっ、そうです」

父の雑嚢《ざつのう》だった。礼を言ってから、信吉は電車通りに飛んで行った。捜しまわったが、暗くてわからなかった。

翌日、夜が明けてから改めて都電通りに行ってみた。だが、父は見つからなかった。そこで遭難したのか、逃げるときに落としたものか。道子の行方も未だに不明だった。

隅田公園の死体置場にも行った。死体収容の作業員は十字鍬《じゅうじぐわ》や針金などを使って死体をひっかけ、最後は手で抱き上げて岸に上げていた。死体は腐敗しているらしく皮と肉がヌルヌルと滑り落ち、骨が突き出た。腐汁が飛び散っている。身元の判明した死体の中に父や道子の名はなかった。水に浸かっていた焼死体は腐敗し、腹部にガスが溜まってきているらしい。母も末吉も、損傷の激しい死体を見てまわった。

三日目に、信吉は江東橋二丁目の工場まで歩いて出勤した。工場もほとんど焼けていた。生き残った工員が瓦礫の後片付けをしていた。

信吉の顔を見て、班長が飛んで来た。

「無事だったのか」

「はい。なんとか生き延びました。でも、父と妹が行方不明なんです」

「そうか。こっちもこんな状態で当分仕事どころではない。君も休暇ということにして、親御さんや妹さんを捜すことだ」

「はい。ありがとうございます」

集まった同僚の中に水島たちの顔がないので、信吉はきいた。

「水島や迫田は？」

「連絡がない」

「大矢根さんも？」

「ああ。出て来たのは三分の一しかいない。皆やられたようだ」

水島と迫田とは空襲の最中に別れた切りだ。あの猛火の中で、逃げおおせただろうか。その後、信吉も後片付けを手伝いながら待ったが、夕方になっても水島と迫田は現れなかった。大矢根も出て来ない。

田尾のことが心配になって、工場を出た。両国まで歩き、亀沢町二丁目の田尾の家に向かった。焼け跡に田尾の姿はなかった。

4

三月十三日の朝、東京拘置所の屋上に百四十人の受刑者が集まった。森田俊治《もりたしゅんじ》はその中のひとりだった。

九日夜の空襲時、森田は城東区南砂町にある東京造船部隊にいた。森田は前橋刑務所から他の受刑者といっしょに刑務作業として造船作業に携わっていたのだ。浅葱色《あさぎいろ》の帽子を被り、ジャンパーに巻きゲートル、地下足袋《たび》という格好で、鉄板を酸素で切断する作業をしていた。クレーンを動かしたり、船体に鉄板を板付けしたり、エアーガンでリベットドリルを打ったりと、作業場の喧騒《けんそう》は凄まじかった。最近、鉄材の入荷が少なくなって、作業も手待ちが多くなった。

空襲が始まり、保安係の職員の案内で、受刑者は近くの防空壕に避難した。石川島《いしかわじま》の高射砲陣地から照空灯が打ち上げられると、B29の機影が見えた。亀戸、浅草方面が真っ赤に染まっていた。

建物が燃え、その火が壕の中にも襲いかかった。何人かの衣服に火がついたのを、急いで協力して消したが、熱で息苦しくなった。

東京造船所は焼け、受刑者千百名は職員と共に巣鴨の東京拘置所に一時引き上げることになって、十日の午後に出発した。浅葱色のジャンパー姿の異様な一団は深川から永代橋を通り、日本橋、大手町から水道橋《すいどうばし》、大塚を通って巣鴨に向かった。途中、凄まじい空襲の焼け跡と、数えきれないほどの死体を見た。焼け落ちた家の真ん中辺りに幾つかの死体が抱き合ったままで黒焦げになっていた。家族だろう。首のない死体や、小さな子どもの死体。母と子の黒焦げ死体。常識を超えた光景だった。

森田が殺人を犯したのは昭和十年のことだった。当時、森田は二十八歳で、江戸川区小《こ》岩《いわ》で大工をしていた。

東洋貯蓄銀行麴町支店に勤めていた妹のみつが木村修次《きむらしゆうじ》という自動車販売業の男と結婚したのが一年前だった。この木村にいかがわしい雰囲気が漂っているのが気になって反対したが、みつに聞き入れてもらえなかった。

「兄さんのとりこし苦労よ。修次さんは私が支えてやらないとだめなの」

木村のやさしさの裏に隠された危険な罠《わな》を知らずに、みつは中野区大和町《なかのやまとちよう》で所帯《しよたい》を持ったのだ。危惧《きぐ》が現実のものとなったのは半年後だった。みつが川で溺《おぼ》れて死亡した。雨の中を買物に出掛け、水嵩《みずかさ》の増した川に足をすべらせて落ちたというのだが、みつには三千円の生命保険がかけられていた。木村の前妻も不審な死に方をしており、やはり保険に入っていた。そんなことから、警察は保険金詐取《さしゅ》を企《たくら》んでみつを殺害した容疑で木村を調べたが、証拠がなく逮捕に至らなかった。

　森田は納得しなかった。なぜもっと強硬に結婚に反対しなかったのかという自責の念が、木村に対する敵愾心《てきがいしん》となっていた。杉並区に住む木村の実の父親を訪ねたところ、ある告白をした。

「すまねえこった。あいつは妹さんを殺したに違いねえ。みつさんと結婚して、これで改心すると思ったのが間違いだった。実の息子ながら、あいつには愛想がつきた」

「証拠があるんですか」

「俺が問い詰めたとき、あいつはにやにや笑っていやがった。それに、あいつには情婦がいるんだ。それなのに、あんたの妹と結婚した。魂胆《こんたん》があったからだ」

　森田は警察に訴えようとしたが、父親が止めた。

「無駄だ。証拠はねえ。それより、あいつを殺すしかねえ。あいつがいると、兄や姉にも迷惑がかかる。何度も、あいつを殺して俺も死のうとしたが、出来なかった」

　無念そうな父親の言葉が森田をつき動かしたのだ。妹の敵《かたき》をとる。そう決意し、酔っぱらって帰ってくる木村修次をハンマーで殴って殺し、死体をリヤカーに積んで、杉並区の空き地の草むらに埋めたのだ。

死体は三ヵ月後に発見されてしまった。野犬が掘り起こしたのを散歩していた男女が偶然に見つけたのだ。警察は被害者の身元を探り出すのに一ヵ月かかったが、身元判明後はあっけなく森田の存在をつきとめた。

建築現場からひとり暮らしのアパートに引き上げてきたとき、部屋の前にいかつい顔の男がふたり立っていた。すぐ刑事だとわかり、森田は観念した。

判決は懲役十二年だった。ひとを殺したあと、毎日のように悪夢にうなされた。どんな悪い奴だろうが、ひとを殺したという事実に変わりはない。しかも、妹の敵をとったという満足感はなかった。木村を殺しても妹は帰って来ないのだ。それに、木村の父親はやはり実の息子を殺されたということで複雑な気持ちだったらしい。このように、ひとひとりの命の重さは非常に重いのだと思い知らされた。それなのに、何百、いや何千という死体がまるで丸太のように転がっているのだ。

森田は服役したおかげで兵隊にとられることはなかった。真っ当に働いている者が戦争にとられて生死を賭けて戦い、戦争に行かない者は空襲で無残な死を遂《と》げた。それに引き換え、自分のように罪を犯した人間がこうやって生き延びている。森田は死者に顔向け出来ないと思った。

森田は沿道に無残な姿で横たわる犠牲者の姿が頭から離れなかった。そんな中で、空襲の犠牲者の死体収容作業の話が出たのだ。受刑者の中から死体整理作業隊を結成するという話に、森田はすぐに参加を申し出た。

　犠牲者の整理作業に出ることになった日、司法省刑政局長が受刑者を前にして訓示《くんじ》をはじめた。

「諸君に本日から大空襲で亡くなった気の毒な犠牲者の方の遺体の整理を行ってもらう。どうか、自分の親が、子が、妻が、兄弟が災害を受けたと思って、決して顔を背けたり失礼のないように気をつけてやってくれ。頼むぞ」

　局長の言葉が胸に響いた。他の受刑者も深刻そうな顔で聞いた。

　それから、死体整理作業隊はトラックの荷台に分乗して錦糸町の錦糸公園に向かった。空襲被害の死体処理は用意された柩を使用する予定だったが、被害者の多さに身元や所持品の調査をすることも中止して人目のつかない公園に集めて仮埋葬することになったらしい。

　避難民が力ない足を引きずって歩いている姿が目に入る。三日前より路上の遺体がだいぶ片づいているようだが、それでもまだそのまま放置されていた。

　錦糸公園には荷台に遺体が満載されたトラックがたくさん集まっており、警察官、兵隊、消防官の人びとが車から死体を下ろしている。屍臭が鼻をついた。公園の中に死体の山が無数に出来ていた。遺体は男女の区別もつかない。

大きな穴が十個あった。死体収容のために、兵隊が掘ったものだ。

公園に刑政局長も来ていて、傍らに三十人くらいの男たちがいた。東京の博徒《ばくと》たちだった。凄まじい惨状を前に、博徒も一個の人間として止むに止まれぬ思いで立ち上がったのだという。

公園の一隅に祭壇が設けられ、その前に集まった。線香の煙る中、僧侶が読経《どきょう》をはじめた。森田は頭《こうべ》を垂れ、犠牲者の冥福《めいふく》を祈った。焼け野原に読経の声が流れた。

読経が終わって作業が開始された。森田は死体の山積みの場所から一体ずつを抱え上げ、ふたり一組で持ったトタン板の上に乗せた。そのトタンを穴まで運んで死体を投げ入れるのだ。僧侶が読経を続け、都の係員が死体の数を数えていく。

遺体は脂でどろどろして摑みづらい。それを丁重に抱えてトタン板に移す。小さな子どもの死体には涙があふれそうになった。ほとんどの遺体が顔の目鼻だちもわからない。森田の衣服も軍手もとうに脂でどろどろになっていた。汗が目に入る。運んでも運んでも数は減らない。トラックが死体をどんどん運んで来るのだ。こうやって一体ずつ運んでいたのではとうてい追いつかないというので、トタンの上に幾つもの死体を乗せて運ばざるを得なくなった。

正午になった。握り飯が配られたが、食欲はなかった。食べないと体が持たないと思っても、喉を通りそうもなかった。公園の脇には罹災者が仮小屋を作って住んでいる。森田はそっちに行き、手足の細い六歳ぐらいの男の子に握り飯を上げた。男の子は喜んで親のもとに駆けて行った。父親らしい男が森田に向かって何度も頭を下げた。

午後も同じ作業を繰り返した。一つの穴に二百体から三百体を入れることになっている。ここに運び込まれて来た遺体は身元のわからないものばかりである。名前もわからず、材木のように穴に放り込まれて行く遺体が憐れでならなかったが、それもいつしか感情をなくし、ただ機械的な作業になった。

その日の作業が終わり、巣鴨の東京拘置所に帰った。皆声一つなかった。そして、翌日もトラックに分乗して錦糸公園に行った。また新たな遺体が山のように積まれていた。死体の運搬作業がはじまって、何十体かを運んだあとだった。

比較的きれいな遺体があった。女性らしい。妹に似ていた。そんなはずはないと思いつつも妹のような気がして悲しみに襲われた。森田は丁重に抱き上げた。このぐらいなら近親者が見れば身元の確認が可能ではないかと思ったが、あとからどんどん遺体が運びこまれてくる。死体の握りしめた右手が何かを摑んでいるのに気づいた。黒くなっていて指と見間違えたが、指ではなかった。固まった指を開くと、指がぽきりと折れた。遺体に傷をつけたという自責の念に襲われた。トタン板を持ったふたりが待っている。森田がその手の中のものを抜き取り、遺体をトタン板に乗せた。次々に遺体が運びこまれ、森田はすぐ作業を続けた。

その夜、拘置所に帰って監房に入ったとき、ジャンパーのポケットに何かが入っているのに気づいた。焼けただれているが、万年筆のようだった。女性の遺体が握っていたものだと思い出した。無意識のうちにポケットに仕舞っていたらしい。あの女性にとってよほど大事なものだったのに違いない。職員に訊《たず》ねると、錦糸公園に運び込まれた遺体は本所、深川、城東方面のものだという。その方面に住んでいた女性なのだろう。

森田はあの女性のためにもこの遺品を遺族に返してやろうと思った。そのことを生涯の自分の務めにするのだと、亡き妹を思い出しながら誓った。

5

東京の空襲を、伊吹は新聞で知った。東日新聞によると、B29が約百三十機、東京を盲《もう》爆《ばく》したという。敵はついに本格的夜間大空襲を敢行した。まず房総東方海上から先導機が本土に接近し、電波探知（レーダー）を妨害して単機ごとに各所より、最も低いのは千メートル、大体三千メートルないし四千メートルをもって帝都に侵入した。帝都市街を盲爆する一方、各十数機内外は千葉県をはじめ、宮城、福島、岩手県下に焼夷弾攻撃を行った。

都内各所に火災が発生したが、軍官民が一体となって対処したため、帝都上空を焦がした火災も朝の八時ごろまでにはほとんど鎮火させた。また、右各県では盛岡、平に若干の被害があったのみで他はほとんど被害はなかった。わが制空部隊は敵機撃墜十五機、損害五十機の赫々《かくかく》たる戦果を収めた。

このような夜間盲爆は当然予想されたことであり、これぐらいのことでなんら堪《こた》えるものではなく、かえって敵のこの暴挙に対して敵殲滅《せんめつ》の闘志はいよいよ激しく燃え上がるであろう。


このような新聞の記事を読んでも不安は去らない。罹災地では、家族の安否すらわからぬひとたちも多く、避難所にもたくさんの罹災者が集まっているという。

兄の目黒《めぐろ》の下宿に電話をしたが、通じなかった。そこも空襲にあったのだろうか。宿舎の旅館に行って、教師たちに聞いてまわった。こっちにも連絡がないという。焦燥の中で一日が暮れた。

翌日になって、東京から疎開してきた家族がいた。瘦せて小柄な五十がらみの男と夫人だった。神田から逃げてきたという。

「下町は焼け野原です」

亭主が生気のない目で言った。夫人も、地獄図だったと同じようにつぶやいた。防空壕に避難して、夜が明けてから家に戻ってみると、焼け落ちていた。焼け跡から使える物や缶詰などの食糧を掘り出して、茨城方面に歩いて途中の駅から列車に乗り込んだという。

路上には無数の黒焦げの死体が転がっていたという。

村役場にも正確な情報は入っていなかった。町長が陸軍病院に事情を聞きに行ったというので、町長の帰りを待った。戻ってきた町長も何も知らされていなかった。その日の夕方、また東京から罹災者がやって来た。旅館の女将《おかみ》を頼ってきたらしい、六十過ぎの女性と四十前後の女性だった。

「東京はだいぶやられました」

疲れ切った顔で答えた。

「浅草や向島はどうですか」

教頭が暗い顔できいた。

「だめでしょう。死体の山です」

伊吹は血の気が失せた。道子だけでなく、卒業式のために六年生が帰京したのだ。遠藤五郎もいっしょだった。頭の中が真っ白になって、どこをどう帰ってきたかわからず、気がつくと自分の部屋にいた。摑んだしあわせが手のひらからこぼれて行く。絶望の底に吸い込まれそうになるのを懸命に堪えた。まだ死んだと決まったわけではない。彼女なら必ず生き延びるはずだ。そう自分に言い聞かせた。

伊吹はこのままここで手をこまねいていることが出来なかった。道子に会いに東京に行こうと心に決めた。

翌日、小牛田まで行き、苦労して切符を手に入れ、東北線に乗り込んで東京に向かった。道子のことを思うと、固い座席に長時間を座り続けている苦痛さえ忘れた。利根川《とねがわ》を越え、明け方になって赤羽《あかばね》に着いた。省線は動いていたので乗り換え、品川経由で渋谷《しぶや》に出た。

東横《とうよこ》線の柿ノ木坂《かきのきざか》駅を下りた。この辺りは空襲に遭っていないのか、穏やかな風景が続いていた。畑が多く、草葺《くさぶき》の農家がある。大きな家が建っている。柿ノ木坂は陸軍村、海軍村といわれ、軍人の家も多かった。

岩下《いわした》という兄の下宿先を苦労して探し出し、玄関の前に立ったのは昼過ぎだった。外務省に勤める役人の家だと聞いている。初対面の奥さんに名乗ると、兄は数日前から出掛け

ているると答え、ちょっと権高《けんだか》な感じの彼女は、

「どうぞ、お上がりになってください」

と、兄の部屋に案内してくれた。兄の部屋は八畳で、大きな机があり、書棚に本がたくさんあった。お茶を持ってきてくれた女中に空襲の話をきくと、

「もうたいへんでした。下町のほうは火の海でしたもの」

と、眉を寄せた。空襲の凄まじさが想像出来て、いたたまれず何度か気づかれないように息を吸い込んだ。

一休みしてから、伊吹は出掛けた。渋谷に出て、省線で上野まで行った。上野に近づくにしたがい、異様な臭いに鼻を押さえた。

上野で下りると臭いはすさまじくなっていた。屍臭だ。町々に煙りが上がっていた。上野公園を臨時の火葬場として死体を焼いているのだ。焼け野原のあっちこっちから煙りが上がっていた。

浅草まで歩いた。瓦礫の中に黒焦げの死体が転がり、衣服は燃えてしまったのだろう、素っ裸の死体もあった。別の死体は腕がなかったり、足がなかったり、首のないものもあった。また頭が割れ、脳が飛び出しているものがあった。伊吹は隅に行って吐いた。空襲から五日経ったというのにまだ死体が片付けられていないのだ。

しばらく行くと、男が木を組み、その上に何かを乗せて火を点けた。茫然と炎を見つめる男に、伊吹は声をかけた。娘です、と男は低い声で呟いた。荼毘《だび》の煙りが高く舞い上がった。自分の家の敷地内の死体で、自分たちの家族と確認出来たものはめいめいで火葬してもよいということになったのだという。夥しい死体のために火葬場が足りないのだ。ほうぼうで上がっている煙りは個人が焼いている火葬の煙りだと知った。別の場所で家族と思われる四人が荼毘の煙りの前で合掌をしていた。下町一帯が火葬場と化していた。伊吹は逃げるように、その場を離れた。

子どもをかばうようにして、そのまま死んでいる親子らしい死体。用水池の中ではきれいな顔立ちのまま若い女性が死んでいた。別な場所では何人ものひとが抱き合って死んでいる死体があった。家族かもしれない。どこかから、肉親の名を呼んでいる声が聞こえてきた。

「春子、春子」

行方不明になった子どもを捜しているのだろう。髪はぼさぼさで衣服もぼろぼろだった。伊吹に気づくと、よろける足取りで近づいて来て、

「おかっぱ頭の薄い緑の着物を着た子を見掛けませんでしたか」

と、すがり付くようにきいた。

「いえ。見掛けませんでした」

虚ろな目をして、女はどこかに去って行った。

走り去って行った軍用トラックの荷台に山積みされた荷物から手や足らしいものが上に伸びているのを見て死体だとわかった。トラックは隅田公園に向かった。

下町地区を狙い打ちした空襲だったことは間違いない。何年か前の兄の友人のアメリカ人のニールセンとの会話を思い出す。東京に火災が発生すれば、当然風向きからみて下町をなめつくす。明暦の大火や、関東大震災の被害状況から、そんな話をしたものだ。まさに、そのことが実証された形だった。

浅草の松屋の脇から隅田堤に出た。警察官や警防団員たちが、大川に浮かんだ死体の収容作業を行っていた。無数の死体が岸に上がり、さらに漂流している死体もたくさんある。四、五人が筏に乗ってロープで死体を縛り、橋の上から隊員が引っ張り上げている。また岸では、死体を竹や針金でひっかけて岸に引き寄せていた。

隅田公園では穴を掘って死体を埋めていた。身元の判明した死体は埋められるが、わからない死体は横に並べてある。あとから、捜索に来る身内のために、そうしておくのだ。だが、身内でも損傷の激しい死体から肉親だとわかるのか疑問だった。衣服が残っていればいいが、丸焼けの死体はどうしようもないように思われた。死体の上には米穀通帳、貯金通帳、位牌、米袋などの所持品が置かれているのが痛ましかった。

言問橋は死体で埋まって渡れそうもなかった。収容作業が追いつかないのだ。白鬚橋に向かった。

途中、リヤカーを引いている罹災家族と擦れ違った。焼け跡から持ち出した家財道具を積んで、親戚の家にでも疎開するのだろう。リヤカーの荷物の上に小さな子どもが乗り、その後ろを丸坊主の男の子が押している。

白鬚橋から川を見た。無数の亡骸が流れている。墨東《ぼくとう》地区も一面の焼け野原だった。伊吹は後悔の念に襲われた。なぜ、道子の帰京を止めなかったか。危険なことはわかっていたのだ。それをしなかった自分を責めた。

屍臭を感じなくなったのは鼻が麻痺してきたからに過ぎない。業平から曳舟川通りに入った。曳舟川にも死体が浮かんでいた。

裸足の女が笑いながら道を横切って行った。気がふれてしまったのだろう。伊吹は瓦礫をまたぎ、ときには黒焦げの死体を避けながら歩いた。半分焼かれて折れた銀杏の樹が見え、飛木稲荷かもしれないと、道子に聞いた大銀杏を思い出した。

歩きまわり、瓦礫を片づけていた老人に、高森道子の名を出して訊ねると、精気のない顔を上げて、指を差した。礼を言い、先を急いだ。

焼け跡を片づけている男がいた。

「すみません。こちらは高森道子さんのお宅ではありませんか」

振り向いた男は二十五、六歳ぐらいだ。目元が道子に似ているような気がした。

「あなたは？」

「伊吹耕二と申します。道子さんはご無事ですか」

「道子はまだ見つかっていません」

男が悲しげに呟いた。足元が崩れたように伊吹の体が傾いた。

「妹をご存じなのですか」

「はい。宮城県の疎開先で知り合いました」

やはり、道子の兄だった。伊吹は道子との関係を説明しながら涙がこぼれてならなかった。

「そうですか。あなたでしたか。道子が好きなひとがいると言っていたんです」

道子の兄ははっとしたように目を剝き、

「ひょっとして、万年筆はあなたが……」

「万年筆？　それがどうかしたのですか」

伊吹は魂を抜きとられたように虚ろな状態で兄の下宿に帰った。いったん避難したものの、道子は万年筆を取りに引き返したのだという。そのまま行方不明になってしまったのだ。自分が万年筆さえ渡さなければ、こんなことにならなかったのだと思うと、心臓を抉りとられたような苦痛をもたらした。

部屋に入ると、兄が待っていた。伊吹の顔を見るなり、厳しい顔になった。

「なぜ、帰ってきたのだ」

と、怒りを抑えて兄が言った。

「すみません。どうしても気になることがあって……」

「あの女性のことか。やはり、東京に帰ったのか」

兄は憮然として、

「だから言ったはずだ。東京に帰すんじゃないと」

「彼女は教師なのです。六年生の卒業式のために帰らなければならなかったんです」

万年筆さえ渡さなければという後悔の念がまたも襲って来た。

「明日、すぐに帰るんだ。もう少しの辛抱だ」

「もう少しの辛抱？」

「そうだ。下町が壊滅した。帝都の惨状をご覧になれば、これ以上の戦争の続行は不可能と思えるはずだ」

「誰が見るのですか」

そうきいたとき、伊吹はあっと思った。ご覧になれば、という言葉からして、天皇陛下に違いない。

「陛下が被災地をご覧になられるのですか」

「そうだ。陛下におかせられては、恐れおおくも近々被災地に巡幸《じゅんこう》されることとなったそうだ。そこで焦土をご覧になられる。一面の焼け野原となった帝都を目にしたときのお心はいかばかりかと察せられる」

兄は天を仰ぐように上を向いた。

「兄さんは、聖断が下ると思われるのですね」

「すべては御心にかかっている」

静かに祈るように兄は目を閉じた。聖断が下るだろうか。いや、下るかもしれないと思った。帝都のあの惨状を見れば、これ以上の戦争の続行は不可能だとすぐわかる。

「サイパン陥落で、事実上の敗北は決まったのだ。もし、あのときに和平に動いていれば、今度の惨禍《さんか》はなかった。しかし、現実的に、あの時点では難しかった。へたに和平に動けば内乱が起きかねない。だが、今度は違う」

兄の目はぎらぎら輝きを増してきた。

「人間というのは徹底的にやられなければ目覚めないものだ。帝都に決定的な打撃が加えられた今、抗戦派の軍人も国民もこれ以上の戦いの無謀さを思い知るはずだ。その意味でも、不謹慎な言葉を承知で言えば、今回の惨禍は喝采《かっさい》に値すると言わねばならない」

「何万という一般市民が犠牲になったんですよ」

「そうだ。そのひとたちの犠牲が戦争の終結に役立ったとすれば、亡くなられたひとたちも本望ではないか」

「それは詭弁《きべん》です。死んで喜ぶ人間なんていません」

「まあ、いいさ。要はこれで戦争を終わらせなければならないということだ。日本人はたくましい。関東大震災でも見事に復興を遂げた。今度も、きっと立ち直る」

兄の言葉に反発を覚えた。

「なんだか兄さんは今の惨状に対してあまり悼《いた》む気持ちがないように思われます」

「正直なところ、俺は見事な焼け跡を見て、清々《すがすが》しい気持ちになったのも事実だ。何もかも燃えたのだ。本所も深川も、浅草もだ。小気味いいとさえ思った」

「兄さん」

唖然として、伊吹は声を出した。浅草の地名が出たのは浅草玉姫町を念頭に置いていたに違いない。

「貧民窟が焼けたからですね」

兄は自分が生まれ育った街が焼失したことに快感を覚えているのではないか。兄の劣等感の源である貧民窟出身の過去。それが町の崩壊と共になくなる。その喜びがあるのではないか。

「ぼくには兄さんの気持ちがわかりません。ぼくの恋人の行方は知れないんです。おそらく、生きていないのかもしれません。ぼくは彼女を真剣に愛していたんです」

話しながら、胸の奥底から突き上げてくるものがあった。

「おまえの気持ちはわかる。だが、一個人の問題じゃないか」

兄の言葉が理解出来ない。

「耕二。明日にでも帰るんだ」

「いやです。ぼくにはやることがあります」

伊吹は道子を捜し出さなければならないと思った。きっとどこかで生きている。下町の惨状を目に浮かべながら、きっと捜し出してやると誓った。

翌日も朝早く伊吹は向島まで出掛けた。付近のひとに道子の名を出して当夜のことを訊ねた。誰も覚えていない。それらしき女性が言問橋のほうに逃げて行ったと口にする者もいれば、押上で炎に包まれた女性が彼女に似ていたと言うものもいた。そのたびに伊吹はそこに行ってみた。

途方にくれているうちに、遠藤五郎のやんちゃないがぐり頭を思い出し、無性に会いたくなった。ひょっとしたら、道子は遠藤が心配で浅草の家に行ったのかもしれないと思った。遠藤の家がどこかわからないが、とりあえず学校に行ってみることにした。

言問橋を避けて、白鬚橋まで行った。橋場《はしば》の小松宮《こまつのみや》邸跡の広場にもたくさんの犠牲者が出た。一面の焼け野原にただ息を呑むばかりだ。隅田公園では死体の仮埋葬の作業が進められている。

今戸《いまど》、聖天町《しょうでんちょう》を抜け、猿若町にやって来た。そして、焼け残っている鉄筋の建物を目指した。庭の各所で煙りが上がっているのは茶毘に付しているのだとわかった。焼け跡を片づけているひとにきくと、ここが浅草第一国民学校だという。鉄筋三階建ての校舎だったが、避難者の運んで来た荷物に火がついて、避難した満員のひとが残らず死んでしまったという。

焼け残った校舎に入って行くと、この学校の教師らしい男女が数人いた。職員室のようだ。伊吹は、高森道子教諭の知り合いだと名乗り、六年生の安否を訊ねた。中の白髪の男

性が、

「残念ながら、六年生の半分が犠牲になられたようです」

と、単調な声で答えた。

「遠藤五郎くんは無事でしょうか」

「六年二組の遠藤くんですか。まだ、わかりません」

学校側も調べようがないのかもしれない。

「遠藤くんの家はどちらかわかりますか」

と、訊ねると後ろにいた初老の男性が顔を向けた。疎開先で何度か見掛けたことのある教頭だった。

「馬道《うまみち》ですよ。どうやら、あの辺りのひとは隅田川方面に逃げたようです」

最初に新吉原や千束方面に火が上がり、その火が北西の強風に煽られて襲って来たので、皆隅田川方面に逃げたところが、公園のある高射砲陣地の近くに直撃弾が落ちて、さらに山谷堀や言問橋に向かって逃げた。だが、山谷堀では多くのひとが溺死し、言問橋は人間と共に家財道具で埋まり、そこに火が渡った。

おそらく遠藤五郎は助かっていまい。遠藤を背負って旅館まで、道子と共に歩いたときのことが蘇ってきた。

（道子さん。すまない。あんなものさえ渡さなければ……）

伊吹はまたも臍《ほぞ》を嚙み、自責の念にとらわれ、髪の毛を掻きむしった。

6

渋谷区幡ケ谷笹塚町《はたがやささづかちょう》に、鈴子の父親の親戚が住んでいた。鈴子の家族もそこに疎開したといい、母と鈴子と浩一、それにまだ傷の癒えない末吉を預かってもらうことにし、信吉は焼け跡に造った壕舎《ごうしゃ》で寝泊まりして、父や道子が帰ってくるのを待った。

食事は業平橋にある雑炊食堂ですますか、工場の食堂で食べるかのいずれかだった。空襲から五日経ち、未だに父と道子の行方は知れなかった。

向島方面の死体は原《はら》公園や吾嬬西公園などに仮埋葬されているというので、行ってみたが見つからなかった。さらに、上野公園や隅田公園にも行ってみた。

その日、工場に顔を出すと、労務課長に呼ばれた。水島の家族がやって来ているという。信吉は水島の妻にはじめて会った。眼鏡をかけたおとなしそうな女性だった。子どもを連れていた。

「水島さん。まだ、帰って来ないのですか」

信吉はきいた。父や妹のことにかまけて水島や迫田のことを思いやる余裕がなかったのだ。

「はい。死体置場なども見てまわったんですが、見つかりませんよ」

憔悴した声で言う。彼女は、もう水島を絶望視しているようだった。

「うちのひとはいつも高森さんの話をしていました。水島がお世話になってありがとうございました」

「まだ、犠牲になったとはっきりしたわけじゃありません」

信吉は慰めたが、自分でもその言葉が虚しいものとわかっていた。

「私も心当たりを捜してみます」

自分を励ますように言った。

幼い子の手を引き、悄然と去って行く水島の妻を胸を引き裂かれるような思いで見送りながら、水島を捜さなければならないと思った。

午後になって工場を出て、信吉は深川の平野町に向かった。まず、忍び込んだ工場の倉庫の辺りに行ってみた。倉庫は建物がそのまま残っていたが、扉が開いて、中はがらんどうだった。すでに荷物をどこかに移したらしい。この中に、アルミニウムなどがいっぱい隠してあったのが夢のようだった。

事務所は燃え落ちていた。大矢根の放火に関係なく、焼夷弾でいずれ焼ける運命にあったのだ。記憶をたどって逃げた道を歩いた。

三ツ目通りに向かい、通りに出てから左に曲がる。街路樹は根元から曲がり、電信柱も折れている。焼け残った国民学校の講堂や同潤会アパートの残骸が目に入った。あのときは灯火管制の真っ暗な中だったので、周囲の風景はまったく目に入っていなかった。

小名木川に出て、大富橋を越えた。この辺りで、B29の爆音を聞いたのだ。死体はきれいに片付けられていたが、一歩裏通りに入ると様相を異にした。まだ死体が転がっている。表通りの遺体を裏に移したような感じだった。遺体の収容作業に軍隊が警備をしていて、物々しい雰囲気だった。

小名木川の近くに死体が並べられていた。身内を捜しているらしい男が死体の顔を覗き込んでいる。あのとき、森下の方向に逃げたのだ。水島も迫田も途中までついてきた。だから、この辺りにはいまいと思いながら、信吉は顔を覗いていった。見つかって欲しいという気持ちと、見つからないで欲しいという願いが複雑に交錯している。

大横川へ逃げるという言葉を思い出し、そこに向かった。

大横川にもまだ死体が浮いていた。兵隊や警防団の人間がとび口で引っ掛けて岸に引き寄せ、さらにロープをかけて橋の上に引き揚げている。それは死体に対する扱いではなく、物と一緒だった。もっと遺体に敬意を払えないのかと腹が立ったが、川を埋める死体を見ると何も言えなかった。いくら浚《さら》っても、満潮になるとまた新たな死体が流れて来るのだ。

ここで収容された死体は猿江公園に運ばれているというので、そこに向かった。公園に死体が並んでいた。死体の手に荷札のようなものがついている。それらの死体を見て行くうちに足が止まった。

目を剝き、歯を出して死んでいる国防服の男の右の耳下に黒子があった。

「水島……」

信吉は跪《ひざまず》いた。茫然と死に顔を見つめるうちに、水島の妻や子どもの顔が過った。信吉は区の役人らしき男を呼び止め、身元確認のために家族を連れてくると言い、その足で、葛飾区の水島の家に向かった。

二時間近く歩いてやっと青戸にある水島の家に着いた。この辺りは被害は少ない。水島の妻は信吉の顔を見て、すべてを察したようだった。

改めて、同じ場所に妻子と共にやって来た。妻は泣くことも忘れて、ただ茫然と死体を見つめた。

区役所の人間に遺体の引き取りを願うと、近くの工場の庭で遺体を焼いてあげなさいと言われた。火葬場も焼けているので、自分たちの手で火葬するしかなかった。リヤカーを借りてきて、水島の遺体を乗せ、教えてもらった工場跡に行った。そこで、焼けた木を集めてきて、窪みの所に木を何段も積み重ね、その上に水島の遺体を置き、妻にマッチをすらせた。火がつき、やがて炎が水島の体を包んだ。信吉は合掌した。はじめて水島の妻が嗚咽をもらした。

すっかり辺りは暗くなった。木を集めて来てはくべ、暗がりに赤い炎が朱を入れたように染まり、激しく燃えた火も小さくなって行くと悲しみが増した。焼け跡から探した鍋に骨をいれた。信吉は自宅まで妻子を送り届けた。

翌日も大横川に向かった。今度は迫田を捜すためだ。猿江公園には見つからなかったのは、まだ収容されていないからかもしれない。途中、小名木川を覗いたが、死体はすっかり片付けられていた。

猿江公園に近づいたとき、警官や憲兵の姿が目に入った。きのうと違う辺りの雰囲気に、信吉は緊張した。沿道の両脇に通行人が追いやられ、さらに土下座させられた。

「おい。きさまも跪かんか」

鬚の巡査が信吉に怒鳴った。冗談ではない。こっちはひとを捜しているのだと思ったが、反論出来ないものものしさだった。隣にいた頬のこけた男が呟くように言った。

「天皇陛下が被災地の視察にやって来るらしい」

陛下と聞いて、信吉は鳥肌が立ったような緊張が走った。現人神《あらひとがみ》であらせられる陛下が近くに来る。そのことだけで、顔が熱くなった。

信吉は急いで跪いた。しばらく経っても、天皇がやって来る気配はなかった。顔をそっと向けると、遠くに車が停まったのが見えた。小名木川橋の辺りだ。どうやら、そこで陛下は車から下りられたようだ。

後ろで跪いた男が何かぶつぶつ言っている声が聞こえた。と思ったとき、その男がいきなり立ち上がった。

「ちくしょう。てめえのために、皆死んじまったじゃないか。責任をとれ」

道路の中央に飛び出し、遠くの車に向かって叫んだ。信吉は男が突然飛び出したことにも驚いたが、天皇陛下に対して罵声《ばせい》を浴びせたことに衝撃を受けた。男は警察官に呆気《あっけ》なく引っ立てられていったが、信吉の目に男の残像が焼きついていた。

陛下が去ったあと、また道端に肉親を捜すひとたちが湧いたように出てきた。信吉は陛下が視察されたことを特別のことのように思えた。これで戦争が終わるのではないか。日本は負けるのではないか。そんな考えが過ったが、すぐ吹きつける風の冷たさに、現実に返った。迫田を捜し出さねばならないのだ。

猿江公園で見つからず、菊川の公園に行き、横並びになっている死体を調べた。さらに荒廢《こうびょう》とした焼け野原を錦糸公園に向かった。リヤカーに父親らしい死体を積んでいく幼い男の子と女の子を見た。どこに行くのか、声をかけたくなったが、自分にはどうすることも出来ないのだと涙を呑んで諦めた。

錦糸公園では浅葱色のジャンパー姿の大勢の男たちが死体の埋葬作業を続けていた。そこでの調べは無理だった。すぐその場を離れ、今度は江東公園を目指した。

迫田が見つかったのは夕暮れどきだった。全身が焼け、顔も判別出来なかったが、彼独特の才槌頭が目印だった。しかし、実際には家族に確認してもらわなければならない。目印のために、その死体の腕に持っていた手拭いを巻付けた。

会社に寄り、労務課で迫田の死体発見のことを伝えた。すると、課長が暗い顔で、

「迫田さんの家族は全滅したらしい」

と、教えた。妻に男の子がふたり、両親に、妻の姉が防空壕の中で死んでいたという。

信吉は胸をかきむしった。翌日、そこに行ってみると、迫田の死体はもう埋められたらしい。いったん埋めたら三年間は掘り返せないということだった。

帰りに田尾の所に寄ってみたが、田尾はいなかった。近くにいた老婆に尋ねると、田尾の家族はすべて亡くなっていたという。田尾はどこに行ったのか。

信吉は翌日、近所の警防団長が持って来た東日新聞を見た。

——天皇陛下は時局下の忙しさのなかにもかかわらず、ありがたくも米機爆撃の跡を行幸された。帝都民だけでなく、各地の戦災者をはじめとして一億の民草《たみくさ》はこの大御心《おほみこころ》の限りなきかたじけなさに、ただ地に伏して感涙をとどめるだけだった。

天皇の被災地御巡幸に関して、新聞は、「焦土《せうど》に立たせ給《たま》ひ　御慈悲の大御心」と讃えているが、信吉には、天皇に向かって飛び出して行った男のことが強烈な印象となって残っていた。

この目で見た死体収容の物々しさは天皇の目に入る場所から死体を隠すためだったとしか思えなかった。だとすれば陛下はこの視察で何を見たのか。確かに、焼け野原を目にしただろう。では、黒焦げの死体の山を見たのだろうか。道端に無数に転がる素っ裸の死体を見たのだろうか。赤ん坊と母親の無残な亡骸《なきがら》を見たのだろうか。

区役所に罹災証明書をもらいにいった帰り、信吉は隅田公園に寄って、また驚いた。新たな死体が並んでいた。上げ潮になればまた死体が流れつく。

太陽が一条の光を投げかけた。その光に吸いよせられるように、視線が死体の群れの中に向く。きのうはきれいに片付けられたはずなのに、新たな死体が並び、焼け跡は尽きぬ泉のようだ。

死体を覗いている男たちがいる。信吉もつられて覗き込んだ。その中に輝く死体があった。死体の何かが発光しているのか。いや、死体が輝くはずはない。だが、確かにその一体だけが他と違って光を放っているように思えた。何かの啓示と思い、その死体に近づいた。

顔を見て、すぐには信じられなかった。無念の形相が信吉に何かを訴えかけているようだった。

「田尾さん」

信吉は呟いた。なぜ、田尾がこんなところにいるのか。それより、なぜこんな変わりはてた姿になったのだろうか。

田尾の死体だけが輝くように見えたのは、他の死体が脂が染み込み黒ずんでいるのに比べ、田尾のほうは汚れが少ない。それだけ新しいのだ。

信吉は夢中で田尾の全身を調べた。後頭部が割れていた。手足にも痣《あざ》が出来ている。ここに並んでいる死体は皆空襲の犠牲者だ。田尾はあの空襲で生き延びたのだ。この仲間に加わるはずはない。

田尾は殺されて隅田川に放り込まれた。そう解釈するしかなかった。なぜなんだ。なにがあったのだと、信吉は田尾の死体に問い掛けた。

7

夜空に星が瞬《またた》いている。空襲から一ヵ月。ようやく陽気もよくなり、焼け跡生活も寒さを凌《しの》げるようになった。食糧難とバラック小屋の不自由な生活で、トタンで囲いをして行水をするが、シラミには閉口した。それでも空襲に脅えることがなくなったことはいくらかの安らぎになった。焼き尽くした下町地区には、米軍ももう用はないのだろう。その後、空襲は何度かあったが規模は小さかった。戦争は終わらなかったのだ。

父と道子は四月になっても見つからなかった。いつまでも休暇をとっていることも出来ず、信吉はバラック小屋から工場に通った。

田尾が殺されたのだということは誰にも言えなかった。それを言えば、倉庫を狙ったことがわかってしまう危険性があったからだ。田尾の遺体は隅田公園に仮埋葬された。

とうとう大矢根の安否もわからなかった。無事だったら、会社に何か言ってくるはずだ。田尾、水島、迫田、それと大矢根。もうひとり木元という男もだ。あの夜、倉庫を狙った人間のうち、無事だったのは信吉だけだ。空襲の犠牲が確認されたのは水島と迫田のふたりだけで、田尾は空襲の犠牲になったのではない。誰かに殺されたのだ。田尾は大矢根に対して特別な目を向けていたように思える。彼に対して何か疑惑を持っていたからではないか。

信吉は労務課長に大矢根のことを訊ねた。工員は労務手帳を持っており、それは会社側が預かっているのだ。その手帳がなければ他に就職は出来ないことになっている。そこに大矢根の住所があったが、目黒区柿ノ木坂になっていた。

大矢根がどういう経緯でこの工場にやって来たのか。労務課長に訊ねると、徴用でやって来たのだと答えた。そのあとで、

「いったい、大矢根くんの何が知りたいんだね」

と、労務課長が不審そうにきいた。信吉は返答に詰まった。すると、課長は、

「田尾くんも君と同じように大矢根くんのことを気にしていた」

と、言ったのだ。

「田尾さんは、その理由を言っていましたか」

「いや。なにも」

田尾が大矢根に不審を持っていたことは間違いない。田尾を殺したのが大矢根ではない

かという疑いが強まった。田尾は大矢根にどんな疑惑を持ったのだろうか。

労務課長のもとを引き上げるとき、机上に置いてあった新聞に目が行った。

東京は四月十三日に三月の大空襲のような激しい空襲を受けた。今度は下町地区だけでなく、東京全般に及んでいた。三月九日の空襲以来、敵機の攻撃目標は十二日名古屋、十四日大阪、十七日神戸、十九日また名古屋と地方ばかりであり、東京はきょうまで空襲があっても小規模なもので、焼夷弾攻撃は行われなかった。これは、沖縄戦支援の任務があったため、主力がそっちに向かっていたからだという噂だった。

四月一日には、米軍は沖縄本島中部西海岸に上陸し、一週間で中部、北部を制圧。沖縄守備隊は持久戦に転じ、激しい戦闘が繰り広げられている。この日本軍の攻勢に、米軍は東京の空襲まで手がまわらないのだという話だった。

だが、十三日になって、米軍は皇居の西北の赤羽方面を激しく攻撃した。さらに、十五日には東京の西部と東京湾に面した地帯、それに川崎と横浜などが焼夷弾攻撃を受けた。それまで下町地区を標的にしていたが、山の手に変わった。

翌日、信吉は休暇をとって、目黒柿ノ木坂の大矢根の住まいを訪ねることにした。渋谷に出て、東横線に乗り換え、柿ノ木坂駅で下りた。駅の周辺は畑が多く、しばらく行くと住宅が見えてきた。

大きな家がぽつんぽつんと建っていた。辺りを歩き回ったが、大矢根の家を見つけることは出来なかった。この近辺のどこかに下宿をしていたのかもしれない。

日が暮れてきて、柿ノ木坂駅に戻った。小さな駅舎に入ると、下り電車が入って来た。渋谷までの切符を買ってホームに入ろうとしたとき、下り電車から下りて来た一団の中に見知った顔を見た。

「伊吹くんじゃないか」

信吉は思わず声をかけた。

「あっ、高森さん」

伊吹は憔悴した顔をしていた。きょうも道子を捜して歩き回って来たのだろう。

「君の住まいはこっちなのか」

他の乗客の邪魔にならないように隅に移ってきいた。

「兄の下宿に居候《いそうろう》をしているんです。高森さんこそどうしてこっちのほうに？」

「うん。ちょっと用があってね」

そう答えたあとで、ふと思いついて、

「じつは大矢根幸彦という男を捜しているんだ。以前はこっちに住んでいたんじゃないかと思うんだ。捜し回ったが見つからなかった。君の兄さんの下宿のご主人にでもきいてみてくれないか」

「大矢根……」

「そう。三十歳ぐらい。痩せて背の高い男でね」

「その男がどうかしたのですか」

「錦糸町の軍需工場の仲間なんだが、三月九日の空襲以来行方不明なのだ」

「災難に遭われたのですね」

「いや。生きているような気がするんだ。おそらく、生きているだろう」

田尾を殺したのは大矢根以外にいない、そう思うようになっていた。渋谷行の電車が入って来たので、そのことだけを頼み、信吉は伊吹と別れ、改札を入った。

数日後の夜、工場から帰宅するとバラック小屋の前に伊吹が待っていた。

「さあ、どうぞ」

信吉は竈《かまど》に火をつけ、湯を沸かした。

「これ、どうぞ」

伊吹が差し出した。米やイモなどが麻袋に入っていた。

「すまないね」

「じつは、先日の大矢根という男のことをきいてみたのですが、わかりませんでした」

「そうか」

期待をしていなかったが、落胆を禁じ得なかった。

「大矢根という男は何をしたのですか」

伊吹には話してもいいような気がした。

「君の胸に収めておいて欲しい。いいね」

そう断ってから、平野町の倉庫に押し入ったことを話した。

「俺と田尾さんは助かった。その田尾さんは隅田川で死体で発見されたのだ。田尾さんの死体は他のものより新しかった。殺されて、川に放り込まれたに違いない。俺は大矢根が怪しいと睨んでいるんだ」

伊吹の顔に翳《かげ》が差した。

「君、ひょっとして大矢根に心当たりがあるんじゃないのか」

「いえ、ありません」

伊吹はあわてて否定した。その様子に不審を抱いたものの、それ以上の追及はできなかった。

少し沈黙が流れたあとで、

「じつはきょうお伺いしたのは道子さんのお母さまのことです」

と、伊吹が言いだした。

「これから、山の手のほうも空襲が激しくなると思います。道子さんのお母さんを疎開させたら、どうでしょうか」

下町地区を焼き尽くしたあとは、山の手が標的になることは十分に予想される。

「地方に知り合いがいないんだ」

「私が世話になっている所にぜひいらっしゃってください。宮城県の玉造という所です。道子さんが学童疎開で過ごされたところです」

「しかし、母だけでなく、弟に嫂《あによめ》と子どももいますから」

「皆さんもごいっしょに」

「それは願ってもないことだが……」

「ぜひ、そうしてください」

信吉は伊吹の好意を受けることにした。母だけでなく、鈴子や浩一、それに末吉のことも心配だった。

「じゃあ、さっそく手配します」

伊吹が腰を浮かせた。信吉も立ち上がって、小屋の外に出た。

「道子はもう生きてはいないでしょう。最後に伊吹さんと知り合えて道子もしあわせだったと思います」

信吉が改めて伊吹に礼を言った。

「ぼくはまだ諦めていません。どこかに入院しているかもしれません。まだ病院通いを続けます」

伊吹は少しむきになって言った。そうすることでしか、心を慰撫《いぶ》する手段がないのだろうと思い、信吉はそれ以上何も言わなかった。

翌日、信吉は幡ケ谷笹塚の母たちの寄宿先を訪ねた。幸い、この辺りの家は焼けなかった。鈴子と浩一と久し振りに会って胸が熱くなった。その喜びも束の間だった。鈴子から、末吉の具合がよくないと聞かされた。

信吉は末吉の枕元に座った。末吉はだいぶやつれていた。大きな目がいっそう大きくなっている。こんなになっていたのかと、信吉は愕然とした。

「まだ父さんや道子姉さんは見つからないの」

臥《ふ》せたまま、末吉がきいた。力のない声だった。

「残念だが、まだだ。でも、きっとどこかで生きていてくれるさ」

無意味な慰めを言い、

「どうだ、具合は？」

と、きいた。一昨日の空襲で避難したときにぐっと体力を消耗したのかもしれない。

「兄さん。会えてうれしかったよ」

「早く元気になれ」

「うん」

末吉の目に涙が光った。

「最近、浩平兄さんの夢をよく見るんだ。自分だけ先に川を泳いで向こう岸に渡ってしまうんだ。ぼくも一生懸命追いつこうと泳いでいるんだ。川の真ん中辺りで目が覚める」

末吉は天井を睨みつけた。

「浩平兄さん、ひとりで寂しいんじゃないかな」

「何を言っているんだ。浩平兄さんは空から皆の無事を守ってくれているんだ」

信吉は夢中で言い聞かせ、

「末吉。いいか、早く元気になれよ」

「兄さん。ありがとう」

末吉の手を握ってから、信吉は部屋を出た。急に込み上げてくるものがあった。鈴子がやって来て、黙って頷いた。鈴子のあとについて庭に出ると、母が待っていた。

「母さん。医者は何と言っているのですか」

「この二、三日が山だろうって……」

母はうっと嗚咽をもらした。

「信吉さん」

鈴子がしがみついた。信吉は浩一の頭を抱きながら歯を食いしばってあふれる涙と闘った。毎日のような空襲下で、いつ死ぬかもしれない日々を送っている。死は身近であったにも拘《かか》わらず、こういう形での別離が悲しかった。

夜半から末吉の容体は悪化した。医者に来てもらったが、首を横に振っただけだった。

夜明け前に、昏睡状態になった。

信吉は末吉の手を握った。母の呼び掛けに末吉は一瞬、目を開けた。皆をみまわした。それから笑ったように思えた。戦時下でなければ末吉は助かったかもしれない。天は末吉の命を奪った。六時三十五分に、母、信吉、鈴子、浩一に看取られながら末吉は静かに息を引き取った。享年十九。向島に帰りたい。それが最後の言葉だった。

信吉は慟哭《どうこく》した。父と妹の行方不明などにも堪えていた堰《せき》がいっきに切れたように、滂《ぼう》沱《だ》となって泣き続けた。

「末吉を向島に連れて帰ります」

母が戸惑いの色を見せた。距離を問題にしているのだ。

「ぼくがリヤカーで引いて行きます」

末吉を毛布で包みリヤカーに乗せて長い距離を向島に向かった。どこもかしこも焼け野原で、バラック小屋に洗濯物が風に泳いでいる。すれ違うひとも生気のない顔ばかりだった。

夕方になって向島に着いた。

翌日、簡単な葬儀をすませ、工場から燃料の重油を分けてもらい遺体をリヤカーに乗せて火葬場に向かった。曳舟川通りから土手に上がった。そこで立ち止まり、向島方面に目をやる。末吉の生まれた家のほうにリヤカーを向け、

「末吉、生まれた場所にさよならを言え」

と、信吉は遺体に声をかけた。傍らで母が涙を拭った。それから、河原に目を向ける。そこにプールが出来ている。末吉も遊んだ場所だ。

いっときそこで休んで、再びリヤカーを引いた。後ろから鈴子も押す。母と浩一が手をつないでついて来た。四ツ木橋を渡った。

葛飾区青戸町にある四ツ木火葬場についた。だいぶ混んでいたが、燃料を持ってきたの

で比較的早く順番がやって来た。

　夕暮れの空に、煙突から煙りが立ちのぼった。夜になって遺骨を拾い、家に持ちかえった。翌日、遺骨を近くのお寺に納めたあとで、信吉は母と鈴子に言った。

「これ以上、ここにいたら危険です。それに食糧だってないんです。どうか、疎開してください」

「でも、知り合いはいないからね」

　母は浩一の手をとりながら言う。

「伊吹さんが宮城県の知り合いを紹介してくれたのです。鈴子さんも浩一くんを連れて行ってくれませんか」

「私は信吉さんといっしょに残ります。お母さま。どうか、浩一といっしょに行ってくださいませんか。お願いします」

「それはいけない」

「いえ、私は信吉さんのお傍にいます」

　鈴子の真剣な眼差しに遇い、信吉は言葉を詰まらせた。

　数日後、伊吹に連れられ、母と浩一は上野駅から夜行に乗った。優先的に切符が手に入った。信吉と鈴子はホームで見送った。駅舎を出ると、夜空に星が無数に瞬いていた。

その夜、バラック小屋の中で、信吉と鈴子は激しく求め合った。生への強い情熱の証しだった。きっと生き延びて、浩一の成長を見守る。それが、兄への恩返しなのだと思った。

もう焼き尽くした下町は攻撃目標から外されたのだろう、その代わりに、宣伝ビラがまかれるようになった。焼け野原にビラが空から舞い降りて来る。戦意喪失を狙う文面だ。ビラを拾ったら直ちに警察に届けなければならなかった。

五月二十四日、四谷《よつや》、麴町、赤坂、麻布、渋谷、世田谷、目黒、杉並、中野など、主に山の手地区に焼夷弾による無差別攻撃が行われた。もし、母や浩一があのまま笹塚に残っていたら危険だった。伊吹のおかげだと言うと、鈴子が、

「道子さんのお導きよ。道子さんが伊吹さんに引き会わせて助けてくれたんだわ」

と、涙ぐんだ。道子と父は未だに見つからなかった。

下町地区からもう空襲の恐怖は去ったようだが、全国各地で空襲が引き続いている。そんなとき、ふいに信吉の前に顔を出した男がいた。

「あっ、あにさんじゃないですか」

円明門下の兄弟子の円助だった。長い顔に人懐っこい笑みを浮かべ、

「無事だったか。急におめえの顔が見たくなってね」

円助は鈴子が挨拶に出たのを見て、

「かみさんか。そうか、所帯を持ったのか。あの女と違う感じだな」

と言い、最後の言葉は信吉の耳元で囁いた。和子のことを言っているのだ。正式に所帯を持ったわけではないと説明するのも面倒なので、信吉はそのままにして、

「師匠はご無事でしたか」

と、懸念していたことをきいた。

「ああ、家は焼けちまったが、無事だ」

「そうですか。よかった」

内弟子時代、毎日のように掃除をしていた家が焼失したのは寂しいが、師匠が無事だったことは幾分心を明るくした。

「あの空襲の下でよく生き延びたもんだ。ところで、ご家族は？」

「父と妹は行方不明で、弟は亡くなりました。祖父のところも全滅です」

「そうか。まあ、元気を出して頑張るんだぜ。また、おめえが戻ってくるのを楽しみにしている」

「あにさん、もう帰るんですか」

「女が待っているんでね。それに、明日から慰問で出掛けるんだ」

信吉は東武の曳舟まで円助を見送った。いったん改札に入った円助がどうしたわけか引き返してきて、手を差し出した。握手するためだ。

「じゃあ、元気で」

円助が強く手を握ってから、改札に入って行った。そして、何度も振り返った。信吉も別れがたかった。まだ、咄家への未練があるのか。それとも円助への思いからか。信吉はいたたまれなくなって急ぎ足で鈴子のもとに戻った。

8

沖縄守備隊が全滅し、牛島《うしじま》中将が自刃したことを報じる新聞を厳粛な思いで見た。それでも政府は断固戦争完遂の決意らしいが、いよいよ国土を荒廃させ、日本は滅亡するのかと暗然たる気持ちになった。簾《すだれ》を透かして射し込んでいた陽光の位置がさっきよりだいぶ大きく移動していた。

政府は本土決戦、一億玉砕への道を直走《ひたはし》り、十六歳から六十歳までの男子と十七歳から四十歳までの女子を召集し国民義勇戦闘隊なるものを作ったが、町の空気はもう以前とは違うことを肌で感じる。焼け跡の生活は自分たちの身を守ることが精一杯で、もう国のことなど考える余裕を失っているように思え、士気の低下は否めない。結局、その後は国民義勇戦闘隊なる組織が出来てもあまり活動をしていないようだった。

伊吹は毎日のように下町を歩いた。そこで見たもの、聞いたものから判断すれば、もはや敗戦を必至と考えているひとが増えているようだ。軍部や政府への批判も多く、たぶんに自暴自棄になっている感さえ窺えた。

伊吹が下町を歩き回っているのは道子を捜すためだった。道子の母親と浩一という甥《おい》を玉造に疎開させたあと、しばらく向こうで暮らしていたが、六月に入って再び東京に舞い戻ったのだ。

兄の下宿先は焼失を免れて、そこに同居した。伊吹は未だに召集も徴用もされなかった。空襲で戸籍も焼失してしまったというどさくさに紛れてのことだったのか、兄が手をまわしていたのか、いずれともわからなかった。

兄の保護下にあって、自由を束縛されない伊吹は恵まれていたかもしれない。学友たちが沖縄戦で特攻隊として何人も死んで行ったことを聞いた。知覧《ちらん》や鹿屋《かのや》から沖縄に向けて特攻機が出撃して行った。特攻隊員のほとんどが十七歳から二十二歳ぐらいの若者たちであり、中には大刀洗《たちあらい》陸軍飛行学校知覧文教所出身の少年飛行兵や学徒出身の特別操縦見習士官も多かったのだ。

沖縄の状況を報せる新聞を、兄は恐ろしい目で見つめていた。最近になって、兄の形相が変わってきた。目は落ち窪み、頰も削げて来た。まるで、幽鬼のようだ。沖縄の悲惨な状況が兄に心労を植えつけてしまったのかもしれない。

兄は新聞社の文芸部記者として戦争協力をしてきた。心からの協力ではなく、身を守るためだった。心ならずも自分の思いとは反対の原稿を書いて来たのだ。兄は自分の記事で戦意を高揚させ、多くの国民を戦争に駆り立てたことが慙愧《ざんき》の念に耐えないのに違いない。特に沖縄へ出撃していった特攻隊の少年飛行兵の中には兄の記事に影響されて飛行機乗りに憧れた者もいたであろう。

兄の落ち込みの原因がそこにあるというのはあながち間違ってはいないように思える。ただ、兄の行動に解せない部分があった。それは信吉が捜していた大矢根という男のことだ。この大矢根とは上野精養軒のロビーで会っている。ニールセンといっしょにいた男に違いない。

「兄さん。大矢根さんとはどういうひとなのですか」

思い切ってきくと、何か不気味なものに出会ったような目を向けてきた。

「なぜ、そんなことをきく」

その険しい言い方には、それ以上の質問を許さないものがあった。

「あいつのことは言うな」

兄と大矢根は仲違いをしたのかもしれない。そんな感じを受けた。

大矢根のことを道子の兄に言えなかったことが後ろめたさになっている。信吉に会うたびに、そのことを思い出して胸が疼《うず》くのだ。それでなくとも、道子は自分が贈った万年筆を取りに戻って犠牲になったのだ。道子を殺したのは俺ではないかと思い、悔やみ切れない。七月になって、米・英・中三国が、日本に無条件降伏を勧告する「ポツダム宣言」を発表した。それを政府は無視し、あくまでも本土決戦、一億玉砕の道を歩もうとしていると書いてあった。

それからの数日間は目まぐるしく歴史が動いたような気がした。まず八月六日広島に新型爆弾が投下された。六日午前八時過ぎ、敵B29少数機が広島市に侵入し、落下傘によって新型爆弾を投下した。これによって市内は相当数の家屋の倒壊とともに各所に火災が発生した。新型爆弾の威力に関しては目下調査中であるが、軽視を許さぬものがある、と新聞は報じている。

「あれは原子爆弾だ」

兄は目を剝き、蒼白な顔で吐き捨てた。

「原子爆弾？」

「そうだ」

兄は悔しそうに拳を握りしめた。そのあとで、兄は部屋の真ん中で座り込んでしまった。あの強い鋼《はがね》のような精神の持ち主だった兄にいったい何があったのか。

九日に長崎にも原子爆弾が投下された。六日に原爆投下された広島の状況を新聞は次のように告げていた。

――B29の爆音は非常に微かだった。高高度からエンジンをとめて広島上空に滑りこんだのかもしれぬ。写真撮影時のフラッシュにも似た閃光が鋭く市民の眼に飛びこんだ。次の瞬間市内の情景は一変した。鉄筋建を除く市民住家はほとんど例外なく消え、通行中の市民は異様な熱さを皮膚に感じて負傷した。負傷者の露出部分、とくに顔面は火傷から出血した者が多い。市内で一番被害の軽いところで、爆風で屋根は吹き飛び、農家の稲の穂が赤茶け、南瓜《かぼちゃ》の蔓《つた》は何処《どこ》にいったか分からず、南瓜だけ畑の中に転がっている有様だった。ひどい処では、いく抱えもある大木すら、真ん中あたりから吹き飛んでいる。

その日も伊吹は下町をまわった。空襲から五ヵ月経ち、屍臭は消えても、晴れた空に成仏出来ない魂が彷徨っているような痛ましさが消えなかった。

本所から浅草まで歩き回り、きょうの正午に天皇陛下から全国民に向かって重大放送があると聞いていたので、正午近くになってラジオのある場所を探した。雷門前に人だかりがしていて、ラジオが用意されていた。皆襟を正し、直立不動の姿勢で玉音放送《ぎょくおんほうそう》を待っていた。

本土決戦のために国民の総決起を促すのだろうと想像するひともいたが、伊吹はいよいよ降伏の聖断が下るものと信じた。

正午になり、「君が代」が流れ、陛下のお言葉が聞こえてきた。雑音が多く聞き取りにくい。だが、独特の抑揚のあるやさしい声に総決起を促すものとは異質のものを人々は感じたのか、皆頭を垂れて聞いている。

放送が終わっても、何の反応もなかった。内容が摑めなかったようだ。伊吹が無意識のうちに叫んでいた。

「戦争が終わったんですよ」

周囲のひとたちはぽかんとした顔をしていた。伊吹はその場から離れた。

「日本は神国だ。負けるはずはない」

誰かの怒鳴り声が背中に響いた。伊吹は振り返ることなく上野に向かって歩いた。

伊吹は複雑な心境だった。兄はある時期からは日本の敗戦を予想していた。ジャーナリストであるのに、兄はそのことを国民に知らせなかった。言論弾圧下で、兄は戦争協力の姿勢を見せなければならなかった。それが兄の保身だったとしても、伊吹は兄を責めることは出来なかった。兄の保護下にあったおかげで、伊吹は戦争の外にいることが出来たのだ。戦禍にまみれることなく、食糧不足の影響も少なく、ほんとうの戦争の苦しみを味わうことはなかった。だが、それ以上の悲しみを受けた。道子のことだ。

戦争の外にいたことは果たして幸福だったのか。学徒出陣で入団したとき、もし病気にならなければ自分は飛行機に乗って敵にぶつかって行く道を選んでいただろう。あのままだったら、道子と出会うこともなく、このような激しい喪失感を味わうことはなかったのだ。

廃墟の町を彷徨った。悲しみが襲いかかる。玉音放送を聞いたひとたちに今後どのような試練が待ち受けているのか。敗戦国としてどんな苦難を背負わなければならないのか。

その夜、兄が酒をどこからか持ってきた。

「耕二、久し振りに呑もう」

兄の顔は晴れやかだった。和平工作に関わっていたらしい兄にとって、やっとその願いが叶えられた快さがあったのかもしれない。

「これからどうする？」

兄がきいた。今後の生き方を問われても、すぐに答えることは出来ない。

「大学に戻れ。母さんの遺志を継ぐんだ」

「その前に生きていかなければなりません」

「金なら少しはある。よく考えておくんだ」

そう言ってから、よしきょうは酔い潰れるまで呑むぞ、と兄は腕まくりをした。こんな陽気な兄を見たのは久しぶりだった、いやはじめてかもしれない。戦争が終わったという解放感が兄の気持ちを昂らせているのだろう。伊吹も久し振りに穏やかな気分になった。

九月九日のことだった。新しい下宿を求めて谷中界隈を歩いて夕方に引き上げてくると、下宿先の女中が買物から帰ってくるのと玄関でいっしょになった。

「兄さん、ずっとお部屋にいますよ」

「そうですか」

伊吹が部屋に入ると、兄はいなかった。机の上に手紙が置いてあった。耕二へ、と達筆で書かれている。胸騒ぎに襲われながら、封を開いた。

――この手紙を手にして何事かとさぞ驚いたことだろう。君はもう関係ないと言っていたが、やはり君には知らせておくべきだと考え、書き記すことにした。君の父親のことだ。

俺の悲惨な人生を君に語る必要もあるまい。君が見た貧民街のすべてが俺と父、母の間にもあったというわけだ。雨が降ればぬかるむ路地、便所の汚穢《おわい》が流れ出る。夏は藪蚊《やぶか》になやまされ、狭い場所に大勢の人間が動物のように生きている。そんな浅草玉姫町の長屋に流れ込んだのは俺が五歳のときだった。父と母は鉄屑《てつくず》拾いをしてその日暮らしをしていた。商家の娘の母と奉公人だった父に出来ることといったらそのぐらいしかなかった。他にあるとすれば、母が身を売ることだった。父はそれを許さなかった。母にそこまで強《し》いるなら一家で死ぬ道を選んだことだろう。そんな父と母にとって衝撃的なことが起きた。隣家の若者が母を犯したのだ。俺はそれを見てしまった。正直に言って、それが合意か強姦かの区別は当時六歳の俺にはつかなかった。ただ、見てはいけないものを見たという罪悪感から俺はそのことを父にも言えなかった。しかし、運命は時の経過と共にやってきた。母が妊娠しているとわかったのだ。やがて、母は実家に帰った。おまえをここで育てることは出来ないという理由だと説明された。俺と父を捨てて、自分だけ実家に戻る母を俺は恨んだ。

それから父は酒浸《さけびた》りの毎日だ。安い酒をがぶ呑みして体にいいわけはない。血を吐いて倒れたこともあった。俺だって母恋しさに何度も泣いたものだ。あるとき、酔っぱらった父は愚痴《ぐち》の中で言った。あの子どもは俺の子ではない。あいつは最後まで男の名前を言おうとしなかった。そう何度も言って泣き喚いた。母が身籠《みご》もったのを知ったときから、自分の子ではないと気づいていたようだ。たぶん、その期間にそのような行為がなかったからだろう。俺の知らないところでは激しい言い合いがあったのだ。それでも、父と母との間にはやり直そうという思いがあったようだ。それも駄目だったのだ。母に捨てられた者同士で、俺と父は肩を寄せ合って生きていた。父に生きる気力があったのかどうかわからない。そういうときに大地震が起きた。関東大震災の猛火の中を父は俺をかばって必死に逃げた。

震災後、三河島の長屋に移った。災害に遭った人間がたくさん集まってきて、大きな貧民街になっていった。そこでの生活振りを書いても仕方無いから省く。ただ、尋常小学校に上がる年齢になっても学費もないので通うことは出来なかった。そんな俺の唯一の慰めが尾久で芸者になった彼女だ。教科書を見せて、ノートを貸してくれた。父も勉強を教えてくれた。

そして運命の日が来たのだ。俺は母と抱き合っていた男を偶然見つけたのだ。俺は男のあとを尾《つ》けた。男はある企業家の家に入って行った。その家の息子だとわかった。道楽をした末に勘当《かんどう》され、あの場所に流れ込んだ男だったのだ。母を犯したが、合意の上か否か、俺にはわからない。そんなことはどうでもいい。俺や父にとっては家族を引き離した憎むべき男であることに間違いない。

俺はその男のことを父に話した。じつは父はその男を捜し求めていたのだ。俺は父の気持ちが手にとるようにわかった。それは俺も同じ気持ちだったからだ。復讐だ。もうここまで書けば君にもわかるだろう。俺と父はその男を殺した。君の実の父親を俺たちが殺したのだ。

それがきっかけで、俺は貧民街を出た。父もどこかへ消えた。それきり、俺は父とも会っていない。俺が母に会いに行くようになったのはそれからだ。君が母の葬儀に父らしい男を見たと言っていたが、ひょっとしたらそれは俺の父かもしれない。父は俺の前には姿を現すことはなかった。

そのことはいい。問題は、君の父親が企業家だったということだ。関東大震災後、その男は勘当を許され、父親の会社に入ったのだ。もちろん、将来は会社を継ぐはずに違いなかった。俺は母が君に企業家になって欲しいと言ったのは、その父親のことがあったからだと思っている。

母が君に企業家の道を勧めたと聞いたとき、俺は母が君の父親のその後のことを知っているのだと確信した。母と君の父親は合意の上でちぎりあったのだ。耕二、君には母の遺志を継いで欲しい。

俺はある事情から——。

次の文章を読んだ瞬間、激しい風圧を正面から浴びたような衝撃を受けた。伊吹は部屋を飛び出した。なぜ裏庭に向かったのか、自分でも説明出来ない。大きな銀杏の樹があった。とっさに向島の飛木稲荷の焼けた銀杏の樹を蘇らせたのかもしれないが、よくわからない。

風が吹いていた。涼しい秋風だった。それはシルエットになっていた。棒立ちになった。ただ悲しいだけだった。首から枝までの紐が闇に隠れて、兄の体は宙に浮いていた。

——俺はある事情から命を断たなければならない。君にはさぞ不可解なことと映るだろう。俺は勝手に逝くが、君はきちんと人生を全うするのだ。

「兄さん。どうして俺をひとりぼっちにしてしまったんだ」

伊吹はものを言わぬ兄に問い掛けた。涙が頰に幾筋も流れた。俺は、兄さんに保護されて生きてきたんだぜ。兄さんは俺の支えだったじゃないか。伊吹は心の中でさらに言葉を重ねた。風の唸る音が返ってくるだけだった。樹木を透かして遠くの下町に星空のように灯が輝いていた。

（下巻に続く）

本作品は、平成十三年三月に講談社より単行本として、平成十六年三月講談社文庫より刊行されたものを上下巻に分冊しました。

本作品はフィクションであり、実在の団体、企業、人物、事件などとはいっさい関係がありません。

――編集部

灰の男（上）

一〇〇字書評

切り取り線

購買動機（新聞、雑誌名を記入するか、あるいは○をつけてください）	
□（　　　　　　　　）の広告を見て	
□（　　　　　　　　）の書評を見て	
□ 知人のすすめで	□ タイトルに惹かれて
□ カバーが良かったから	□ 内容が面白そうだから
□ 好きな作家だから	□ 好きな分野の本だから

・最近、最も感銘を受けた作品名をお書き下さい

・あなたのお好きな作家名をお書き下さい

・その他、ご要望がありましたらお書き下さい

住所	〒				
氏名		職業		年齢	
Eメール	※携帯には配信できません	新刊情報等のメール配信を 希望する・しない			

この本の感想を、編集部までお寄せいただけたらありがたく存じます。今後の企画の参考にさせていただきます。Eメールでも結構です。

いただいた「一〇〇字書評」は、新聞・雑誌等に紹介させていただくことがあります。その場合はお礼として特製図書カードを差し上げます。

前ページの原稿用紙に書評をお書きの上、切り取り、左記までお送り下さい。宛先の住所は不要です。

なお、ご記入いただいたお名前、ご住所等は、書評紹介の事前了解、謝礼のお届けのためだけに利用し、そのほかの目的のために利用することはありません。

〒一〇一－八七〇一
祥伝社文庫編集長　坂口芳和
電話　〇三（三二六五）二〇八〇

祥伝社ホームページの「ブックレビュー」からも、書き込めます。

http://www.shodensha.co.jp/bookreview/

祥伝社文庫

灰《はい》の男《おとこ》（上）

平成31年 3 月20日　初版第 1 刷発行

著　者　小杉健治《こすぎけんじ》
発行者　辻　浩明
発行所　祥伝社《しょうでんしゃ》
東京都千代田区神田神保町 3-3
〒101-8701
電話　03（3265）2081（販売部）
電話　03（3265）2080（編集部）
電話　03（3265）3622（業務部）
http://www.shodensha.co.jp/

印刷所　堀内印刷
製本所　ナショナル製本
カバーフォーマットデザイン　芥　陽子

 ISBN978-4-396-34502-0 C0193